啄木鸟文丛（2023）

湘文艺评

蒋祖烜 著

中国文联出版社

图书在版编目（CIP）数据

湘文艺评 / 蒋祖烜著 . -- 北京：中国文联出版社，2024.1
（啄木鸟文丛）
ISBN 978-7-5190-5412-0

Ⅰ．①湘… Ⅱ．①蒋… Ⅲ．①文艺评论－中国－当代－文集 Ⅳ．① I206.7-53

中国国家版本馆 CIP 数据核字 (2023) 第 256917 号

作　　者	蒋祖烜
责任编辑	张凯默
责任校对	田宝维
封面设计	孔未帅
出版发行	中国文联出版社有限公司
社　　址	北京市朝阳区农展馆南里 10 号　　邮编：100125
电　　话	010-85923025（发行部）　010-85923091（总编室）
经　　销	全国新华书店等
印　　刷	北京市庆全新光印刷有限公司
开　　本	880 毫米 ×1230 毫米　1/32
印　　张	10.5
字　　数	245 千字
版　　次	2024 年 1 月第 1 版第 1 次印刷
定　　价	68.00 元

版权所有·侵权必究
如有印装质量问题，请与本社发行部联系调换

2023年《啄木鸟文丛——文艺评论家作品集》编委会

主　编　　徐粤春

副主编　　袁正领

编　辑　　都　布　　王庭戡　　张利国　　何　美
　　　　　　陶　璐　　王筱淇　　向　浩　　唐　晓
　　　　　　杨　婧　　韩宵宵

总　序

　　文艺评论是党领导文艺工作的重要手段和方式，是社会主义文艺事业的重要组成部分，是引导创作、推出精品、提高审美、引领风尚的重要力量。中国文艺评论家协会（以下简称"中国评协"）作为文艺评论界的桥梁和纽带，在团结引领文艺理论评论工作者、繁荣发展社会主义文艺事业方面肩负重要职责。重任在肩，使命光荣。近年来，中国评协在习近平新时代中国特色社会主义思想指引下，紧紧围绕学习贯彻习近平总书记关于文艺工作重要论述特别是关于文艺评论的指示批示精神，以推深做实中宣部等五部门《关于加强新时代文艺评论工作的指导意见》和中国文联《加强新时代文艺评论工作实施方案》为重点，聚焦"做人的工作"与"引导文艺创作"两大核心任务，锚定中国文艺评论正面、坚定、稳重、理性的正大气象，建体系、强制度、树品牌、立标杆、展形象，在理论建设、示范引领、人才培养、行业评价、平台阵地等方面取得明显成效。我们欣喜地看到，在习近平文化思想的引领下，一支体系完整、门类齐全、梯次完备、数量可观的文艺评论人才队伍正在形成。

　　为进一步提升中国评协会员服务能力和水平，坚持出成果、出人才、出思想"三位一体"，激励文艺评论工作者发扬"啄木鸟"精神，涵养褒优贬劣、激浊扬清的品格，经中国文联批准，中国评协、中国文联文艺评论中心、中国文联出版社联合启动《啄木鸟文丛——文艺评论家作品集》（以下简称《文丛》）出版计划。《文丛》面向中国评协会员和中青年文艺评论骨干征集作品，经资格审查、专家评审、会议研究、公示等程序，最终确定了10部作品集纳入2023年出版计划。收入《文丛》的10部作品集涵盖文学、戏剧、影视、美术、书法等多个艺术门类，还包括网络文艺这一新类型，作者多为长期以来活跃于评论界的优秀文艺评论家，他们具有开阔的学术视野、深厚的理论功底、严谨的治学精神和敏锐的艺术感知，在各自的专业领域具有较大的影响。相信《文丛》的出版将会对作者学术研究和专业评论起到促进作用，也相信《文丛》的出版必定会在文艺评论界乃至文艺评论事业的发展进程中产生积极的影响。

此次《文丛》出版，各单位的积极推荐、中国评协会员的踊跃申报，体现了广大文艺评论工作者对于加强文艺理论评论工作的自觉意识和积极履行文艺评论职责的使命担当。此次收入《文丛》的10部作品集有以下共同的特点：一是注重正确的评论导向。作者们坚持以马克思主义文艺理论指导学术研究和评论实践，注重传承和弘扬中华优秀文论传统和中华美学精神，努力于中华优秀传统文化的创造性转化和创新性发展。二是彰显实践品格。《文丛》的作者们紧跟时代，关注当下的艺术实践和艺术现象，坚持从作品出发，注重发挥文艺评论价值引导、精神引领和审美启迪作用。三是努力开展专业、权威的文艺评论工作。《文丛》所收作品尊重学术民主、尊重艺术规律、尊重审美差异，注重开展建设性文艺评论，写评论坚持以理立论、以理服人，努力营造百家争鸣的学术和评论氛围。四是文风的清新朴实。注重改进评论文风，注重评论文章的文质兼美，是这批作者的共同特点。总之，《文丛》的出版，将优秀文艺评论工作者的评论成果予以汇聚和展示，将有助于推动文艺评论界形成良好的学术和评论氛围。我们期待更多文艺评论工作者能够陆续加入丛书作者的队伍中。

此次《文丛》出版工作得到中国文联党组的有力指导，也得力于中国文联文艺评论中心、中国文联出版社的通力合作。特别要感谢中国文联出版社为《丛书》的编辑出版发行提供了宝贵的经费支持。同时，也要感谢中国评协各团体会员、各专业委员会、各中国文艺评论基地的积极推荐，感谢踊跃申报的各位中国评协会员，以及为书稿的征集、评审和出版付出辛劳的专家和工作人员。希望以《文丛》出版为新起点，在习近平文化思想引领下，在新时代文艺繁荣发展的实践中，能涌现出更多优秀文艺评论人才，推出更多精品文艺评论佳作，推动新时代新征程文艺评论事业高质量发展。

是为序。

夏　潮

2023 年 10 月

序

自古以来，湖湘古今源流悠长，湖湘文脉底蕴深厚，"文艺湘军"凭借深厚的革命基因曾经是全国文艺界的一支劲旅，现在亦是全国文艺界独树一帜的品牌。祖烜则是湖南文艺评论队伍的领军人物。文艺评论是文艺的脉象，好的文艺评论拨云见日，如霁光出岫，照亮文艺现场；又如潮头新风，激浊扬清，彰显对作品的通透认知，凸显文艺批评的价值引领。《湘文艺评》伫立时代潮头、勇担时代重任，书写了文艺界的湘声湘韵，本书的魅力正在于此。

该著收录60多篇文章，分为"综合评论""文学评论""美术书法评论""舞台艺术评论"和"影视音乐评论"等5个专题，是作者对新时代以来文艺理论发展、文艺创作实践尤其是湖南文学艺术创作的观察与思考。从内容上看，这些评论文章特点鲜明：一是自觉把好文艺批评的方向盘，深入学习领会习近平总书记关于文艺工作重要论述，特别是关于文艺批评的重要讲话精神，并对这些新思想、新观点作出自己的理论思考和阐释解读；二是以极大地热情关注新时代湖南各类文艺现象和文艺人才，所选评论涵盖了文学、美术书法、舞台艺术、影视音乐等多个门类，既关注卓有成就的名家大家和具有重大影响的经典名作，也突出对地域性艺术家特别是崭露头角的新生代艺术家的关注与评论，体现了作者的真诚和善意；三是学理性与可读性兼备，作者以专业、理性的眼光不断深化对作品的理解，揭示创作的奥妙，掘进审美的意义，而在表达上却没有"学术腔"，在讲究学理性的前提下，作者多运用通俗易懂的语言、轻快明朗的文风和贴近现实的当代视野进行切中肯綮的评论，形成了个性鲜明的批评风格。

读完书稿，心有所属，这些明理会心的鲜活文字，读起来会产生深深的带入感。作者评论的大多是近年来产生过广泛影响的文艺作品、艺术家或重要文艺活动、文艺事件，所议所评，均自带流量，它们串起的就是一部新时代湖南文艺发展史。《大风之歌》《坪上村传》（文学），《长津湖》《理想照耀中国》（影视），《百年正年轻》《魅力湘西》（舞台艺术），《湖南书法经典》《寻梦洞庭》（书法美术），书写脱贫地标"十八洞村"、学习周立波创作新时代"山乡巨变"……一篇篇留存在记忆深处的精品力作，经作者解读评辨，便可洞幽烛微，带我们进入艺术堂奥，形成强大的艺术气场，产生批评的战斗力、说服力和影响力。

作为先睹为快的读者，我觉得阅读此书，需要找到文艺评论作为"车之两轮"、"鸟之双翼"的三个"密码"。

一是回应时代的价值立场。祖烜同志长期在文化宣传一线工作，曾担任湖南日报社社长、总编辑和中共湖南省委宣传部常务副部长等职务，自己也是知名的文艺评论家，能以较高的政治站位、文化责任和专业化的艺术眼光展开文艺批评和理论研究，在评论中自觉坚持正确的价值导向，并将理论自觉付诸批评实践，为构建中国特色文艺理论与评论的学科体系、学术体系和话语体系添砖加瓦。这在"综合评论"一组文章中有充分体现，如《新时代文艺工作的根本指针》一文，从八个方面对习近平总书记有关文艺工作重要论述做了全面解读和深入阐发，观点拎得清，问题抓得准，分析入理入心，能让我们领悟到习近平总书记的文艺论述如何深刻回答社会主义文艺事业发展的方向性、根本性、战略性重大问题，将我们党对文艺工作的认识和实践提升至新的高度，是指导新时代文艺发展的定盘星和指南针，作者对这一问题的详尽分析，堪称深入学习贯彻习近平文化思想的学习样本。

随之，该著结合新时代文艺发展和湖南文坛的实际，建设性提出了如何锻造文艺评论"湘军"，用好文艺评论这面镜子，推动文艺评论高质量发展等事关文艺发展全局的重大命题。文中说，"笔墨当随时代"，文艺创作要紧扣时代脉搏，回答时代之问，文艺评论同样要体现时代精神，聚焦新时代文艺场域精准发力，聚焦重大主题、重点优秀作品、重点创作门类、重要评论阵地和重点评论家群体，锻造一支有担当、有实力的湖南文艺评论队伍，推出更多文艺精品，把"文艺湘军"的品牌擦得更亮。为此就需要守正创新，把牢正确方向，主动担当作为，让文艺评论与历史同行、与人民同心、与时代同步，实现文艺审美价值与弘扬社会主义核心价值观相统一、评议文艺现象与引领社会风尚相统一、更多数量更广覆盖与追求高质量相统一、遵循规律性与强化战斗性相统一，以及彰显湖湘特色与扩大全国影响相统一。这些观点站位高，导向正，方位明，充分彰显了文艺批评回应时代的价值立场。

二是贴近对象的精到评判。著中文章，无论是作品评论，还是对作家艺术家的评价，都能从文艺实际出发，紧扣对象特点，往往三言两语便切中要害，其分寸感、精准度无不拿捏得恰到好处。他评价中年归来的韩少功："在汨罗八景这个山村'挂职'为农、耕读写作，真正地融入乡间、土地和自然，创作出了以《山南水北》为代表的一批'新寻根文学'，不仅开掘了当代乡村文学写作的新向度，也把当代乡村文学创作提升到了一个新高度。"他说彭东明的乡土创作有了"情感上的巴皮恰肉，理解上的息息相通，表达上的心领神会"，方能"书写新时代山乡巨变的锦绣文章"。他评价黄铁山、朱辉、殷保康、张举毅"湖南水彩四大家"的禀赋和眼界、浪漫与豪放、才思与激情，使创作流露出一脉相承的湖湘气质，他们孜孜以求，创作示范，带出了一大批本土水彩画家，形成了有影响的水彩画家群。

在品评具体作品时，能做到"情动而言形，理发而文见"，以高远的专业眼光，望表知里，扪毛辨骨。例如，在论及《湖南书法经典》时作者提出：叩问经典方可追本溯源，不忘本来方能走向未来，传承正脉书风，意在涵养文心，修身守正，惠泽读者，领会经典作品的风神韵致和笔墨精髓，有助于在传承的基础上化古出新，完成创造性转化、创新性发展，让湖湘书风在新时代绽放新的神采。针对不同文艺类型的作品，作者的评价总能"沿隐以至显，因内而符外"，给出十分精到的判断。如评论永州的摩崖石刻"好比一座博大精深的露天书法物博馆""犹如一幅辉映于天地间的山水画卷""堪称一部石头上的文学史诗""恰似一块千古名流争相打卡的历史留言板""仿佛一串价值连城的文化珠链"，然后廓清它的文化价值、艺术价值、审美价值、历史价值和旅游价值。在评价电影《长津湖》时说：好的文艺作品可以是一座能量磁场，让"正能量"变成"大流量"，让"主旋律"赢得"高频率"，并总结出优秀成功影片的制作规律：高专业水平地制作低观看门槛的大众艺术作品，用大题材凝聚大共识、大制作配合大营销，并且将这一经验用在主旋律题材的主创作上，推出更多立得住、传得开、叫得响的高质量佳作。他总结热播剧《理想照耀中国》的流量密码是：题材选择，以独特视角撷取历史长河中的鲜活浪花；创新传播，与时俱进，对接与当代青年思想交流；表现形态，以新媒体逻辑探索契合当下的传播方式；风格手法，以不拘一格的尝试，拓宽艺术表达；超强组合，集结最受青年观众认同的演员阵容；制作生产，以协同作战的方式提高制作效率。分析《百年正青春》文艺晚会的艺术创新价值时，认为该演出具有史诗之志、结构之变、音乐之策、演绎之美和青春之歌，突破了舞台艺术的既定程式，突破了舞台表演的既定边界，突破了舞台主创的既定组合，正是这种"不走寻常路"的突破，让作品散发出极不寻常的艺术调性。

  尤其难得的是，祖烜的批评文章并没有一味唱赞歌，而是以批评家的理性，"不虚美，不隐恶"，如鲁迅所倡导的"好处说好，坏处说坏"，说好时品评客观，说坏时持论精当。如湘西民族风情综艺晚会《魅力湘西》一直是湖南文旅演艺业的一张名片，作者在肯定其不俗成绩的同时，提出了自己的建设性意见：一是"赶尸"民俗场景的恐怖与悲伤气氛与整体氛围不够协调；二是舞蹈的表现力偏弱；三是内容结构对苗家的鼓、土家的舞和侗家大歌等民族文化元素缺少充分表达；还有，结尾显得突然且缺乏力量，没有展现出韵味无穷、依依不舍的余味等等，显示出一个负责任批评家很高的专业水准和敢说真话的坦诚与担当。对大型音乐实景剧《边城》的演出，作者觉得它"有灵气，接地气，聚人气"，但仍需要调适好"书与剧""多与少""乐与情"的关系，使其臻于完善。在评价湖南水彩画创作时作者直言不讳地指出其短板和局限：风格的多样化有待变化，题材内容还不够丰富，水彩画本体语言期待探索掘进，有分量的评论较为稀缺，走出去的交往交流才刚刚开始，引进来的展览并不多见，特别是与世界对话的平台和渠道建设任重道远，追溯水彩艺术本来和外来源头的机会还有待时日。如果没有对作品的深入体味，没有对这门艺术独到的理解能力，是很难做出如此内行而精到的评判的。

三是文质兼美的表达方式。《湘文艺评》是由一篇篇美文构成的，文质兼美是作者行文的一大特色，故而读起来余味曲包又美感充盈。祖垣有多年文学创作经历，曾出版过《曾经遥远的地方》《南风蓝风》等散文和诗歌集，这使他做起评论来常常理性与激情相交织、冷静思考与诗意表达相融合，行文讲究，常常妙笔天成。能把评论写成美文，说到底还是源于作者的才气与学养，正如刘勰《文心雕龙·体性》所言："才有庸俊，气有刚柔，学有浅深，习有雅郑，并情性所铄，陶染所凝"，文学功夫在线，笔下文采沛然也就不足为怪了。例如，评价张小纲的画是"彩色的抒情诗"：他把生活、把自然当作诗一样的咏叹。诗笔就是他的画笔，景语皆为情语。他在大湖与大漠之间捕捉天光和云影，在花与非花之间找寻对象和意象，在写意与写实之间变化节律和韵律。写生，宛如长短句般隽永；静物，道出内心的独白……。形容花鸟的画是"是低到尘埃开出来的笑颜，是幽暗里的一盏光明"；"对花成瘾，画到寂寞，画到热闹，画到有我又无我。花，还是那熟悉的一朵，却已经沐雨栉风，悄悄成熟，渐入佳境"。评唐全心的水彩画则是"画面上，水的精气神就这样来自心和眼、流淌到纸和笔、对话许许多多无挂无碍的灵魂。"作者还用"心手合一的妙笔神韵"来评述姜坤的画作《长江溯源》，文中使用了许多充满激情的排比句，譬如：

让我们倾倒的是高原雪域的壮美神圣，

让我们惊奇的是大河之源的亘古蛮荒，

让我们忧心的是绿色环保的生态走向，

让我们温暖的是牧民和牛羊的安详自得，

让我们着迷的是画家心手如合一的妙笔神韵。

著中的音乐评论同样充满文采与激情。如评价《理想照耀中国》主题歌时写道："女声的温柔，唱着理想如花之美；男声的雄浑，唱出信念如磐似钢。从独唱起，到齐唱续，感受着合唱的声音汇聚起一股勇毅的力量。唱出对理想和理想者的深情赞美，也唱出理想歌者的心声与追随的豪迈。"在论及歌曲《走，去永州》时写道："你能听出一些淡淡的乡愁，一份满满的自信，一首遥远的诗和一个久远的远方。"

最后还想说，作者能够书写出传承中华文脉的湖湘力量，不仅在于有一支生花妙笔，本质上还在于能够让自己的文艺批评与时代同步，与文艺同心，与创作同频，让文艺批评的朝气和锐气成为文艺创作的一面镜子、一剂良药。基于此，方能让文艺湘军成为引导创作、多出精品、提高审美、引领风尚的一枝独秀。

祖烜与我有黉门之缘，读罢书稿，拉拉杂杂写出以上文字，言不尽意但字出我心，诚不欺也！

谨此为序！

欧阳友权

2023 年 10 月 8 日

目录

总序 / 1

序 / 1

壹 拨亮灯芯

新时代文艺工作的根本指针 / 3
　　——学习习近平总书记关于文艺工作重要论述

热忱描绘新时代新征程的恢宏气象 / 25

努力锻造一支文艺评论"湘军" / 28

用好文艺评论这面镜子　助推文艺事业繁荣发展 / 32

推动湖南文艺评论高质量发展 / 41

回视脱贫地标　抒写小康信史 / 45
　　——十八洞村主题文艺创作述评

貳 文学省思

《沁园春·长沙》的文化密码 / 55

对话韩少功：写好新时代的"山乡巨变" / 65

学习周立波 讴歌新时代 / 77

——纪念周立波诞辰一百一十周年

乡土生出的诗意和永恒 / 81

——长篇小说《坪上村传》走读与访谈

为精准扶贫书写信史 / 99

——读报告文学《扶贫志》

热忱书写新时代的精彩诗篇 / 107

——写在《衡阳：青春雁行如诗》前面

以历史主动开创生态文学黄金时代 / 109

赤脚走天堂 / 114

——读《赤脚天堂》有感

重读《赤脚天堂》 / 116

湘北屋脊的壮歌 / 119

——读报告文学作品《王新法》

茶诗味道胜于茶 / 122

——读《当代名家书石印文茶诗百绝》

充满爱去对待人民和土地 / 124

——《重走大师路——沈从文笔下湘西的百年变迁》序

"革命人永远是年轻" / 126

——读张志初《湘潮涟漪》

在新闻和诗的路上奔走 / 129

——读张沐兴的新闻诗

《乡土的背景》序言 / 132

读《小城旧事》有感 / 136

走向深蓝 / 139

——读《瓦尔登湖》

叁 艺彩湘风

祖国的笑容这样美 / 145

——首届中国水彩风景画展漫议

从山岳到大海 / 149

——写在当代水彩画家邀请展（湖南—广东）前面

先生之风　湘水泱泱 / 154

——遥读王正德先生

边缘的美景 / 157

——黄铁山和他的水彩艺术

学院的力量 / 171

——殷保康和他的水彩画

抒情画家张小纲 / 174

——读张小纲的水彩画

荷月人归 / 178

——读张小纲水彩组画《荷问》

远景迷人 / 181

——读陈飞虎的水彩画

蒋烨的水彩艺术 / 184

雄峰耸峙大江边 / 187

——岁月如歌：旷小津山水画展述评

心中的桃花源 / 193

——写在"三月渡船坡"前

独行的风景画家 / 196

——走近肖育的艺术世界

学院门外自成才 / 199

——画里画外说一墨

看，那色彩缤纷 / 201

——读蔡皋的画

那安详而幸福的山水 / 203

——读阮国新的新国画

冬天里的春天 / 206
　　——马淑阳花鸟画册序言
笔工意切写洞庭 / 208
　　——看赵溅球画展"洞庭寻梦"
从大湖到大海 / 210
　　——读唐全心的水彩画
绿已成荫雀登枝 / 212
　　——看莫高翔师生工笔花鸟展
心在青山那一边 / 215
　　——读姜坤郑小娟的画
心手合一的妙神韵 / 217
　　——读姜坤先生《长江溯源》
段辉之"灰" / 219
　　——读"真水无香"段辉艺术展
聆听阳光 / 221
　　——李水成水彩画印象
中国风，青春梦 / 224
　　——试读莲羊漫画
湖湘书法的历史脉络与文化坐标 / 227
　　——《湖湘书法经典》总序
天光与水波中的文化瑰宝 / 231

肆 一眼千年

山乡演新戏 人家尽欢颜 / 241

——赞花鼓戏《山那边人家》

致敬百年的青春史诗 / 245

——《百年正青春》文艺晚会的艺术创新价值谈

塑造新湖南的当代英雄 / 251

——话剧《今朝》创排工作思考

新编现代花鼓戏《桃花烟雨》的启示 / 259

用文学和音乐垒造一座艺术之城 / 262

——对大型音乐实景剧《边城》的建议

魅力不散 / 265

——《魅力湘西》观后感

剧场名字叫青春 / 269

——沉浸话剧《恰同学少年》观感

伍 视听心语

理想之光照耀主题创作 / 275

——从《理想照耀中国》谈起

主题创作何以百炼成钢 / 281

——评电视剧《百炼成钢》

踏着新时代的节奏而来 / 289

  ——近三年湖南原创歌曲印象记

飞驰的节奏　时代的声音 / 298

  ——评《奔驰在祖国大地上》

"理想"的旋律 / 303

  ——听《理想照耀中国》主题歌

循着歌声去永州 / 306

  ——听《走，去永州》有感

永志不忘 / 308

  ——三看《长津湖》

壹 拨亮灯芯

新时代文艺工作的根本指针

——学习习近平总书记关于文艺工作重要论述

文化是民族的精神命脉，文艺是时代的号角。党的百年历史充分表明，我们党是一个具有高度文化自觉和文化自信、高度重视文艺工作的政党。一百年来，从"左联"到"鲁艺"，从延安文艺座谈会到北京文艺工作座谈会，从一次文代会到十一次文代会，党对文艺工作始终高度重视、亲切关怀，文艺事业在党的引领下蓬勃发展、繁荣兴盛，培养了一大批优秀文艺工作者，创作产生了一大批经典作品，中华文苑呈现出百花竞放、硕果满枝的繁荣景象。

一百年来，党的几代领导人高瞻远瞩、高屋建瓴，坚持和发展马克思主义文艺观，努力实现马克思主义文艺理论的中国化、大众化和时代化，在不断的探索和实践中走出了一条以马克思主义为指导、符合中国国情和文化传统、高扬人民性的文艺发展道路，为我国文艺繁荣发展指明了前进方向。进入新时代，文艺工作的地位和作用更加凸显。党的十八大以来，以习近平同志为核心的党中央把文化建设、文艺工作摆在党和国家事业重要位置，作出一系列重要论述和决策部署。习近平总书记站在坚持和发展中国特色社会主义、实现中华民族伟大复兴中国梦的全局和战略高度，亲自谋划、亲自部署、亲自推动新时代文艺工作，多次就文艺工作发表重要讲话、作出重要指示批示，多次致信文艺工作者。习近平总书记关于文艺工作的重要论述，深入总结新时代文艺工作面临的新实践、新要求，深刻回答事关社会主义文艺事业发展的方向性、根本性、战略性重大问题，将我们党对文艺工作的认识和实践提升至新的高度，是指导新时代文艺发展的定盘星和指南针，是开创新时代文艺工作最新最权威的教科书。

一、坚持与时代同步伐

习近平总书记指出："文艺是时代前进的号角，最能代表一个时代的风貌，最能引领一个时代的风气。"[1] 强调"一个时代有一个时代的文艺，一个时代有一个时代的精神"[2]，强调"要树立大历史观、大时代观，眼纳千江水、胸起百万兵，把握历史进程和时代大势"[3]，强调"新时代新征程是当代中国文艺的历史方位……要深刻把握民族复兴的时代主题，把人生追求、艺术生命同国家前途、民族命运、人民愿望紧密结合起来，以文弘业、以文培元、以文立心、以文铸魂，把文艺创造写到民族复兴的历史上、写在人民奋斗的征程中"[4]。

这些重要论述，全面阐述了文艺与时代的辩证关系，深刻阐明了新时代新征程上文艺工作肩负的重大使命，为文艺创作指明了前进方向。

---

[1] 习近平：《在文艺工作座谈会上的讲话》，《人民日报》2015年10月15日第2版。
[2] 习近平：《在中国文联十大、中国作协九大开幕式上的讲话》，《人民日报》2016年12月1日第2版。
[3] 习近平：《在中国文联十一大、中国作协十大开幕式上的讲话》，《人民日报》2021年12月15日第2版。
[4] 习近平：《在中国文联十一大、中国作协十大开幕式上的讲话》，《人民日报》2021年12月15日第2版。

展现时代风貌。优秀的文艺作品,不仅能采撷时代的浪花,更能把握时代的脉搏,让人们看到时代的潮流,领悟时代的灵魂和本质。正如庆祝中国共产党成立 100 周年文艺演出《伟大征程》,用多样的艺术形式和丰富的精神内涵,呈现党团结带领中国人民不懈奋斗的辉煌历程,凝聚起全中国各族人民开启全面建设社会主义现代化国家新征程、向着第二个百年目标奋进的精神力量。

引领时代风气。文艺是风,观风知世。有怎样的文艺,社会就会受到怎样的影响。从这个意义上来看,文艺之于社会的作用实在不可低估。如魏巍的名作《谁是最可爱的人》,树立了人民子弟兵光辉形象,树立了敬仰英雄、崇拜英雄、学习英雄的社会风尚。时至今日,看到那些奋战在抗洪、抗震、抗疫一线,在捍卫国家主权和领土完整的子弟兵身影时,人们仍然会情不自禁地用"最可爱的人"来称呼他们。

指引时代风向。新时代壮阔的时间、空间里,蕴含着丰富的中国精神、中国价值和 14 亿中国人民的磅礴力量,涌动着无数新的故事、新的情感,广大文艺工作者紧跟时代步伐、把握时代风向,不断发掘出众多代表时代精神的新现象、新人物。如近年来湖南广大作家艺术家,创作推出了一系列文艺精品,文学作品从《乡村国是》到《扶贫志》,影视剧从《十八洞村》《江山如此多娇》到《理想照耀中国》,舞台剧从《大地颂歌》到《百年正青春》,等等,立体式、全方位展示了三湘儿女奋斗新时代的精神谱系。

"当代中国,江山壮丽,人民豪迈,前程远大。"[1] 新时代新征程是当代中国文艺的历史方位,时代为我国文艺繁荣发展提供了前所未有

---

[1] 习近平:《在中国文联十一大、中国作协十大开幕式上的讲话》,《人民日报》2021 年 12 月 15 日第 2 版。

的广阔舞台。伟大的新时代也需要书写和创造与之匹配的灿烂辉煌的文艺新史诗和文艺新高峰。广大文艺工作者应树立大时代观,深刻把握民族复兴的时代主题,紧跟时代步伐,"从时代的脉搏中感悟艺术的脉动,把艺术创造向着亿万人民的伟大奋斗敞开,向着丰富多彩的社会生活敞开,从时代之变、中国之进、人民之呼中提炼主题、萃取题材,展现中华历史之美、山河之美、文化之美,抒写中国人民奋斗之志、创造之力、发展之果,全方位全景式展现新时代的精神气象","热忱描绘新时代新征程的恢宏气象"[1]。

二、坚持以人民为中心的创作导向

习近平总书记指出:"社会主义文艺,从本质上讲,就是人民的文艺"[2],"源于人民、为了人民、属于人民,是社会主义文艺的根本立场,也是社会主义文艺繁荣发展的动力所在"[3]。强调"文艺要反映好人民心声,就要坚持为人民服务、为社会主义服务这个根本方向"[4],强调"人民是文艺之母。文学艺术的成长离不开人民的滋养,人民中有着一切文学艺术取之不尽、用之不竭的丰沛源泉"[5],强调"生活就是人民,人民就是生活。人民是真实的、现实的、朴实的,不能用虚构的形象虚构人民,不能用调侃的态度调侃人民,更不能用丑化的笔触丑化人

---

1 习近平:《在中国文联十一大、中国作协十大开幕式上的讲话》,《人民日报》2021年12月15日第2版。
2 习近平:《在文艺工作座谈会上的讲话》,《人民日报》2015年10月15日第2版。
3 习近平:《在中国文联十一大、中国作协十大开幕式上的讲话》,《人民日报》2021年12月15日第2版。
4 习近平:《在文艺工作座谈会上的讲话》,《人民日报》2015年10月15日第2版。
5 习近平:《在中国文联十一大、中国作协十大开幕式上的讲话》,《人民日报》2021年12月15日第2版。

民"[1],强调:文艺创作方法有一百条、一千条,但最根本的方法是扎根人民。只有永远同人民在一起,艺术之树才能常青[2]。

这些重要论述,坚定了文艺创作的人民取向,站稳了文艺发展的人民立场,对做好新时代文艺工作具有重要指导意义。

坚定人民立场。文艺工作的根本问题是立场问题。学习习近平总书记系列重要论述,就是要进一步明确坚持以人民为中心的发展思想,坚持站在人民的立场进行文艺创作。就是要搞清楚"我是谁、为了谁、依靠谁",强化人民立场,走好群众路线,在为人民立德立言中成就自我、实现价值。

彰显人民力量。文艺工作的根基在人民、血脉在人民、力量在人民。人民生活中蕴含着丰沛的文艺矿藏,是一切文艺取之不尽、用之不竭的创作源泉。文艺创作一旦离开人民,就会像离开大地的"安泰俄斯",立即就失去了力量。

体现为民宗旨。江山就是人民,人民就是江山。只有心里始终装着人民,笔尖坚定书写人民,才能得到人民认可、得到历史认可。文艺工作者无论什么时候、什么情况下都要坚持把服务人民、服务社会作为神圣使命。坚持以人民为中心的创作导向,就必须把人民放在心中最高位置。

文艺要鼓舞人民。剧作家田汉创作电影《风云儿女》主题曲《义勇军进行曲》的歌词,后经聂耳谱曲,激励了中华民族万众一心、抵御外敌的顽强斗志。作曲家冼星海创作的《黄河大合唱》,鼓舞人民保卫黄河、保卫华北、保卫全中国,表现了中华民族伟大精神和不可战胜的力量。贺绿汀创作的《游击队歌》,生动刻画了游击士兵在敌后艰

---

[1] 习近平:《在中国文联十一大、中国作协十大开幕式上的讲话》,《人民日报》2021年12月15日第2版。

[2] 习近平:《在文艺工作座谈会上的讲话》,《人民日报》2015年10月15日第2版。

苦环境中的革命乐观主义精神，极大鼓舞了全国军民赢得抗日战争的胜利。

文艺要深植于人民。周立波同志的创作道路，就是毕生扎根人民、为人民而写作的道路。解放战争时期，他冒着零下三四十摄氏度的严寒，在北满村屯参加土地改革。在农业合作化运动高潮中，他举家从北京迁回湖南农村，在家乡扎根数十年，自觉与人民同吃同住同劳动。正因如此，他才能创作出《暴风骤雨》《山乡巨变》等众多的经典作品，才能塑造出如此鲜活的典型环境中的典型人物。

文艺要热爱人民。当年柳青在陕西皇甫村一住就是14年，把全部身心投入到火热的生活和书写人民的光荣事业中。"要想写作，就先生活"[1]，柳青和人民一道前进的创作理念，不仅是他精神世界的写照，也是他文学创造力的不竭源泉。韩少功二十多年来，每年都有半年多时间住在汨罗市八景村，既当作家也作乡贤，对老百姓所思所想所盼了然于胸。他创作的《山南水北》就是对山野自然和民间底层深刻体察的结晶。这种对站立的土地、对土地上生活劳作的人民的热爱，在作品的字里行间表达得淋漓尽致，是值得我们学习和思考的地方。

三、用跟上时代的精品力作开拓文艺新境界

习近平总书记指出："衡量一个时代的文艺成就最终要看作品，衡量文学家、艺术家的人生价值也要看作品。"[2]"一部好的作品，应该是经得起人民评价、专家评价、市场检验的作品，应该是把社会效益放在

---

1 柳青：《生活是创作的基础——在《延河》编辑部召开的短篇小说创作座谈会上的发言（录音）》，《中国当代文学研究资料》编辑委员会，《中国当代文学研究资料·柳青专集》，福州：福建人民出版社，1982年，第42页。
2 习近平：《在中国文联十一大、中国作协十大开幕式上的讲话》，《人民日报》2021年12月15日第2版。

首位，同时也应该是社会效益和经济效益相统一的作品。"[1] 强调"要把提高质量作为文艺作品的生命线，内容选材要严、思想开掘要深、艺术创造要精，不断提升作品的精神能量、文化内涵、艺术价值"[2]，强调"创新是文艺的生命。要把创新精神贯穿文艺创作全过程……在提高原创力上下功夫"[3]，强调"要精益求精、勇于创新，努力创作无愧于我们这个伟大民族、伟大时代的优秀作品"[4]，强调"要正确运用新的技术、新的手段，激发创意灵感、丰富文化内涵、表达思想情感，使文艺创作呈现更有内涵、更有潜力的新境界"[5]。

这些重要论述，深刻指出文艺和文艺工作者的中心任务就是要生产精品、创作经典，深刻阐明了创新对文艺的重要作用。优秀的文艺作品应该有筋骨、有道德、有温度，包含隽永的美、永恒的情、浩荡的气，善于启迪思想、温润心灵、陶冶人生。

专心专注、力戒浮躁。 但凡伟大的作家艺术家，都有一个渐进、渐悟、渐成的过程，需要长时间的历练、实践、思考、摸索。凡是传世之作、千古名篇，必然是笃定恒心、呕心沥血、千锤百炼的作品。要成经典，就要甘坐冷板凳，潜心创作，决不可急功近利。路遥从萌念写《平凡的世界》到1988年5月写完，十年磨一剑。他在《早晨从中午开始》一文中回顾了自己的创作历程：通常情况下都是在凌晨两点到三点入睡，有时甚至到四点到五点，天亮以后才睡觉的现象也常

---

[1] 习近平：《在文艺工作座谈会上的讲话》，《人民日报》2015年10月15日第2版。
[2] 习近平：《在中国文联十一大、中国作协十大开幕式上的讲话》，《人民日报》2021年12月15日第2版。
[3] 习近平：《在中国文联十大、中国作协九大开幕式上的讲话》，《人民日报》2016年12月1日第2版。
[4] 习近平：《在中国文联十一大、中国作协十大开幕式上的讲话》，《人民日报》2021年12月15日第2版。
[5] 习近平：《在中国文联十一大、中国作协十大开幕式上的讲话》，《人民日报》2021年12月15日第2版。

有。他也曾产生过中途放弃的念头，但使命未竟，又无法割舍。在路遥去世前一年，《平凡的世界》获得第三届茅盾文学奖。

精益求精、打造精品。 优秀文艺工作者应该追求思想精深、艺术精湛、制作精良，以专注的态度、敬业的精神、踏实的努力，千锤百炼，锲而不舍，打造精品力作。鲁迅先生曾说过："（稿子）写完后至少看两遍，竭力将可有可无的字、句、段删去，毫不可惜。"[1]《因太炎先生而想起的二三事》，是先生逝世前两天创作的。在这篇文稿上，经他修改的笔迹达63处之多，其中删减38处，增加25处。正是有了这种孜孜以求、精益求精的精神，好的文艺作品才能打造出来。

创新创造、出新出彩。 文艺创作是观念和手段相结合、内容和形式相融合的深度创新，是各种艺术要素和技术要素的集成，是胸怀和创意的对接。要提高原创能力，发挥艺术个性，推出新的创意构思、新的题材内容、新的表现手法，言人所未言，发人所未发，别具一格抒情言志，别出心裁钩织故事，别开生面写景状物，别具匠心刻画人物，才能创作出有生命力的文艺作品。

大型史诗歌舞剧《大地颂歌》是一部全面、立体、真实地展现精准扶贫的重大成效、先进典型和伟大精神的现实主义精品力作，其最鲜明的特征就是创新。《大地颂歌》的创作是一个争论、思辨、探索的过程，带给我们诸多启示。

一是创造新的文艺表现形式。《大地颂歌》运用集合式的表现形式，将精准扶贫的主题创新性地转化为戏剧与音乐、舞蹈、多媒体有机融合的艺术表达，在服化道、声光电上全方位融入最新科技手段，大量应用LED大屏、电脑操作编程机械装置等，提供互动式、沉浸式体验，

---

[1] 鲁迅：《答北斗杂志社问》，《二心集》，《鲁迅全集》第4卷，广州：花城出版社，2021年，第197页。

充分满足广大观众特别是年轻观众对舞台艺术的感情期待。

二是创新组织、主创、宣发模式。《大地颂歌》集中湖南全省宣传文化战线优势资源,"演艺湘军""广电湘军""出版湘军"历史性会师,放眼全国组建高端创排阵容。运用互联网和新媒体新技术,探索新模式、搭建新平台、引入新资源,以开放的姿态,推动文艺创新,提升作品影响力知晓度。

图为大型史诗歌舞剧《大地颂歌》,刘海栋摄影

四、坚持用情用力讲好中国故事

习近平总书记指出:"国际社会希望解码中国的发展道路和成功秘诀,了解中国人民的生活变迁和心灵世界。"[1]强调"广大文艺工作者要有信心和抱负,承百代之流,会当今之变,创作更多彰显中国审美旨

---

[1] 习近平:《在中国文联十一大、中国作协十大开幕式上的讲话》,《人民日报》2021年12月15日第2版。

趣、传播当代中国价值观念、反映全人类共同价值追求的优秀作品"[1]，"要立足中国大地，讲好中国故事，以更为深邃的视野、更为博大的胸怀、更为自信的态度，择取最能代表中国变革和中国精神的题材，进行艺术表现，塑造更多为世界所认知的中华文化形象，努力展示一个生动立体的中国，为推动构建人类命运共同体谱写新篇章"[2]，"要坚守中华文化立场，同世界各国文学家、艺术家开展交流。要重视发展民族化的艺术内容和形式，继承发扬民族民间文学艺术传统，拓展风格流派、形式样式，在世界文学艺术领域鲜明确立中国气派、中国风范"[3]。

文艺是世界的语言。以文化人，更能凝结心灵；以艺通心，更易沟通世界。古往今来，人们往往从一个国家的文艺作品中感受其气质形象，体悟其价值理念。一百年来，我们书写的中华民族几千年历史上最恢宏的史诗，正是凝结心灵最好的连心桥；党的十八大以来，我们取得的历史性成就、发生的历史性变革，正是沟通世界最好的通行证。用情用力讲好中国故事，向世界展现可信、可爱、可敬的中国形象，文艺工作者大有可为。

讲好中国故事要有天下情怀。从家国天下到人类命运共同体，中国人民历来具有深厚的天下情怀，"坚持胸怀天下"[4]也是党百年奋斗的十条历史经验之一。作为新时代的文艺工作者要胸怀天下、放眼世界，

---

[1] 习近平：《在中国文联十一大、中国作协十大开幕式上的讲话》，《人民日报》2021年12月15日第2版。

[2] 习近平：《在中国文联十一大、中国作协十大开幕式上的讲话》，《人民日报》2021年12月15日第2版。

[3] 习近平：《在中国文联十一大、中国作协十大开幕式上的讲话》，《人民日报》2021年12月15日第2版。

[4] 习近平：《高举中国特色社会主义伟大旗帜 为全面建设社会主义现代化国家而团结奋斗——在中国共产党第二十次全国代表大会上的报告》，新华社2022年10月25日。

做到"胸中有大义、心里有人民、肩头有责任、笔下有乾坤"[1],树立更强的信心和更大的抱负,承百代之流,会当今之变,创作出更多彰显当代中国价值观念,反映全人类共同价值追求的优秀作品。

讲好中国故事要坚守中华文化立场。中华优秀传统文化博大精深,为新时代文艺创作提供了丰富营养,在讲好中国故事的过程中我们要坚持立足中国大地、坚守中华文化立场,以更为深邃的视野、博大的胸怀、自信的态度,传承中华文化基因,展现中华审美风范,传递中华文化价值和理想;要传承和弘扬中华美学精神,把中国特质、中国风格、中国气派、中国风范融入创作实践,进而转化为具体感人的故事、可信可爱可敬的形象。

讲好中国故事要加强文明交流互鉴。中华民族自古就信奉和而不同的原则,在创造自身文化的同时,非常善于吸收外来文化,推动各种文明融合发展。我们社会主义文艺要繁荣发展起来,必须认真学习借鉴世界各国人民创造的优秀文艺。要以海纳百川、博采众长的胸襟和态度,充分借鉴外国文化的有益成果,在交流互鉴中取长补短、扬长避短,在情感沟通中以文化人、以艺通心。用文艺讲好中国故事,还需要掌握国外受众心理特点、兴趣焦点和接受习惯、思维习惯,只有这样才能最终创造出既具有中国风格、中国气派,又被世界各国人民广泛接受和喜爱的优秀文艺作品。

习近平总书记指出:"各国人民的处境和命运千差万别,但对美好生活的不懈追求、为改变命运的不屈奋斗是一致的,也是最容易引起共鸣的。"[2]当前,我们所进行的伟大实践、所取得的伟大成就、所积累

---

[1] 习近平:《在中国文联十大、中国作协九大开幕式上的讲话》,《人民日报》2016年12月1日第2版。

[2] 习近平:《在中国文联十一大、中国作协十大开幕式上的讲话》,《人民日报》2021年12月15日第2版。

的伟大经验，正越来越被世界所熟悉和认同，正在为构建人类命运共同体作出积极的中国贡献。在这个过程中，世界也越来越希望解码中国的发展道路和成功秘诀，了解中国人民的生活变迁和心灵世界。用文艺讲好中国故事，向世界展现一个真实、立体、全面的中国，这是新时代文艺工作者的光荣使命和责任。我们要扛起这份责任和使命，像习近平总书记所说的那样："让目光再广大一些、再深远一些，向着人类最先进的方面注目，向着人类精神世界的最深处探寻，同时直面当下中国人民的生存现实，创造出丰富多样的中国故事、中国形象、中国旋律，为世界贡献特殊的声响和色彩、展现特殊的诗情和意境。"[1]

五、用明德引领风尚、在追求德艺双馨中成就人生价值

习近平总书记指出："文艺承担着成风化人的职责。广大文艺工作者要把个人的道德修养、社会形象与作品的社会效果统一起来，坚守艺术理想，追求德艺双馨，努力以高尚的操守和文质兼美的作品，为历史存正气、为世人弘美德、为自身留清名。"[2]强调"核心价值观，其实就是一种德，既是个人的德，也是一种大德，就是国家的德、社会的德"[3]，强调"广大文艺工作者要发扬中国文艺追求向上向善的优良传统，把社会主义核心价值观生动活泼体现在文艺创作之中，把有筋骨、有道德、有温度的东西表现出来，倡导健康文化风尚，摒弃畸形审美倾向，用思想深刻、清新质朴、刚健有力的优秀作品滋养人民的审美

---

[1] 习近平：《在中国文联十大、中国作协九大开幕式上的讲话》，《人民日报》2016年12月1日第2版。
[2] 习近平：《在中国文联十一大、中国作协十大开幕式上的讲话》，《人民日报》2021年12月15日第2版。
[3] 习近平：《青年要自觉践行社会主义核心价值观——在北京大学师生座谈会上的讲话》，新华社2014年5月4日。

观价值观，使人民在精神生活上更加充盈起来"[1]，强调"立德树人的人，必先立己；铸魂培根的人，必先铸己"[2]，强调"广大文艺工作者要心怀对艺术的敬畏之心和对专业的赤诚之心，下真功夫、练真本事、求真名声"[3]，强调"文艺要通俗，但决不能庸俗、低俗、媚俗。文艺要生活，但决不能成为不良风气的制造者、跟风者、鼓吹者。文艺要创新，但决不能搞光怪陆离、荒腔走板的东西。文艺要效益，但决不能沾染铜臭气、当市场的奴隶"[4]。

这些重要论述，深刻阐明了文艺创作的价值取向和根本任务，生动回答了新时代文艺工作者走什么样的人生之路、艺术之路的重大命题，对广大文艺工作者如何用明德引领风尚提出了新的更高要求。德艺双馨，德是从艺从文的根本基础，是成名成家的立身之本。

首先是明大德。包括坚定理想信念、对党绝对忠诚，对国家、民族、人民的深厚感情和崇高使命。明大德方能成大业，要把爱党爱国作为本分，心之所系、情之所归，作为从艺的第一位要求，把个人理想、奋斗、事业熔铸到国家富强、民族振兴、人民幸福的历史伟业中。老电影表演艺术家牛犇，从事电影工作70多年，始终以党员标准要求自己，把为人民创作作为人生追求，2018年时年83岁高龄的牛犇宣誓入党。习近平总书记得知后，写信勉励他"继续在从艺做人上作表率，带动更多文艺工作者做有信仰、有情怀、有担当的人，为繁荣发

---

[1] 习近平：《在中国文联十一大、中国作协十大开幕式上的讲话》，《人民日报》2021年12月15日第2版。

[2] 习近平：《在中国文联十一大、中国作协十大开幕式上的讲话》，《人民日报》2021年12月15日第2版。

[3] 习近平：《在中国文联十一大、中国作协十大开幕式上的讲话》，《人民日报》2021年12月15日第2版。

[4] 习近平：《在中国文联十一大、中国作协十大开幕式上的讲话》，《人民日报》2021年12月15日第2版。

展社会主义文艺贡献力量"[1]。

其次是守公德。自觉履行社会对公民的道德价值要求，坚持正确文艺导向，坚守艺术理想、艺术良知和职业操守，自尊自重、自珍自爱，讲品位、讲格调、讲责任，抵制低俗、庸俗、媚俗，身体力行践行社会主义核心价值观，树立公众人物的良好社会形象，做到言为士则、行为世范。影视演员李雪健，几十年来崇德尚艺，台上认真演戏，台下清白做人，努力追求真才学、好德行、高品位，为观众奉献了一个又一个精彩形象。

再次是严私德。就是要严格约束自己的操守和行为。市场对文艺工作者的考验，主要在于义与利的平衡和取舍。舍利取义固然高尚，但是这不符合市场经济规律，也不是文艺发展的长久之计；反之，舍义取利，一切向钱看，将文艺作品降格为一般商品，对文艺发展伤害更大。鲁迅先生曾讲过："有铜臭味的人是真实的，而铜臭味太重的人是腐烂的。"鲁迅先生在上海时期的主要经济来源有稿费、版税、编辑费与兼职所得，但这些"利"并没有成为他写作的目标本身，而是一方面帮助他摆脱自己一生最鄙弃的"帮忙"与"帮闲"的窘境，保持个体人格的独立性和一贯的社会关怀立场，另一方面又可用于慷慨帮助一大批年轻的作家。鲁迅先生的实例表明，让利接受义的导引或者为义服务，应当成为文艺工作者的自觉的义利观。

这些年，我国文艺事业飞速发展，文艺作品百花竞放。特别欣喜的是，主旋律、正能量的文艺作品，不仅带来显著的社会效益，也往往取得良好的经济效益。但在繁盛的文艺百花园中，也存在价值扭曲、浮躁粗俗、娱乐至上等问题。习近平总书记鲜明指出"有的搜奇猎艳、

---

[1] 习近平：《习近平给新近入党的电影表演艺术家牛犇的信》，新华社2018年6月26日。

一味媚俗、低级趣味,把作品当作追逐利益的'摇钱树',当作感官刺激的'摇头丸';有的胡编乱写、粗制滥造、牵强附会,制造了一些文化'垃圾'"[1]。特别是在文娱领域,行风艺德出现严重偏差,明星天价片酬、偷逃税、低俗信息炒作等乱象以及流量至上、畸形审美、"饭圈"乱象、"耽改"之风等问题频出。这些现象对社会特别是青少年产生不良影响,严重污染社会风气。中央也以前所未有的决心和力度开展文娱领域专项整治,加大了对违法失德艺人的惩处力度。广大文艺工作者要汲取那些劣迹艺人道德失守的深刻教训,强化使命担当,涵养人格修为,坚决抵制不良风气、坚定追求德艺双馨,努力做有高尚道德操守的文艺工作者。

六、善于从中华文化宝库中萃取精华、汲取能量

习近平总书记指出:"文艺创作不仅要有当代生活的底蕴,而且要有文化传统的血脉。"[2]"创作出具有鲜明民族特点和个性的优秀作品,要对博大精深的中华文化有深刻的理解,更要有高度的文化自信。"[3]强调"博大精深的中华文明是中华民族独特的精神标识,是当代中国文艺的根基,也是文艺创新的宝藏"[4],强调"广大文艺工作者要善于从中华文化宝库中萃取精华、汲取能量"[5]"要挖掘中华优秀传统文化的思想观念、人文精神、道德规范,把艺术创造力和中华文化价值融合起来,把中

---

[1] 习近平:《在文艺工作座谈会上的讲话》,《人民日报》2015年10月15日第2版。
[2] 习近平:《在文艺工作座谈会上的讲话》,《人民日报》2015年10月15日第2版。
[3] 习近平:《在中国文联十大、中国作协九大开幕式上的讲话》,《人民日报》2016年12月1日第2版。
[4] 习近平:《在中国文联十一大、中国作协十大开幕式上的讲话》,《人民日报》2021年12月15日第2版。
[5] 习近平:《在中国文联十大、中国作协九大开幕式上的讲话》,《人民日报》2016年12月1日第2版。

华美学精神和当代审美追求结合起来,激活中华文化生命力"[1]"要把握传承和创新的关系,学古不泥古、破法不悖法,让中华优秀传统文化成为文艺创新的重要源泉"[2],强调"保持对自身文化理想、文化价值的高度信心,保持对自身文化生命力、创造力的高度信心,使自己的作品成为激励中国人民和中华民族不断前行的精神力量"[3],强调"对历史文化特别是先人传承下来的道德规范,要坚持古为今用、推陈出新,有鉴别地加以对待,有扬弃地予以继承"[4]。

这些重要论述,深刻阐明了中华优秀传统文化对新时代文艺创作的独特价值,为我们古为今用、守正创新,做好新时代文艺创作指明了科学方法和路径。

中华优秀传统文化为新时代文艺创作提供了丰厚营养。中华优秀传统文化博大精深,五千年文明源远流长,四大发明、四书五经,恢宏博大,传统古文、古诗、曲艺、书法等积厚流光,为文艺精品创作培育了丰厚土壤。只有把中华优秀传统文化和长期以来形成的宝贵民族精神创造性、艺术性地融入创作之中,作品才能有其独特的精神品格,才能富有正大气象和鲜活生命力、永恒影响力。

坚持从中华优秀传统文化中汲取有益养分。凡是在创作中取得显著成就的作家艺术家,他们的作品都不同程度地浸润着中华优秀传统文化的营养。文艺创作者通过深入古典文献中、深入历史史实中,认真剖析中华优秀传统文化的基本观点、表现形式,准确把握价值理念

---

[1] 习近平:《在中国文联十一大、中国作协十大开幕式上的讲话》,《人民日报》2021年12月15日第2版。
[2] 习近平:《在中国文联十一大、中国作协十大开幕式上的讲话》,《人民日报》2021年12月15日第2版。
[3] 习近平:《在中国文联十大、中国作协九大开幕式上的讲话》,《人民日报》2016年12月1日第2版。
[4] 习近平:《汇聚起全面深化改革的强大正能量》,新华社济南2013年11月28日。

和发展规律,将其中的优秀因素挖掘出来,才能创作出更多有历史厚重感、能引发广泛共鸣的精品力作。

努力推动中华优秀传统文化创造性转化创新性发展。弘扬中华优秀传统文化,绝不是死搬硬套、僵化教条,需要我们挖掘提炼优秀传统文化中的精华,做到去粗取精、去伪存真,古为今用、推陈出新,以堪称时代精品的创作赋予中华优秀传统文化新的时代内涵和现代表达形式,充分展示中华优秀传统文化的思想精华、价值理念、道德精髓和时代魅力。

对中华优秀传统文化的学习,习近平总书记的学习清单值得我们所有专业从事文艺创作的人学习借鉴。这张清单包括了《诗经》《论语》《老子》《尚书》《礼记》《孙子兵法》《资治通鉴》《史记》《汉书》《论衡》《人间词话》《文心雕龙》等古典作品。新时代文艺工作者,对这些历经岁月淘洗而流传至今的智慧结晶、文化瑰宝,应该有更深入的学习体会,从中发掘创作思维、提取创作素材、捕捉创作灵感,启迪我们今天的文艺创作。

七、文艺批评是文艺创作的一面镜子、一剂良药

习近平总书记指出:"文艺批评是文艺创作的一面镜子、一剂良药,是引导创作、多出精品、提高审美、引领风尚的重要力量。"[1]强调"要加强马克思主义文艺理论和评论建设,增强朝气锐气,发挥引导创作、推出精品、提高审美、引领风尚的作用"[2],强调"文艺批评要的就是批评,不能都是表扬甚至庸俗吹捧、阿谀奉承"[3],强调"批评家要做

---

[1] 习近平:《在文艺工作座谈会上的讲话》,《人民日报》2015年10月15日第2版。
[2] 习近平:《在中国文联十一大、中国作协十大开幕式上的讲话》,《人民日报》2021年12月15日第2版。
[3] 习近平:《在文艺工作座谈会上的讲话》,《人民日报》2015年10月15日第2版。

'剜烂苹果'的工作,'把烂的剜掉,把好的留下来吃'。不能因为彼此是朋友,低头不见抬头见,抹不开面子,就不敢批评"[1],强调"在艺术质量和水平上敢于实事求是,对各种不良文艺作品、现象、思潮敢于表明态度,在大是大非问题上敢于表明立场"[2],强调"不能用简单的商业标准取代艺术标准,把文艺作品完全等同于普通商品,信奉'红包厚度等于评论高度'"[3]。

这些重要论述,切准了当前文艺评论的脉象,开出了改进文艺评论的良方。文艺批评和文艺创作是车之两轮、鸟之双翼,互为补充、互为影响。

关于对"一面镜子"的理解。文艺批评要成为一面镜子,映射社会、作家、作品的实象。这就是说,文艺批评要通过对文艺作品和文艺现象的分析与评论,对同时代的作家、艺术家起到赏析解读和创作引导作用,不断激励更多优秀作品产生,同时还应该提高受众的接受能力和艺术趣味,促进社会的审美理想和时代的文化风尚的进步。担负着如此重任与使命的文艺批评,需要增强自身的战斗力、说服力和影响力,需要在批评实践中构建具有中国特色的文艺理论与评论学科体系、学术体系和话语体系。

关于对"一剂良药"的理解。文艺批评的根本意义,在于以准确的阅读感受和深切的审美判断,与作者对话,与读者交流。文艺批评的作用在于促进创作、影响接受,这就要求文艺批评必须深中肯綮、研精阐微,像鲁迅所说的那样:"取其有意义之点,指示出来,使那意

---

[1] 习近平:《在文艺工作座谈会上的讲话》,《人民日报》2015年10月15日第2版。
[2] 习近平:《在文艺工作座谈会上的讲话》,《人民日报》2015年10月15日第2版。
[3] 习近平:《在文艺工作座谈会上的讲话》,《人民日报》2015年10月15日第2版。

义格外分明，扩大。"[1]要注重挖掘作品的思想价值、道德启示和社会意义，警惕批评滑向无效言说，成为概念垃圾的制造者，思维空转的重复者，拒绝以理论标准取代艺术标准，反对把批评与作品广告混为一谈。要用鲜活的文艺评论，让中国价值凸显出来，让中国精神光大起来，让正确的历史观、民族观、国家观、文化观开花结果，持续增添民族进步发展的精神力量。

从作家的角度来说，要理解批评。杨沫《青春之歌》初名《千锤百炼》，后改为《烧不尽的野火》，其间中戏教授欧阳凡海写来6000字长信，提出非常细致的修改意见，经过六七次重写、修改，最终在出版时定名为《青春之歌》。之后，杨沫还根据各方面的意见，对小说进行系统修改。杨沫曾说："与其说《青春之歌》是我一个人写的，不如说它是集体智慧、集体力量的创造更合适"[2]。也可以说，《青春之歌》的写作与反复修改的过程，是创作与评论相互契合、相互对话的结果。要接受批评。文艺创作与文艺批评之间，应当是优雅的相互凝视，是彼此尊重的工作碰撞。创作者应当有坦然直面各方批评与建议的胸襟，以敬畏之心不断完善自身创作的方向与格局，做到闻过则喜。画家黄永玉曾写信给剧作家曹禺，在表达尊敬之情的同时，坦言对曹禺后期一些作品并不满意。身为北京人艺院长的曹禺不但没生气，还把信夹入相册，在美国剧作家阿瑟·米勒访华时念给他听，成了文艺界的佳话。

从评论者的角度来看，要用好批评。文艺上有太多的尺短寸长、

---

[1] 鲁迅：《关于小说题材的通信》，《二心集》，《鲁迅全集》第4卷，广州：花城出版社，2021年，第200页。
[2] 杨沫：《〈青春之歌〉里的人物和创作》，《杨沫文集 卷5 散文选》，全民阅读精品文库，北京：中国言实出版社，2015年，第320页。

见仁见智，但一味顺着创作者的心思说，拣好听的说，面对问题绕着走，睁一只眼闭一只眼，只当老好人，不肯说真话，只会让创作和评论两败俱伤。评论家胡采在杜鹏程的《保卫延安》《年轻的朋友》、王汶石的《风雪之夜》等作品发表不久，就及时撰写专题评论文章予以热情推介。他还在《从生活到艺术》《从作家的生活创作道路谈起》等理论文章中，把柳青、杜鹏程、王汶石、魏钢焰等人的创作上升到理论层面，从作家"生活道路"与"艺术成就"内在关联的角度，对他们各自取得的突出艺术成就予以深度解读。文艺批评与文艺创作是相互影响的，文艺批评的不断介入，既促进了文艺创作，又演练了批评自身，两者彼此借力、相互砥砺，才能实现文艺的不断向前与健康发展。

八、加强和改进党对文艺工作的领导

习近平总书记指出："文艺事业是党和人民的重要事业，文艺战线是党和人民的重要战线。"[1]强调"中国共产党从成立之日起就把建设民族的科学的大众的中华民族新文化作为自己的使命，积极推动文化建设和文艺繁荣发展"[2]，强调"一百年来，党领导文艺战线不断探索、实践，走出了一条以马克思主义为指导、符合中国国情和文化传统、高扬人民性的文艺发展道路，为我国文艺繁荣发展指明了前进方向"[3]，强调"一百年来，在党的领导下，广大文艺工作者坚持与时代同步伐，

---

[1] 习近平：《在中国文联十一大、中国作协十大开幕式上的讲话》，《人民日报》2021年12月15日第2版。

[2] 习近平：《在中国文联十一大、中国作协十大开幕式上的讲话》，《人民日报》2021年12月15日第2版。

[3] 习近平：《在中国文联十一大、中国作协十大开幕式上的讲话》，《人民日报》2021年12月15日第2版。

与人民同呼吸、共命运、心连心，高擎民族精神火炬，吹响时代前进号角，矢志不渝投身革命、建设、改革事业，用丰富的文艺形式，激励受剥削受压迫的劳苦大众浴血奋战、百折不挠，激励站起来的中国人民自力更生、发愤图强，激励改革开放大潮中的亿万人民解放思想、锐意进取，激励新时代的中国人民自信自强、守正创新，为增强人民力量、振奋民族精神发挥了重要作用"[1]，强调"繁荣发展社会主义文艺、建设社会主义文化强国，需要在党的领导下，广泛团结凝聚爱国奉献的文艺工作者，培养造就一大批德才兼备的文学家、艺术家"[2]，强调"尊重和遵循文艺规律，通过深化改革、完善政策、健全体制，形成不断出精品、出人才的生动局面"[3]，强调"创新工作体系，做好对新的文艺组织和新的文艺群体的教育引导工作，向基层文艺工作者倾斜，用事业激励人才，让人才成就事业，广泛组织动员各领域各层次各方面文艺工作者投身党的文艺事业"[4]。

这些重要论述，深刻阐明了党与文艺的关系，明确了新时代加强和改进党对文艺工作领导的原则和要求。

把好方向。我们党历来重视文艺工作，始终把文化视为民族生存和发展的重要力量。文艺事业是党和人民的重要事业，文艺战线是党和人民的重要战线。传播社会主义核心价值观，文艺是主渠道，文艺工作者责无旁贷。只有在党的领导下，把好文艺工作的方向，社会主

---

[1] 习近平：《在中国文联十一大、中国作协十大开幕式上的讲话》，《人民日报》2021年12月15日第2版。

[2] 习近平：《在中国文联十一大、中国作协十大开幕式上的讲话》，《人民日报》2021年12月15日第2版。

[3] 习近平：《在中国文联十一大、中国作协十大开幕式上的讲话》，《人民日报》2021年12月15日第2版。

[4] 习近平：《在中国文联十一大、中国作协十大开幕式上的讲话》，《人民日报》2021年12月15日第2版。

义文艺事业才能实现大发展大繁荣，才能出现百花齐放、硕果累累的生动景象。

尊重规律。就是用符合文艺规律的方式领导文艺事业，不断促进文艺创作健康繁荣和理论批评活跃发展。党的十八大以来，中央连续出台《中共中央关于繁荣发展社会主义文艺的意见》《关于实施中华优秀传统文化传承发展工程的意见》等政策措施，这些文件紧密结合现实，精辟揭示中国特色社会主义文艺必须尊重和遵循的基本文艺规律。

做好服务。在保障上做到对文艺工作者思想上积极引领、工作上创造条件、生活上关心关爱，为造就和培养德艺双馨的文艺名家，创作文艺精品营造良好的环境。正确处理政治立场和创作自由的关系，尊重他们的创作个性与风格，鼓励和肯定他们的艺术探索和创新。

实践经验告诉我们，不断加强和改进党对文艺工作的领导，是我国文艺事业必须遵循的法则。而真诚地与文艺工作者交心当朋友，是获得文艺工作者支持拥护的关键所在。习近平总书记为全党作出了示范，和路遥交朋友，从彼此的长谈中增进对文学的见解；撰写散文《忆大山》，动情回忆与贾大山亦师亦友的深厚情谊；给艺术家们写信回信，以温暖的话语传递关怀的深情……这一幕幕情深意切的交友交心，一回回悉心引导和关怀备至，传递着习近平总书记对文艺事业的真诚炽热和对文艺工作者的深情厚爱。广大领导干部要向习近平总书记学习，谦虚真诚、关心关怀，善于同文艺工作者打交道、交朋友，不断改进工作方式和工作作风，真正把广大文艺工作者紧紧凝聚在党的周围。

（原载《湖南师范大学社会科学学报》2022 年第 1 期）

热忱描绘新时代新征程的恢宏气象

进京参加第十一次文代会，在人民大会堂聆听习近平总书记博大深沉、铿锵有力的讲话，强烈感受到习近平总书记大党大国领袖的文化自信、强烈感受到新时代文艺工作者的责任使命。联系湖南文艺新时代以来的跟进之力、创新之举、精品之作，深切感悟总书记关于文艺紧随时代的号召，鲜明而有力、激情而振奋。

笔墨紧随时代。习近平总书记指出，当代中国，江山壮丽，人民豪迈，前程远大。新时代新征程是当代中国文艺的历史方位。人民是历史的创造者，也是时代的创作者。只有把握时代脉搏，才能领悟人民心声。广大文艺工作者要心系民族复兴伟业，热忱描绘新时代新征程的恢宏气象。讲话深刻回答了"为什么要书写新时代"这一重大命题，为新时代文艺创作明确了历史方位、赋予了时代使命。

讴歌伟大时代。习近平总书记指出，要从时代之变、中国之进、人民之呼中提炼主题、萃取题材，展现中华历史之美、山河之美、文化之美，抒写中国人民奋斗之志、创造之力、发展之果，努力创作无愧于我们这个伟大民族、伟大时代的优秀作品。这九个"之"，精辟概括了当代中国取得的历史性成就、发生的历史性变革，深刻回答了"新时代写什么"这一重要选题，为新时代文艺创作指明了创作重点。

感悟呼应时代。 习近平总书记指出，广大文艺工作者要把人生追求、艺术生命同国家前途、民族命运、人民愿望紧密结合起来，从时代的脉搏中感悟艺术的脉动。要弘扬以爱国主义为核心的民族精神和以改革创新为核心的时代精神，弘扬伟大建党精神，唱响昂扬的时代主旋律。要把中华美学精神和当代审美追求结合起来，激活中华文化生命力。这些论述深刻回答了"怎样书写新时代"这一实践课题，为新时代文艺创作明确了基本路径。

深入学习习近平总书记重要讲话精神，对照习近平总书记为湖南擘画的蓝图，联系省党代会为湖南描绘的画卷，这些都为新时代湖南文艺繁荣提出了新命题，划记了新重点，让我们对湖南文艺所处的历史方位有了更深刻的体会，对湖南文艺的时代使命有了更深入的认识。新时代湖南文艺创作大有可为，也必将大有作为。

要描绘山乡巨变的新时代画卷。 湖南作为精准扶贫首倡地，奏响了自强不息、勤劳致富的大地颂歌，书写了"矮寨不矮、时代标高"的精彩故事，正在描绘乡村振兴的时代画卷。要从湖湘大地正在发生的广泛而深刻的变革中，汲取营养，获取灵感，把三湘大地的山河巨变生动展示出来、传播开来。

要奏响大国重器的新时代交响。 从太空的北斗到深海的"海牛"，从翱翔的"神州"到驰骋的轨道交通，湖南在为大国造重器上作出了重要贡献。我们要聚焦锻造大国重器、服务国之大者等主题，从打造具有核心竞争力的科技创新高地的火热实践中，提炼主题，用心创作，谱好锻造大国重器的铿锵之音，让大国重器的腾飞插上科技和文艺的翅膀。

要展现碧水青山的新时代图景。 习近平总书记几次到湖南考察，对湖南的秀美家园、壮美山河多有赞誉，要求湖南高度重视生态文明建设，勉励湖南"守护好一江碧水"。要聚焦建设美丽湖南的生动实践，用"红雨随心翻作浪，青山着意化为桥"的美好诗意，展现湖南"江山如此多娇"，展示湖南践行"绿水青山就是金山银山"理念的发展成果。

要传递民生实事的新时代温暖。江山就是人民、人民就是江山。要坚持以人民为中心的创作导向，把心、情、思沉到人民之中，同人民一道感受时代的脉搏、生命的光彩，为时代和人民放歌，传递好党和人民同呼吸、共命运、心连心的时代暖意，让党和人民的血肉联系更紧密。

要绽放湖湘文化的新时代光彩。湖南文源深、文脉广、文气足，"十步之内，必有芳草"，红色、古色、绿色"三色辉映"。要立足深厚的湖湘文化资源，在创造性转化、创新性发展中推动优秀传统文化、革命文化与社会主义先进文化源流相汇、沛然前行，以丰硕灿烂的文艺果实让湖湘文脉永葆气象万千的壮阔景象。

要讴歌创造奋斗的新时代英雄。聚焦打造高地的"攀登者"、践行使命的"担当者"、创新创造的"拓荒者"、乡村振兴的"实干者"、无私奉献的"逆行者"等人物群像，推出更多讴歌时代英雄的精品力作，为时代立传，为社会铸魂，为建设社会主义现代化新湖南凝心聚力。

湖南是一片文化的沃土、生活的厚土、创新的热土。"于斯为盛"之"斯"，既指这片土地，更指这个时代。新时代新征程上，有习近平总书记关于文艺工作的重要论述和习近平总书记对湖南重要讲话重要指示批示精神为指引，我们完全有底气、有能力、有责任传承历史的辉煌，谱写湖南文艺新的时代华章。

（原载《湖南日报》2021年12月24日第15版）

努力锻造一支文艺评论"湘军"

党的十八大以来,湖南文艺评论工作者坚持以习近平总书记关于文艺工作的重要论述为指导,坚持与人民同心,与历史同行、与创作同步,呼应时代、面向全国,聚焦本土、介入现场,为湖南文艺的繁荣发展作出了积极贡献。在新时代,湖南文艺评论更应自觉担起神圣的使命和责任。

要坚持守正创新,增强新时代湖南文艺评论工作者的使命感责任感。文艺评论是提高文化软实力、推进文化强国建设的重要力量。进入新阶段、迈上新征程,文艺评论只有守正创新,才能引领文艺创作奋勇攀登新时代文艺高峰。

文艺评论既要体现文艺的审美价值,更要体现社会主义核心价值观。文艺评论要从美学的角度出发,努力探索艺术美的创造规律,剖析艺术美的存在形态,发现艺术美的永恒魅力,阐明文艺现象的审美价值。同时,更要用社会主义核心价值观引领文艺评论,大力倡导讴歌党、讴歌祖国、讴歌人民、讴歌英雄的价值取向,使受众在艺术的享受中,将社会主义核心价值观内化于心、外化于行。

文艺评论既要对文艺作品、文艺现象进行评议,还要对社会风尚进行引领。文艺评论应该对整个社会大众审美的提升和社会风尚的引领担当重要责任。必须坚持把社会效益放在首位，认真履行文艺评论的社会责任，开展更多的有益于向善、向真、向美的文艺评论。致力于发掘发现文艺作品中的真善美、揭示假恶丑，深刻揭示什么是应该肯定和赞扬的，什么是必须反对和否定的，增强人们的价值判断和道德责任感，形成向上向善的力量。

文艺评论既要有更多的数量和更广的覆盖面，更要追求高质量。要以有担当有活力的理论锐气，提高批评的创造力、创新性，提高文艺评论在文艺繁荣、文艺工作全局中的思想力、活跃力、贡献力，创造出新时代湖南文艺评论的质量标高。要关注社会对文艺的反应，关注文艺与社会的相互影响，突出思想见地、观点创见的魅力。增强文艺评论的主动性和前瞻性，拓展论文、杂文，或辣评、锐评等多种形式，使评论更有力量。

文艺评论要形成鲜明的战斗风格。要运用历史的、人民的、艺术的、美学的观点评判和鉴赏作品，不断强化褒贬甄别功能，不断提升战斗力、说服力。要对不良现象开展批评，从不同维度对作品进行剖析。开展科学的、说理的文艺评论，不低声下气，也不轻易上纲上线；倡导说真话、讲道理的评论原则和公道直言、实事求是的评论风气。评论家和作家、艺术家之间要赤诚相见，在艺术质量和水平上要敢于实事求是，论理讲美，好处说好，坏处说坏。

湖南文艺评论既要彰显湖湘特色，更要力争影响全国。要立足独特的湖湘文化根脉，继承创新中国古代文艺批评理论优秀遗产，批判借鉴现代西方文艺理论优秀成果，根据新的时代条件，对地域文化进行创造性转化，不断彰显湖湘特色和品格。要更多地研究全国性的文艺现象和重要的文艺评论问题，主动设置全国性的文艺议题，努力放大湖南评论的音量，在全国产生更大影响。

坚持紧随时代，在湖南文艺评论重点任务上聚焦发力。"笔墨当随时代"，文艺创作要紧扣时代脉搏，回答时代之问，文艺评论同样要体现时代精神，聚焦新时代文艺场域精准发力。

要聚焦重大主题。当前，要集中力量打造献礼建党百年的扛鼎之作，发挥文艺评论的引导、推动作用，鼓舞文艺工作者围绕湖南在党史和新中国史上具有标志性意义的重大事件、重要人物，奋力书写湖南人民感党恩听党话跟党走的宏大故事和精彩篇章。要紧紧围绕"十四五"规划和2035远景目标，特别是习近平总书记2020年在湖南考察时为我们擘画的"三高四新"宏伟蓝图，加强文艺创作引导，推出精品力作。

要聚焦重点优秀作品。要直面湖南省文艺创作实践，如舞台剧《大地颂歌》和电视剧《江山如此多娇》在艺术上的创新，电视剧《百炼成钢》《理想照耀中国》在电视美学上的探索，"芒果季风"开创国产季播剧先例等，都很值得评论。对于2020年以来确定的湖南省献礼建党百年暨全面建成小康社会主题的大量优秀文艺作品，我们要主动作为、提前谋划、精心策划，做好评论推介。

要聚焦重点创作门类。电影、电视剧、舞台剧和长篇小说、报告文学这些重点艺术门类，受众面广、关注度高，应该得到重点关注。音乐、舞蹈、美术、书法、摄影、曲艺、杂技及民间文艺等艺术门类，人民群众热心参与、乐在其中，要成为评论家观照社会、引领导向的重点领域。网络小说、网络电视剧、网络综艺节目、网络音乐等网络文艺，是文艺评论不应忽视的新阵地。对这些艺术门类，要及时推出有分量、有质量的评论文章。

要聚焦重要评论阵地。充分发挥主流媒体文艺评论阵地的作用，特别是要依托《湖南日报》、湖南广播电视等主流媒体，把湖南评论的好声音传得更远更响。建好用好《文艺论坛》《中国文学研究》《求索》《中国韵文学刊》等专业刊物，在《芙蓉》《湘江文艺》《散文诗》《艺海》等刊物设立文艺评论专栏。充分发挥高校学报、校刊功能，使文艺评论更好地与学术研究结合起来。打造互联网评论阵地，发挥"湘遇"APP等文艺评论阵地作用。推进文艺评论阵地联动发展，形成矩阵式、立体化评论格局。

要聚焦重点评论家群体。要培养一批领军人才，扛起评论大旗，发表真知灼见。重点聚焦"实力派"评论人才，鼓励文艺名家开设专栏，推出一批有锐气的评论文章。充分发挥"学院派"评论人才的作用，多关怀关心、创造条件，鼓励他们多出高质量评论。以更大的热情、更多的精力关注"新生代"评论人才，特别是新文艺群体中的青年文艺评论人才，让这些新生力量更好地推动湖南文艺评论迈上新台阶。

洞庭波涌，长岛人歌。湖南文艺队伍曾被誉为"文学湘军""文艺湘军"。面向新时代，立足三湘大地，我们要努力锻造一支有担当有实力的湖南文艺评论队伍，推出更多文艺精品，把"文艺湘军"的品牌擦得更亮。

(原载《中国艺术报》2021年6月28日第3版)

用好文艺评论这面镜子
助推文艺事业繁荣发展

　　文运同国运相牵，文脉同国脉相连。

　　党的十八大以来，以习近平同志为核心的党中央高度重视文艺事业发展，习近平总书记从坚持和发展中国特色社会主义的高度，对繁荣发展社会主义文艺及文艺批评作出一系列重要论述。在地位作用上，强调实现中华民族伟大复兴，需要坚韧不拔的伟大精神，也需要振奋人心的伟大作品；文艺批评是文艺创作的一面镜子、一剂良药，是引导创作、多出精品、提高审美、引领风尚的重要力量；有了真正的批评，我们的文艺作品才能越来越好。在价值取向上，强调始终坚持以人民为中心，把满足人民精神文化需求作为文艺和文艺工作的出发点和落脚点，把人民作为文艺表现的主体；一部好的作品应该是经得起人民评价、专家评价、市场检验的作品，应该是把社会效益放在首位，同时也应该是社会效益和经济效益相统一的作品；当两个效益、两种价值发生矛盾时，经济效益要服从社会效益，市场价值要服从社会价值；不能用简单的商业标准取代艺术标准，不能把文艺作品完全等同于普通商品、信奉"红包厚度等于评论高度"。在方针品格上，强调高扬社会主义核心价值观旗帜，将其活灵活现体现到文艺创作之中，用栩栩如生的作品形象告诉人们什么是应该肯定和赞扬的，什么是必须反对和否定的；批评家要做"剜烂苹果"的工作，把烂的剜掉，把好的留下来吃；以马克思主义文艺理论为指导，把好文艺批评的方向盘，在艺术质量和水平上敢于实事求是，对各种不良文艺作品、现象、思潮敢于表明态度，在大是大非问题上敢于表明立场，倡导说真话、讲道理，营造开展文艺批评的良好氛围；等等。

这些重要论述切准了文艺及文艺评论的脉象，开出了改进工作的良方，为推动新时代湖南文艺及文艺评论工作高质量发展指明了方向、提供了遵循。

与历史同行，与人民同心，与创作同步。新中国成立以来，随着社会主义文艺的繁荣发展，与之相伴相生的文艺评论也在快速进步，书写了紧随国运文运而兴的华丽篇章。

进入新时代，湖南文艺评论坚持以习近平总书记关于文艺工作的重要论述为指导，积极投身时代、勇立潮头、褒优贬劣、激浊扬清，为推动湖南文艺事业大发展大繁荣作出了突出贡献。

一是引领方向、坚定导向。深入学习贯彻习近平总书记关于文艺工作的重要论述，坚持用马克思主义文艺理论、美学思想中国化、时代化、大众化最新成果观察文艺思潮、剖析文艺现象，引导人们认清和坚持文艺发展主流价值、主流形象。省委宣传部深度聚焦重点文艺作品、现象、动态、思潮等开展文艺阅评，及时发现和纠正苗头性、倾向性问题，加强媒体文艺宣传，把正确舆论导向贯穿文艺创作和评论各领域全过程。

二是呼应时代、与时俱进。坚持紧扣时代脉搏，紧跟时代潮流，推出了一大批反映时代主流、在全国产生重大影响的优秀评论。比如中南大学欧阳友权的《数字化语境中的文艺学》获第四届"鲁迅文学奖·优秀文学理论评论奖",湖南省艺术研究院胡安娜所著戏剧理论评论先后四次获得"中国戏剧奖·理论评论奖"。湖南省政府参事盛伯骥的影视评论佳作不断,何小平、岳凯华、聂茂、晏杰雄、李蒲星、李正庚等一批评论家获得重要文艺评论奖。

三是聚焦本土、介入现场。在深度关注文艺共性问题的同时,重点聚焦湘籍名家名作及湖南本土发生的文艺现象及时发声。2020年以来,围绕舞台剧《大地颂歌》、电视剧《江山如此多娇》、纪实文学《扶贫志》等一批文艺精品组织开展系列宣传评论,为扩大全国影响力发挥了积极作用。同时,凌宇的沈从文研究、胡光凡的周立波研究,以及丁玲、田汉、韩少功、残雪文学评论,以及湘籍网络作家作品评论等数量繁多的"本土化"评论持续用劲、精准发力,形成了评论与创作相互砥砺、相得益彰的放大效应。

四是加强组织、凝聚力量。切实加强和改进党对文艺工作的领导,各级党委宣传文化部门认真贯彻党的文艺方针,通过制定政策措施、健全工作机制,推动文艺评论阵地不断巩固,评论队伍日益壮大。早在2002年湖南就成立了文艺评论家协会,随后相继成立了音乐评论委员会、视觉艺术评论委员会等专业评委委员会和文艺评论基地,2020年又率先成立全国第一个省级电影评论协会,目前有11个市州也都成立了文艺评论家协会。从《理论与创作》《创作与评论》到《文艺论坛》,从《湖南日报·湘江》副刊到《湘江周刊》,从《新湖南》《红网时刻》等新媒体文艺评论栏目到"湘遇"等一批文艺评论公众号,文艺评论的触角越来越宽、覆盖面越来越广,形成了多点绽放、全面开花的新格局。

但也要清醒看到湖南省文艺评论工作还存在一些短板,比如:评论精品持续创作推出能力有待提升;文艺评论总体上与文艺创作不匹配，尤其是有分量的本土文艺评论还不够多；各艺术门类的理论与评论实力不够均衡；理论联系实际还不够紧密，注重学术性、基础性的评论多，贴近生活、贴近群众的评论少；文艺评论家群体规模小、青黄不接，并且研究领域各不相同、各自为战；一些评论文章或研讨活动缺少批评精神等，需要在今后工作中精准施策、有效解决。

紧随时代潮流，紧扣重大主题，紧抓重点任务。"文变染乎世情，兴废系乎时序"[1]，文艺是时代前进的号角，最能代表一个时代的风貌，最能引领一个时代的风气。

2021年是中国共产党成立100周年，是开局"十四五"、开启新征程的第一年。躬逢大有可为、大有作为的新时代，亲身见证建党百年重要历史时刻并为之而书写、而放歌，是我们这一代人的幸福和荣光，也是文艺工作者的崇高使命和应尽之责。文艺评论作为文艺创作的一面镜子、一剂良药，必须充分发挥褒优贬劣、激浊扬清的重要作用，为引导创作、多出精品、提高审美、引领风尚作出新的更大贡献。

聚焦重大主题抓引导。湖南是革命圣地、红色故土、将帅之乡，是"精准扶贫"思想首倡地，习近平总书记称赞"十步之内必有芳草"。要以高度责任感和使命感抓文艺评论，更好鼓励引导文艺工作者把镜头笔头对准百年党史中的湖南沧桑巨变，深入挖掘具有标志性意义的重大事件、重要人物，真情描绘湖南现代化进程的多彩画卷，奋力书写三湘儿女感党恩听党话跟党走的华美故事和精彩篇章，让芳草散发出新的芳香。紧紧围绕实施"三高四新"战略，以及供给侧结构性改革、经济高质量发展、乡村振兴、生态环境保护等主题加强文艺创作引导，为奋斗"十四五"、奋进新征程提供强大精神力量。

聚焦重点优秀作品抓引导。2020年以来湖南省确定了一批献礼建

---

[1] 庄适，司马朝军选注：《文心雕龙》，武汉：崇文书局，2014年，第104页。

党百年暨全面建成小康社会主题优秀文艺作品，包括电影《十八洞村》《半条棉被》《第一师范》《长沙夜生活》，舞台剧《英·雄》《热血当歌》《半条红军被》《忠诚之路》《向警予》，文学图书《乡村国是》《扶贫志》、"梦圆二〇二〇"丛书、《诗忆：1921—2021》《谁主沉浮》《湖南为什么这样红》，以及大型交响叙事组歌《苗寨的故事》、"百年恰是风华正茂"——庆祝中国共产党成立100周年大型美术创作工程、大型歌舞电视文艺晚会《百年正青春》等，是近年来湖南文艺精品力作的集中体现。要深入研究和总结好，在深耕本土、聚焦重点、精心策划、抓好推介中提升文艺评论的说服力影响力。

聚焦重点创作门类抓引导。习近平总书记强调，社会主义文艺从本质上讲就是人民的文艺，要把人民作为文艺审美的鉴赏家和评判者，把为人民服务作为文艺工作者的天职。从现实来看，电影、电视剧、舞台剧、长篇小说、报告文学等重点艺术门类，音乐、舞蹈、美术、书法、摄影、曲艺、杂技、民间文艺等艺术样式，以及网络小说、网剧、网综、网络音乐等网络文学，都是群众易于参与、乐在其中的重点领域，也应成为文艺评论家观照现实、引领导向的重要方面。要始终坚持以人民为中心，聚焦群众喜闻乐见的重点门类，深入群众、掌握实情，及时推出有分量、有质量、接地气的专业评论文章，不断标注审美高度，扩大主流话语影响，让评论真正深入人心、产生共鸣。

聚焦重要评论阵地抓引导。既要积极利用湖南日报、湖南广播电视、湖南出版等主流媒体文艺评论阵地，又要建好用好《中国文学研究》等专业刊物，在《芙蓉》等刊物设立文艺评论专栏，提高专业评论的权威性。充分发挥高校学报、校刊功能，把文艺评论与学术研究更好结合起来。顺应互联网发展大势，下大力建强"湘遇"APP等网络文艺评论阵地，着力打造矩阵式、立体化传播渠道，让湖南评论好声音传得更广更远。

聚焦重点评论家群体抓引导。及时关注支持本土"实力派"评论人才发挥作用，鼓励引导文艺名家开设专栏，及时推出一批有锐气有朝气的评论文章。重点培养一批能扛大旗、发表真知灼见的文艺领军人才，加强高校"学院派"文艺评论队伍建设，不断提升专业评论的质量水平。以更大热情、更多精力关注"新生代"文艺评论人才特别是新文艺群体中的青年文艺评论人才，积极建立健全有关评奖获奖作品配套奖励办法，充分调动积极性主动性创造性，着力构建"万类霜天竞自由"的人才发展格局。

坚持守正创新，把牢正确方向，主动担当作为。"诗文随世运，无日不趋新。"创新是文艺创作的生命，也是文艺评论的动力源泉。随着经济社会的发展进步和信息技术的迅猛发展，人们思想观念、生活方式也在不断改变，文艺评论的创作手段、传播媒介、接受方式随之出现了一些新特征新变化。如何跟上新时代发展步伐，顺应信息化、网络化、数字化、智能化的社会发展趋势，更好发挥思想引领、创作引领、价值引领和审美引领的重要作用？如何借助微信、微博、手机客户端等媒介平台"破冰""出圈"，更好破除专业文艺评论者与普通受众之间的壁垒？如何适应话语形态日益多元交叉的新形势，让各种评论有序生长、有效发声，使正能量有大流量、主旋律有高频率？都需要在"守正创新"上聚焦发力，既牢牢把握正确的政治方向、舆论导向、价值取向，又大力推进文艺评论观念理念、传播媒介、话语体系等各领域创新，切实提升文艺评论的时代性针对性和传播力影响力。

坚持体现文艺审美价值与弘扬社会主义核心价值观相统一。别林斯基说："确定一部作品的美学优点的程度，应该是批评的第一要务。"[1]

---

1 [俄]别林斯基：《别林斯基选集》第三卷，上海：上海文艺出版社，1958年，第595页。

坚持从美学角度出发，努力探索艺术美的创造规律，剖析艺术美的存在形态，发现艺术美的永恒魅力，阐明文艺现象的审美价值，是文艺评论繁荣发展的必然要求。"凡作传世之文者，必先有可以传世之心。"[1]文艺评论不仅仅是审美的互动，还应高扬社会主义核心价值观的旗帜，充分认识肩上的责任，把社会主义核心价值观融入文艺评论之中，用生动的语言、形象的作品告诉人们什么是应该肯定和赞扬的，什么是反对和否定的。社会主义核心价值观的灵魂是爱国主义，要大力倡导讴歌党、讴歌祖国、讴歌人民、讴歌英雄的价值取向，让受众在艺术的享受中把社会主义核心价值观内化于心、外化于行，使之成为创作和评论的自觉遵循。

坚持评议文艺现象与引领社会风尚相统一。习近平总书记2021年4月19日在清华大学考察时强调"要增强文化自信，以美为媒"，发挥美术在服务经济社会发展中的重要作用，增强城乡审美韵味、文化品位，让美术成果更好服务于人民群众的高品质生活需求。文艺评论活动作为发现美阐释美、用美滋养人教育人的有效载体，要认真履行文艺评论的社会责任，始终把社会效益放在首位，通过开展形式多样的评论活动，致力于发掘蕴藏在文艺作品中的真善美、假恶丑，用光明驱散黑暗，用美善战胜丑恶，增强人们的价值判断和道德责任感，形成向上向善的强大正能量。

坚持更多数量更广覆盖与追求高质量相统一。伟大时代呼唤伟大文艺作品和评论精品。要在提高创造力、创新性上想办法、出实招，不断增强文艺评论在文艺繁荣发展全局中的活跃力、贡献力、思想力，努力打造新时代湖南文艺评论的质量标高。时刻关注社会对文艺的反

---

[1] 李渔：《闲情偶寄》，《李渔全集（第3卷）》，1992年，杭州：浙江古籍出版社，第6页。

应，以及文艺与社会的相互影响，着力丰富拓展论文、杂文、辣评、锐评等形式，让评论既有思想深度、又有引导力量。重点加强对优秀作品、新人新作、焦点热点以及网络文艺的评论，为其创作提供具有建设性意义的参考，增强文艺评论的主动性前瞻性实效性。积极探索具有广泛群众性和社会影响力的多样化评论形态，推动形式更加丰富多彩、内容更加深入浅出、语言更加生动活泼、文风更加朴实清新，着力提升文艺评论覆盖面有效性到达率。

坚持遵循规律性与强化战斗性相统一。文艺评论运用历史的、人民的、艺术的、美学的观点评判和鉴赏作品，有其内在的规律和原理。要在遵循规律原理的基础上，进一步强化文艺评论褒贬甄别功能，切实增强其战斗力、说服力。要瞄准作品思想立意、价值取向、艺术追求、格调品位、社会效益和经济效益等重点，聚焦同质化、雷同化、流水化等现象开展科学高效、有理有节的文艺评论，做到既不低声下气，也不轻易上纲上线。大力弘扬实事求是、公道直言的评论风气，坚持说真话、讲道理，在大是大非上旗帜鲜明、立场坚定，同各种不良文艺作品、现象、思潮作坚决斗争，切实防止和抵制"去思想化""去价值化""去历史化""去中国化""去主流化"等不良倾向。着眼建立"真正的批评"，坚持一切从实际出发，在提升艺术质量水平上持续用力，既要好处说好，也要坏处说坏，更好促进和引领创作生产，以实现"我们的文艺作品才能越来越好"的目标。

坚持彰显湖湘特色与扩大全国影响相统一。湖南具有万古之风、千年之雅、百年之颂的文化气质，在中华文化百宝园中留下不少传世经典，蕴含着丰厚独特的美学经验和理论创见。要善于从中汲取智慧营养，立足湖湘文化根脉，积极继承创新中国古代文艺批评理论优秀遗产，善于批判借鉴现代西方文艺理论优秀成果，根据新的时代条件对地域文化进行创造性转化、创新性发展。要进一步开阔视野、开放胸怀,既敏锐捕捉全国性文艺动态和苗头性倾向,主动设置更加广泛开放的文艺议题,又注重加强与艺术的未来对话,结合地域化评论提升写作的质量和效率,不断放大音量、增加分量,切实提升湖南文艺评论在全国的覆盖面影响力。

(原载内刊《湖南工作》2021年第6期)

推动湖南文艺评论高质量发展

习近平总书记指出:"文艺是时代前进的号角,最能代表一个时代的风貌,最能引领一个时代的风气。"[1]我们要深刻领会习近平总书记关于文艺工作的系列重要论述精神,把党的文艺思想转换为提升文艺创造力的重要思想资源和科学方法,从而构建起新时代文艺评论的话语体系,推动湖南文艺评论工作在新时代高质量发展。

始终牢记与时代同步伐的评论工作指针。习近平总书记突出强调文艺与时代的紧密关系,鼓励文艺工作者"记录新时代、书写新时代、讴歌新时代"[2],指出"一切有价值、有意义的文艺创作和学术研究,都应该反映现实、观照现实,都应该有利于解决现实问题、回答现实课题"[3]。面向新时代,文艺评论要以有担当有活力的理论锐气提高批评的创造力、创新性,提高文艺评论在文艺繁荣、文艺工作全局中的活跃力、贡献力、思想力。一方面,我们要寻根溯源,不忘本来,传承发展《文心雕龙》《典论》《诗品》等中华民族古典文论的历史传统、思

---

[1] 习近平:《在文艺工作座谈会上的讲话》,《人民日报》2015年10月15日第2版。
[2] 习近平:《习近平看望参加政协会议的文艺界社科界委员》,新华社2019年3月4日。
[3] 习近平:《习近平看望参加政协会议的文艺界社科界委员》,新华社2019年3月4日。

维优势、学术积淀和话语特色，在坚持中国特色社会主义文艺思想资源、继承中国传统文艺理论成果的基础上，吸收借鉴世界文化文艺理论有益成分，创造有新时代光辉的中国文艺理论和批评。另一方面，文艺评论还需积极回应现实面临的诸如新旧观念冲突、义利观的选择等问题，主动设置议题，促进评论需求，关注社会对文艺的反应，关注文艺与社会的相互影响，突出思想见地、观点创见的魅力，拓展论文、杂文、辣评、锐评多种形式，使评论更有力量。今年是决胜全面建成小康社会、决战脱贫攻坚之年，2021年是中国共产党成立100周年，湖南文艺评论界应增强文化使命感和担当精神，围绕这些主题提前谋划、精准发力，用高水平创作成果为建设富饶美丽幸福新湖南作出独特的贡献。

始终坚持以人民为中心的评论工作导向。"文艺创作方法有一百条、一千条，但最根本、最关键、最牢靠的办法是扎根人民、扎根生活。"[1]早在抗日战争时期，《晋察冀日报》就以"文旗随战鼓，评论为人民"为办报宗旨。文艺评论以文艺作品及现象为媒介，实现评论者与作者、读者以及社会沟通、交流、互动，以人民为中心，既是文艺评论的题中应有之义和内在要求，也是时代和人民的呼唤。我们常说文学是人学，事实上，一切文艺活动都是以人为中心的活动。文艺评论是一种丰盈的精神建构活动，目的是奖掖文艺之美、颂扬人性之善、促进社会向上，关注人、指向人，探究人的存在价值和生命意义，是文艺评论的基本指向和内在诉求。不忘初心，方能牢记来路。当前，评论家只有站在人民立场，心怀对人民的无限真诚，在海量的文艺作品中披沙拣金，对大众的审美趣味进行健康引导，对人们的精神诉求给予积极指引，才能展示出一种源于生活而又高于生活的评论姿态，进而砥

---

1 习近平：《在文艺工作座谈会上的讲话》，《人民日报》2015年10月15日第2版。

砺时代精神、传递向上向善价值。

始终瞄准推出精品力作的评论工作目标。文艺创作要出精品力作，文艺评论工作同样要出精品力作。习近平总书记在文艺工作座谈会上的讲话中指出："文艺批评要的就是批评""文艺批评就要褒优贬劣、激浊扬清，像鲁迅所说的那样，批评家要做'剜烂苹果'的工作，'把烂的剜掉，把好的留下来吃'。"文艺评论要在推动创作、引导欣赏和社会文化舆论上发挥更积极的作用，特别是在支持高质量创作和优秀作品上加大力度，用批评的力量促进艺术创作追求高质量，不断攀登艺术高峰。2020年，湖南举全省文艺战线之力推进两部脱贫攻坚题材重点项目，一部是大型歌舞剧《大地颂歌》，以十八洞村为原型，以原创音乐为主打，注重多种舞台元素有机融合，力争打造一部新时代奋斗史诗；另一部是电视剧《江山如此多娇》，以湖南省脱贫攻坚为背景，以纪实手法讲述精准扶贫故事。同时，正在创作电影《长沙夜生活》《第一师范》《新芙蓉镇》、电视剧《百炼成钢》和图书《扶贫志》《立此存照：十八洞村精准扶贫实录》。湖南文艺评论工作者要为这些

图为大型史诗歌舞剧《大地颂歌》，刘海栋摄影

重点项目鼓与呼，同时要围绕三大攻坚战、供给侧结构性改革、产业项目建设、"六稳""六保"等，通过文艺评论为作者引前路、为读者指方向、为时代校圭臬。

始终坚守用明德引领风尚的评论工作底线。习近平总书记提出文艺工作要用明德引领风尚，在文艺人才与文艺作用的关系上提出"艺术家自身的思想水平、业务水平、道德水平是根本"[1]"文艺工作者要自觉坚守艺术理想……还要有高尚的人格修为"[2]。人品即文品。评论工作也如此。新时代文艺评论水平的提高，特别需要高水平人才队伍培养和建设，坚持有信仰有情怀有担当，是当下文艺评论工作者最需要秉持的初心。在物质与感性流行于文艺欣赏时，文艺评论特别需要坚守艺术理想，不做市场的奴隶，勇于担当，长期积累，积健为雄。同时，就文艺评论工作者个体而言，要不断充实思想文化，增加知识深度厚度，更要在文艺实际、社会实际中在场、到场，身入、心入、情入，自觉坚持人格修为，追求德艺双馨，以做人的正派确立批评的正声。此外，要注重年轻文艺评论人才的培养，让文艺评论后继有人、人才辈出。

（原载《中国艺术报》2020年9月2日第3版）

---

1 习近平：《在文艺工作座谈会上的讲话》，《人民日报》2015年10月15日第2版。
2 习近平：《在文艺工作座谈会上的讲话》，《人民日报》2015年10月15日第2版。

回视脱贫地标 抒写小康信史

——十八洞村主题文艺创作述评

2020年深秋，首都北京已是金黄的底色。大型史诗歌舞剧《大地颂歌》在国家大剧院震撼上演。该剧以精准扶贫首倡地十八洞村为原型，真实呈现了中华大地上波澜壮阔的脱贫攻坚伟大实践，是一支献给党、献给人民的隽永颂歌，被誉为"具有新史诗体量、容量、分量的文艺扛鼎之作"。

《大地颂歌》情满三湘、名动京城，既是近年来湖南认真贯彻落实习近平总书记重要讲话精神，勇攀文艺高峰的重要标识，更是我们坚持用文艺讲好中国故事、湖南故事，着力聚焦典型、发掘典型、阐释典型，刊刻精准扶贫印记、书写全面小康信史的生动注脚。

风起十八洞

党和政府历来高度重视扶贫工作，新中国成立以来的建设改革史，从本质上说就是一部党领导人民在追求共同富裕的道路上与贫困持续宣战的斗争史。尤其是改革开放以来，历届党和国家领导人在立足国情的基础上，紧跟时代发展要求，对帮扶对象、帮扶主体、帮扶路径等进行优化，成功走出了一条烙有中国特色的扶贫道路。

2013年11月3日,习近平总书记视察湘西十八洞村,首次提出"实事求是,因地制宜,分类指导,精准扶贫"的重要论述。中国扶贫事业的航船,忽如一夜春风来,从此风劲帆满海天阔,进入了前所未有、声势浩大、波澜壮阔的新征程。

风起十八洞,春意暖中华。"精准扶贫"重要思想从十八洞村出发、践行、光大,延展到湖南的石门、溆浦、炎陵数十个县市,随后扩大到云南、贵州、陕西、四川等全国各省市区,并引起全世界瞩目和全球借鉴。党的十八大以来,我国年均减贫1300多万人,成千上万个"十八洞村"书写了脱贫致富的幸福传奇,彻底解决了我国千百年来存在的绝对贫困问题,为全球贫困治理贡献了中国智慧和中国经验。

落其实者思其树,饮其流者怀其源。十八洞村作为"精准扶贫"重要思想诞生地、重大事件发生地,在政治、经济、文化等方面具有鲜明的地标意义。扎根这片深情的、美丽的土地,聚焦这群自强的、拼搏的可爱的人民,弘扬这股英雄的、史诗般的磅礴精神,运用生动多样的文艺表现形式,努力打造一批具有时代高度、饱含艺术理想、体现史诗特质的优秀作品,理所当然地成为新时代文艺工作者的文化自觉和历史使命。

万紫千红总是春

习近平总书记视察十八洞村后,引发文艺界强烈反响。湖南广大文艺工作者在省委省政府和省委宣传部的领导下,深入基层感受和体验精准扶贫伟大实践,与当地干部群众促膝话桑麻、共谋脱贫计,从中汲取创作素材、养分和灵感,文艺创作的脚步迈得更快、跟得更紧、走得更远。

相比于以元茂屯为原型的《暴风骤雨》、以皇甫村为原型的《创业史》、以双水村为原型的《平凡的世界》等作品，以十八洞为原型的文艺创作，既有紧随时代、反映现实、表现人民、服务大众的一脉相承之处，更有其独特之处，特别是创作时间跨度之长、艺术门类之多、作品质量之高，前所未有。

文学创作硕果累累。早在2014年，湖南就组织开展"作家看湘西扶贫开发"大型文学采访活动，邀请省内外知名作家奔赴古丈、永顺、凤凰等地，考察湘西扶贫开发的新进展和新成果，以文学的形式聚焦湘西扶贫大开发，总结成绩，提出建议。作家龙宁英在这次活动结束后，深入湘西扶贫开发一线开展采访调查，于2015年12月推出报告文学《逐梦——湘西扶贫纪事》，该作品荣获第11届全国少数民族文学创作"骏马奖"。2017年9月，作家纪红建历时两年多，深入39个县202个村庄采访创作而成的报告文学《乡村国是》由湖南人民出版社推出。该书先后荣获第7届鲁迅文学奖、第15届精神文明建设"五个一工程"特别奖等全国大奖。特别让人关注的是，2020年8月，作家出版社加急出版李迪遗作《十八洞村的十八个故事》。当年初，李迪在初冬湿冷的十八洞村挨家挨户采访调查，返京后他病倒了，18个故事的书写都是在病床上完成的。去世前，李迪在病房里签发了该书的最后改样。这是一位"人民的歌者"的绝唱，是一本大写的人民的书。该书是中国作协"脱贫攻坚题材报告文学创作工程"之一，被列为中宣部2020年主题出版重点出版物。笔墨当随时代。近年来，湖南广大作家紧紧聚焦十八洞村，运用细腻、丰满、深情的文学笔触，还相继推出报告文学《人间正是艳阳天》《扶贫志》《十村记》、纪实文学《立此存照：十八洞村精准扶贫实录》、小说《远村》《第一书记》《驱贫赋》等一批优秀作品，在全省乃至全国产生了重大影响。

影视剧创作精品迭出。2017年10月，由潇影集团主创的电影

《十八洞村》全国热映，取得既叫好又叫座的佳绩。习近平总书记在十九大期间参加贵州代表团审议时，专门提及了这部影片并给予好评。该片取材于十八洞村的真实故事，被誉为"是一部能感动时代、留给历史的佳片"，先后获得第17届中国电影华表奖、第34届大众电影百花奖、第15届精神文明建设"五个一工程"奖，极具开创意义。2018年12月，由湖南广播电视台制作的电视纪录片《十八洞村这五年》播出。主创团队在5年时间里，一直坚持用镜头忠实记录十八洞村脱贫攻坚的艰辛历程，该片用严谨的纪实、生动的叙事，得到观众广泛好评，荣获第29届中国新闻奖一等奖。2019年4月，由省文联创作的广播剧《锦绣十八洞》在湖南电台新闻综合频道播出，这是一部现实题材广播剧佳作，获得湖南第14届精神文明建设"五个一工程"奖。2020年9月，湖南制作的电视剧《江山如此多娇》顺利杀青。该剧以十八洞村的脱贫经验为原型，生动展现贫困群众在党的领导下追求幸福生活的奋斗历程，该剧已被列为全国"脱贫攻坚题材重点电视剧"。尽管聚焦十八洞村的影视创作已经很"热"，但湖南仍充分运用影视艺术的自身特色，另辟蹊径，另谋视角，努力开掘出一片独具特色的审美和价值空间，以期创作更多有筋骨、有道德、有温度的文艺新篇章。

舞台剧创作连获佳绩。2016年11月3日，湖南省话剧院新创大型话剧《十八洞》正式亮相长沙实验剧场，以十八洞为主题的舞台剧由此进入一个井喷的创作空间。2018年10月26日、27日，湖南原创大型现代花鼓戏《桃花烟雨》在中国评剧院全国地方戏演出中心隆重上演。作为入选文旅部"全国优秀现实题材舞台艺术作品展演"项目，《桃花烟雨》将湘西年轻男女的爱情故事置于扶贫事件和桃花寨由穷到富的大背景下，展开一场扶贫故事、真挚爱情、民生民情相交织的波澜壮阔的戏剧，该剧荣获第23届曹禺剧本奖。2020年11月6日、7日，大型史诗歌舞剧《大地颂歌》在北京国家大剧院精彩上演，引发社会各界强烈反响。业内专家认为该剧故事、人物、情感真实，语言沾满泥土芳香，音调浸透山野之风，旋律元素时尚精致，是跨界融合的舞台艺术典范。普通青年观众也纷纷在豆瓣、知乎等平台给予好评，豆瓣评分高达9.0分。该剧已入选文旅部"庆祝中国共产党成立100周年舞台艺术精品创作工程"重点扶持作品。一路走来一路歌。近年来，在舞台剧创作上，我们围绕十八洞精准扶贫主题，还陆续推出了话剧《高山之巅》、花鼓戏《山乡工匠》、民族歌剧《田垄之上》、祁剧《向阳书记》、小品《谢谢你的"渔"》等30余部优秀舞台剧，得到了社会各界的高度肯定。

各门类创作十分活跃。2020年10月21日，大型交响叙事组歌《苗寨的故事》在长沙首演，这是一部表现重大时代主题、具有巧妙新颖构思、彰显鲜明艺术个性、充满浓郁民族风格的舞台艺术作品，是我国首部反映脱贫攻坚主题的大型交响叙事组歌。该组歌之一《奔驰在祖国大地上》已经入选中宣部第七批"中国梦"主题新创作歌曲，在全国循环展播。《我们圆了小康梦》在中央人民广播电台等媒体播出，深受欢迎和好评，正在产生越来越大的影响。除此之外，湖南聚焦十八洞村精准扶贫主题，还相继推出国画《春暖十八洞》、油画《春天来喽》、湘绣《十八洞村的春天》等一系列主题文艺作品，思想性、艺术性较好地达到了统一，赢得社会的赞誉，为决战决胜脱贫攻坚作出了文艺界的贡献。

培植文艺繁荣的沃土

习近平总书记强调，"要通过深化改革、完善政策、健全体制，形成不断出精品、出人才的生动局面。"[1]

文艺的百花齐放、姹紫嫣红，是因为它始终根植于沃土。一部部

---

1 习近平：《在文艺工作座谈会上的讲话》，《人民日报》2015年10月15日第2版。

昂扬着新时代气韵、散发着十八洞泥土芬芳的精品力作的不断涌现，离不开科学的规划、强有力的保障以及良好的创作氛围。

遵循艺术规律，始终重视文艺创作的组织规划。近年来，湖南围绕脱贫攻坚重大主题，特别是聚焦十八洞村这条主线，定期召开文艺创作生产规划会，制定《湖南省文艺创作生产重大项目规划》《湖南省艺术创作三年规划》《脱贫攻坚主题文艺创作三年行动计划》（湖南省）等，使得文艺创作有的放矢、精准发力。

优化政策机制，不断完善文艺创作的保障措施。近年来，湖南通过实施芙蓉人才行动计划、"五个一批"人才工程、文艺人才扶持"三百工程"等，采取培训交流、项目资助等方式，对优秀文艺家及项目进行了培养扶持。对于主题思想正、艺术水准高、市场前景好的重大文艺项目，积极盘活优势资源，采取以奖代补、配套奖励、引入社会力量等形式，集中力量予以重点保障。

强化协调服务，进一步营造了良好的创作氛围。近年来，湖南文艺战线各部门坚持正确文艺导向，积极为文艺创作单位和个人排忧解难，特别是在基层采风、宣传报道、评论推介、活动平台展示推广等方面，做了大量的协调服务工作，营造了良好的创作氛围，激发了文艺创作生产活力。

新时代应有新期待

一段时期以来，紧扣重大主题和重要节点，组织开展重点文艺创作，既是文艺战线服务党和国家中心工作的重要抓手，也是我们抓精品、攀高峰的成熟经验和优良传统。在聚焦十八洞村主题的文艺创作中，报告文学《乡村国是》、大型史诗歌舞剧《大地颂歌》、电影《十八洞村》、电视剧《江山如此多娇》等一批优秀作品，以其精深的

图为大型史诗歌舞剧《大地颂歌》，刘海栋摄影

思想、精湛的艺术、精良的制作，完成了时代赋予的文艺使命，创作了无愧时代的文艺精品，呈现了生活真实之上的艺术真实，塑造了典型环境之中的典型人物，实现了传统表达之下的当代创新，值得高度肯定。

但是，客观看来，湖南近年来创作推出的大多数文艺作品，还存在有高原缺高峰的现象，还缺少像《暴风骤雨》《创业史》《平凡的世界》那样走向高峰的扛鼎之作、流传广泛的经典之作、记忆久远的跨越之作，过了一二十年后观众还能记得住的传世之作。特别遗憾的是，我们还缺少像周立波、柳青、路遥那样坚持深入生活、扎根人民的优秀文艺家。同时，如何创新形式、鲜活表达，实现社会效益与经济效益相统一，让主旋律有高频率、正能量，有大流量，也值得我们进一步思考。

庭种南中树，年华几度新。历史的车轮滚滚向前，繁荣文艺创作、攀登文艺高峰的脚步也将永不停步。十八洞村的发展变化还在继续，关于十八洞村的文艺创作也许才刚刚开头，也许还会有更多不一样的十八洞将呈现在世人面前，因为越是时间久远越能体味其中的深意，因为越有数量积累才可能涵蓄冲决的力量。

习近平总书记指出："中国不乏史诗般的实践，关键要有创作史诗的雄心。"[1]面对潮起云涌、海阔天空的新时代，面对实现中华民族伟大复兴中国梦的新征程，我们完全有理由相信，潇湘有诗情、三湘有巨擘。我们期待着在新时代社会主义文艺百花园里携手同歌，期待着关于十八洞、关于湘西、关于决战脱贫攻坚决胜全面小康的当代杰作、历史经典不断涌现！

---

[1] 习近平：《在中国文联十大、中国作协九大开幕式上的讲话》，《人民日报》2016年12月1日第2版。

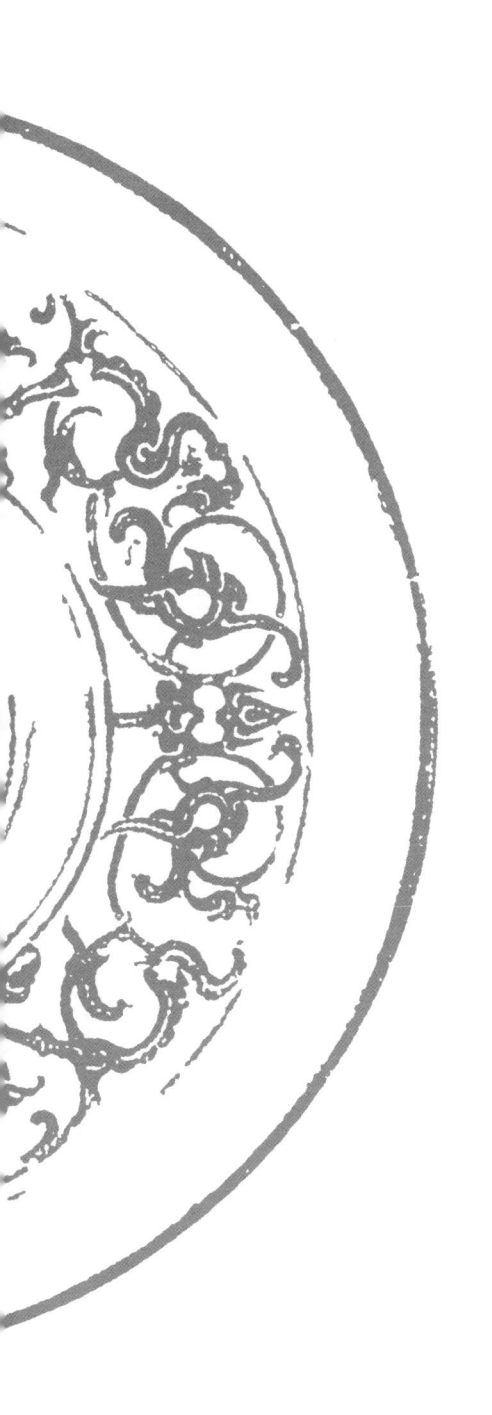

贰 文学省思

《沁园春·长沙》的文化密码

山水洲城的定格

癸卯十月，又到季秋。湘江江心水陆洲多个柑橘品种次第挂果，迎来丰收。阳光明媚、天朗气清。长岛漫步，聆听江水和缓而有力的节奏。又一次来到洲头，来到毛泽东青年艺术雕塑前。导游介绍，雕塑高三十二米，长八十三米，宽四十一米。翘首瞻视，顿觉广袤天地间，雕塑与大地融为一体，巍然崛起，气势恢宏。这是以1925年三十二岁青年毛泽东为原型的艺术创作，他肩膀厚实，胸襟宽阔，昂然有力；他表情坚毅，双眸深邃，眺望远方。寒秋江风吹拂下长发飘逸，午后阳光照耀下面部线条分明。生命的激情喷薄而出。毛泽东似乎即将从塑像中走出来，走出韶山，走出湖南，走向世界！

许多人注意到毛泽东青年艺术雕塑下颌的那颗痣，导游说，这是按照老百姓心目中的毛泽东形象塑造的。坊间普遍认为毛泽东是四十岁以后才"中年得痣"，此处的艺术表现尽管与历史年代稍有违和，却并不显得突兀，反而与整个雕塑的气质相得益彰，可称点睛之笔，生活真实与艺术真实完美融合。

端详雕塑面部，毛泽东浓眉紧锁，神情复杂，略含忧思，似有所感。是的，九十八年前，独立橘子洲头写下《沁园春·长沙》的毛泽东，其时正遭遇着家国离乱与个人遭际的双重困境，正身陷危急，然而《沁园春·长沙》并未作凄风冷雨的愁苦之叹，亦未有心灰意冷的出世之思，而是通过对橘子洲头深秋景物的描写和往昔激昂岁月的回忆，激励自己与同志们坚定信仰，乘风破浪，阔步前行。

千年一脉的韵脚

长沙三千年。岁月沧桑与底蕴积淀的长沙有属于自己的文化"密码"。古往今来的文人墨客为长沙心醉神迷，留下无数诗词歌赋，或寄乡愁或怀忧思或叹流离。宋之问"但令归有日，不敢恨长沙"，李青莲"一为迁客去长沙，西望长安不见家"，杜工部"不见定王城旧处，长怀贾傅井依然""正是江南好风景，落花时节又逢君"，李义山"潭州官舍暮楼空，今古无端入望中"……这些诗歌虽然文笔优美、情感真挚，但行文之中弥漫着挥之不去的哀婉甚至伤痛。诗人们或游历于贬谪途中，或流徙于家国离乱，或借古喻己之郁怀，或直抒幽愤之胸臆，长沙总是他们幽栖怨诉的对象。似乎因为与遭谗被陷的屈原、谪居贬戍的贾谊等难以割舍的关系，长沙成了古代文人心中不堪碰触的伤心之所，每每念兹在兹难免触景伤怀，情难自已。因此，他们笔下的长沙有着高度同质化倾向，或百结愁肠，或自怨自艾，而长沙积极热烈的另一面被完全掩盖了，那就是"心忧天下"的湖湘性格、"敢为人先"的进取精神。

毛泽东学生时代在长沙读书、生活居留十年，曾与古人在这一片山水洲城共情："去去思君深，思君君不来。愁杀芳年友，悲叹有余哀。衡阳雁声彻，湘滨春溜回。感物念所欢，踯躅南城隈。城隈草萋萋,涔泪侵双题。采采余孤景,日落衡云西。方期沆瀁游,零落匪所思。永诀从今始,午夜惊鸣鸡。鸣鸡一声唱,汗漫东皋上。冉冉望君来,握手珠眶涨。关山蹇骥足,飞飙拂灵帐。"这是何等的伤痛!然而毛泽东的伤痛非伤己而是伤人,更是伤国:"我怀郁如焚,放歌倚列嶂。列嶂青且茜,愿言试长剑。东海有岛夷,北山尽仇怨。荡涤谁氏子,安得辞浮贱。子期竟早亡,牙琴从此绝。琴绝最伤情,朱华春不荣。后来有千日,谁与共平生?望灵荐杯酒,惨淡看铭旌。惆怅中何寄,江天水一泓。"

此诗的伤情,与古人通感。感怀的对象"君",明面上是年轻却遭夭折的学友,深处寄寓的却是处于奇耻大辱之中的长沙和祖国,也是处于痛苦之中的国民,"五月七日"的伤痛戳在毛泽东心之最软最深处,所以他才有这首写长沙的诗,诗中无一处明示"长沙",却处处写的都是长沙之痛之伤!

从作此诗的1915年5月后延至1918年5月,时间过去三年,毛泽东又以一首七古咏叹长沙和长沙人,但情感由压抑、哀伤而趋向奋发、踔厉:"云开衡岳积阴止,天马凤凰春树里。年少峥嵘屈贾才,山川奇气曾钟此。君行吾为发浩歌,鲲鹏击浪从兹始。洞庭湘水涨连天,艨艟巨舰直东指。"五古是死别,七古则为生离,对象同样是学友,情至深处却并不孤独。毕竟同为新民学会会员,此时都怀揣"改造中国与世界"之大梦,所以虽然有离愁,却是"无端散出一天愁,幸被东风吹万里"。视野更投向天地、宇宙:"丈夫何事足萦怀,要将宇宙看稊米。"决意合群奋斗的毛泽东,早已把小我融入大我,将自家身心融入国家大事,并于愁绪中注入光明:"沧海横流安足虑,世事纷纭从君理。管却自家身与心,胸中日月常新美。"

毛泽东的诗总是有历史的厚重和与传统的比对,总是把今人的宏业与古人的功业放在祖国这个相同的平台，所以才感叹："名世于今五百年，诸公碌碌皆余子。"

值得注意的是，此诗抒写的对象，有同样的"君"（学友），但未明示。然对于罗章龙去日本留学，毛泽东有自己的评价"平浪宫前友谊多，崇明对马衣带水。东瀛濯剑有书还，我返自崖君去矣"。

在聚焦《沁园春·长沙》之前，要关注并赏析一首五古和一首七古，因为这两首诗同样诞生于长沙，同样以长沙为抒情对象，要破解毛泽东的长沙情结中隐藏的文化密码，也就是要寻得《沁园春·长沙》的情感来路与去往，从而明了毛泽东"从哪里来到哪里去"，必先解读那首五古和那首七古——我们甚至可以把这三首诗词视为一个完整的不可分割的情感载体。当然，将长沙的文化密码进行最深度的破解并勾画出最宏大格局，既超越古人也超越毛泽东自己，从而独步古今的无疑是《沁园春·长沙》。

时间争议的背后

关于《沁园春·长沙》创作时间，学界有两说。主流的说法是作于1925年秋，也就是毛泽东在故乡韶山开展农民运动，迫于赵恒惕追捕秘密来到长沙之时。争议之点在于，毛泽东在生命受到当局威胁的情况下，他还能够那么从容地来到橘子洲赏景、赋词？显然不太可能。最重要的一点还在于，此词中描绘的是深秋甚至冬季霜浓天冷枫叶正红的时节，而不是他离开韶山隐身于长沙友人家的8月底或9月初，长沙的8月底9月初，暑气仍浓，天热如夏，不可能有"霜"或万山红遍之景，这是常识。因此，此词创作时间又有另一说，即1924年底至翌年年初，毛泽东从上海回到隆冬的长沙之时，也就是他回韶山搞农民运动前夕。这是比较合乎情理的，从自然之景到毛泽东的心态都与词的情调完全吻合，因党内意见不合，中国革命也处于十字路口，毛泽东才会要回到家乡的大地寻找答案，也才会伫立橘子洲头，怀想往事，直面现实，发"谁主沉浮"之问。

其实，我们不必过多地纠结于创作时间，此词诞生的大背景毫无疑问要放在 1925 年。这一年可谓中国革命的多事之秋。一方面，国民革命风起云涌，国共合作正处于蜜月期，但 3 月孙中山先生去世后，国民党右派开始频繁制造事端，企图分裂两党合作局面；另一方面，各地军阀势力步步紧逼，频繁发难，更有帝国主义气焰嚣张，制造了震惊中外的"五卅惨案"。毛泽东本人彼时亦身处两种革命路线的挣扎矛盾之中。1924 年末，毛泽东回到家乡韶山休养。远离大都市上海的毛泽东立即将工作重心转移到乡间农民工作上，开始挖掘农民在新民主主义革命中不可小觑的力量。他在韶山进行社会调查，详细了解韶山附近农民的生产生活、农村阶级状况等社会情况。1925 年 3 月，毛泽东组织秘密农民协会，向农民讲述如何同土豪劣绅开展斗争，6 月在韶山成立雪耻会，领导群众开展反帝爱国斗争。后又成立中共韶山党支部，秘密发展共产主义青年团，培养革命新生力量。8 月，他在韶山组织农民开展"平粜阻禁"谷米斗争，响应者众。湖南本地军阀赵恒惕深感威胁，下令通缉，据说密电要求逮捕毛泽东后就地正法。毛泽东不得不秘密离开韶山前往长沙避险，在长沙逗留一段时间后赴广州参与国民党二大的筹备工作。《沁园春·长沙》便是此种动荡复杂时代语境下亮眼骇世的艺术与思想硕果，不管是创作于回到韶山之前还是在离开韶山之后。

谁主沉浮的追问

"独立寒秋，湘江北去，橘子洲头"，《沁园春·长沙》上阕开篇为我们描绘出一幅大开大合、生机勃勃的"湘江秋景图",令人酣然自适、心胸舒畅。站在橘子洲头环视湘江两岸,嗅一口深含湿凉清冷的空气,周身每一个毛孔顿时都被灌满了新鲜觉知,视听感官在此刻变得如此敏锐。这里有"万山红遍,层林尽染;漫江碧透,百舸争流。鹰击长空,鱼翔浅底",一切事物都在按照它们自身的规律努力地运行,都想在这岳麓山下、湘江水边的秋色中争它个酣畅尽兴,搏它个绚烂之至,"万类霜天竞自由"。枫叶要最红、江水要最清、行舟要最快、飞鹰要最高、潜鱼要最深,连自然界都在如此义无反顾、自由自在地竞相追寻着美的极致,尽情释放生命激情。那当下疮痍满目的中国现实社会呢,能任由它如污泥浊水般一直发烂发臭吗?能睁眼目睹哀鸿遍野、民不聊生吗?能纵容各路军阀继续祸国殃民对百姓敲骨吸髓吗?中国人民的自由该如何取得?面对苍茫寥廓的大地,毛泽东不禁发问:"谁主沉浮?"其实已隐约为毛泽东提供了答案,那就是中国共产党和其领导下的工农群众。随后1927年3月,毛泽东经调研撰写下《湖南农民运动考察报告》,为寻找适合中国国情的革命道路做出理论准备,并于大革命失败后正式提出了建立工农武装,走"农村包围城市,武装夺取政权"的革命道路。"谁主沉浮?"这石破天惊的一问催生出中国共产党对此后的革命路线的不懈探索,也启发其他处于迷茫时期的有志青年们的正确道路抉择。

下阕,毛泽东回忆青年时代在长沙学习生活期间与志同道合的友朋们所度过的青春岁月。1915年9月,毛泽东化名"二十八画生"在长沙各校发出征友启事,云"愿嘤鸣以求友,敢步将伯之呼",诚挚寻求具有爱国情怀,能够一起讨论救国救民之道的同侪。逐渐地,毛泽东周围聚结起蔡和森、萧子升、张昆弟、罗学瓒、周世钊、罗章龙等一大批有理想有抱负,立志改造国家社会的青年学生。为了更为深刻地了解社会现实，广泛接触各阶级民众的生活思想情况，1917年暑假，毛泽东与萧子升漫游长沙、宁乡、安化、益阳、沅江五县，行千里路，读无字书。他们在游学过程中进行社会调查，将湘中等地的风俗民情、社会状况如实记录下来。广大底层民众的无尽苦难与被剥削被压迫现状，让二十四岁的毛泽东意识到社会制度变革的必要性与紧迫性，也为毛泽东此后将工作重心转移到农运工作上提供了宝贵的最初经验和一手资料。此后毛泽东立志终生以救国救民为己任，毅然承担起改变国家命运之责。1917年秋季开学后，毛泽东始读《伦理学原理》，负责学友会总务，并办夜校帮助工人识字，迈出了唤醒民众、改造社会的第一步。1918年4月14日，由毛泽东等人组织的新民学会于蔡和森家成立。这是中国大地上最早的进步学生社团之一，以"身无分文，心忧天下"为共识，以"革新学术，砥砺品行，改良人心风俗""改造中国与世界"为宗旨。新民学会积极开展社会活动，并在此过程中对国家命运、革命道路进行深刻思考。这群以天下为己任、舍小我为家国的青年们年华正好，纯洁富有朝气，身为书生却意气奔放、性格坚韧，"恰同学少年，风华正茂；书生意气，挥斥方遒"便是他们这期峥嵘岁月的诗意写照。这批新民学会会员后来大多成长为引领中国革命走向胜利道路的中坚力量，中国革命的新高潮就要由他们掀起了！

　　毛泽东早年在长沙的革命实践和波澜壮阔的经历，为他日后的革命生涯奠定了深厚思想和意志基础。无论是在湖南第一师范读书期间还是毕业后的社会工作中，毛泽东都凭借其广博学识和出色组织才能成为各类活动的核心人物，始终承担着"携来百侣曾游"的领导重任。相信1925年深秋毛泽东写下词句"指点江山，激扬文字，粪土当年万户侯"时，脑海中浮现出的是当年他和同侪们以笔为剑、以纸为盾，连续发表言论评论国事，以文章来遏恶扬善，掷地有声地慷慨陈词，向一切反动势力和不合理社会现象予以无情痛击的飞扬时光。毛泽东在湖南第一师范读书期间和同侪所确立的改造世界的宏大志向，成为中国共产党幼年时期青春品质的精神源头。追忆往昔是为了砥砺自己更好地前行。1925 年的毛泽东已过而立之年，经受了多年党内外政治斗争的磨砺，较一师学习期间更加成熟且信念坚定。曾几何时，他们风华正茂、斗志昂扬，敢为天下先，不惧风和霜；今后的革命工作愈加凶险，前程未卜，危机四伏，仍需革命者具有筚路蓝缕之魄力、壮志凌云之热忱、慷慨赴死之胆识。

《沁园春·长沙》结句荡气回肠、韵味悠远，让人读罢拍案叫绝。中国少年那立志报效国家的激昂向上、英武豪迈和鲜活意气，中国共产党幼年时期高扬奋进、坚毅沉静之青春品质，都在凫水少年们以肉身与惊涛骇浪的奋勇搏击中得到彰显。青年毛泽东与革命同志们在历练他们坚强意志、非凡胆识的同时，也锻造出一副结实强健的身板。他们结伴于冬月湘江的寒流中游泳，在结霜时节的田陌之间露宿，还经常在天雨或阳光灼热时脱去衣裳，名之"雨淋浴""日光浴""浴风"，身体力行地实践着"欲文明其精神，先自野蛮其体魄"的体育理念。从湖南一师出发，渡湘江，过橘洲，小憩新民路，再登岳麓山，此为长沙文脉所在，亦为湖湘文化的轴线，他们在这条路上赓续着湖湘文化的文脉，也走出了改造中国、改变世界的身和心，言与行。毛泽东写下《沁园春·长沙》时，他们已将理想化为实际行动，他们创立中国共产党，组织工人罢工，领导农运斗争，已然积极有为地参与到浩浩荡荡的时代洪流中。孔武强壮之体格，气宇轩昂之风姿，胸怀天下之理想，如此这般的中国共产党，怎么会不是风华正茂、永远年轻的呢！

跨越时空的答题

毛泽东平生总共填写过两首《沁园春》，另一首是创作于1936年的《沁园春·雪》。那时他已四十三岁，人到中年的他不再孤独彷徨，早已沉着笃定。词中，毛泽东回答了他十一年前所提"问苍茫大地，谁主沉浮？"的时代之问。从"问苍茫大地，谁主沉浮？"到"数风流人物，还看今朝"，不仅仅构成完整的格律工对，更是跨越时空的发问和答问，如果说前者是出题之作，那么，后者就是破题之作。

行军途中，毛泽东站在苍茫的秦晋高原上，头顶苍茫之天，身披苍茫之雪，俯视苍茫之河，吟诵豪气万丈的词章。论胸襟之博大、气度之恢宏、胆略之过人，《雪》词不输《长沙》；若说王者之气、领袖之风、学者之才，《雪》词还要更胜一筹。尽管如此，我仍然偏爱《沁园春·长沙》，或许是因为生于湖南，行于星城，同枕岳麓山同饮湘江水的缘故，我更迷恋于《长沙》词中强健的身体、激昂的青春、飞扬的心态，更深层的原因在于，我为《长沙》词中那种在出路未卜状况下，仍能为理想信念赴汤蹈火甚至牺牲生命的大无畏品格而深深动容。国家与民族的前途尚属未知，个人前程亦不甚明朗，一切都处于危机四伏的不确定状态，每时每刻都可能是生命的最后一刻，但年轻的中国共产党人毫无畏惧，他们是人类无私精神的最高典范，他们立誓要为中华民族的幸福而奉献终身，他们是永不磨灭的人类理想之光！这种中国共产党创始人所具有的宝贵品质一直延续下来，成为中国共产党能够风华正茂、永葆青春的精神底色。

一首《沁园春·长沙》，写前人之未写事，抒今人之未尽意，将长沙乃至整个湖南的意气风发，用浪漫豪迈的笔法淋漓尽致地诠释出来，气质风格为之一新。全词一改文学传统中书写长沙苦哈哈的对卷倾诉，而是挺起胸膛，挽起袖子，以信念宣誓心忧天下的少年意气，以行动彰显风华正茂的青春力量，在历代吟咏长沙千百首诗词中超群绝伦。毛泽东《沁园春·长沙》以"长沙"为题，不仅仅因为这首词创作于长沙，更浓缩了毛泽东对自己、对革命同志十四年来峥嵘岁月的真挚怀念。长沙是毛泽东社会活动与革命工作的起点，是他思想意志与政治观念形成之所，是他和友朋们大展宏图、挥洒青春、实现抱负的第一个大舞台。"长沙"在毛泽东笔下绝不只是一地之名，更是中国共产党"风华正茂"的地理源头，它如一声嘹亮的号角，一盏永不磨灭的灯塔，指引着一代代共产党人不忘初心、牢记使命，为人民谋幸福、为民族谋复兴、为世界求大同的精神象征。

一代人有一代人的长征，一个时代有一个时代的难题，我们需要把时代之脉，破时代之题。党的二十大报告指出，我们必须"着眼解决新时代改革开放和社会主义现代化建设的实际问题，不断回答中国之问、世界之问、人民之问、时代之问，作出符合中国实际和时代要求的正确回答，得出符合客观规律的科学认识，形成与时俱进的理论成果，更好指导中国实践"。

今天，中国共产党已是百年大党，却始终保持着初创时的蓬勃朝气。因为他在不断地出题又不断地破题。《沁园春·长沙》深藏着一个时代的文化与思想密码，这股青春之诗的精神力量会绵延不绝，永远滋润我们的心灵，恰如这滔滔北向的湘江之水，向着洞庭湖、向着扬子江、向着浩瀚的太平洋。

（原载《书屋》2023 年第 12 期）

对话韩少功：写好新时代的"山乡巨变"

对中国这样一个传统农业大国来说，乡村是许多人的精神原乡，乡村题材也便成了许多作家的文学母题。自五四新文化运动以来，尤其是新中国成立以来，关注农村和农民成为广大中国作家的自觉追求，一代一代作家以此为题材创作了大量优秀的作品。在当代中国作家中，韩少功在这方面无疑是扎根最深、实绩最彰、影响最大的作家之一。纵观韩少功从事文学创作的40多年，农村和农民始终都是他深切关照的对象，也是他最钟爱的写作题材。特别是在近20多年间，中年归来的韩少功在汨罗八景这个山村"挂职"为农、耕读写作，真正地融入乡间、土地和自然，创作出了以《山南水北》为代表的一批"新寻根文学"，不仅开掘了当代乡村文学写作的新向度，也把当代乡村文学创作提升到了一个新高度。他"候鸟式"的山居生活，他紧贴大地、扎根乡野的沉潜式创作姿态，为乡村文学创作树立了典范、探索了路径，其创作和行为本身都具有标本性的意义。

在推进乡村振兴战略的当下，新时代文学应承担怎样的使命？如何提升新时代乡村题材文学创作水平与境界？当代作家怎样才能写出新时代的"山乡巨变"？近日，笔者与韩少功就此展开了一场对话。

图为韩少功（左）与作者（右）对谈

"文学生产机制发生了很大变化"

蒋祖烜： 习近平总书记强调："反映时代是文艺工作者的使命。广大文艺工作者要把握时代脉搏，承担时代使命，聆听时代声音，勇于回答时代课题。"[1]新时代以来，我们能够深刻地感受到巨大的社会变迁，特别是在决胜全面建成小康社会、实施乡村振兴的今天，中国的农村正经历历史性变革的关键时期。许多具有时代感和担当精神的作家积极投身于新时代乡村的文学书写，也推出了不少的作品。但总感觉，具有新时代情境气象、精神气韵、人物气质的乡村现实题材力作还不多，与《创业史》《山乡巨变》等经典作品相比，我们还缺少深度刻画这个时代、深入表现当代乡村历史命运的厚重之作。面对21世纪以来如此巨大的农村变化，我们的许多作家还明显准备不足。当代乡村发展向前与当代乡村文学书写滞后、当代乡村变迁之重大与当代乡村文学书写之轻浅形成了强烈反差，您如何看这样一种现象？

---

[1] 习近平：《在中国文联十大、中国作协九大开幕式上的讲话》，《人民日报》2016年12月1日第2版。

韩少功：我在这方面思考也不深，零零碎碎的感想有一些，但不系统。首先我很同意您所说的现状问题，写好新时代的中国农村很有意义，应该说中国文学界在这方面欠了一笔账。

近现代以来，中国的崛起和复兴在世界历史上都是一件大事。而中国崛起和复兴最重要的一极就是农村的发展。如果农村没有现代化，中国也谈不上现代化，也就是所谓的"小康不小康，关键看老乡"。以前讲中国的问题就是农民的问题，现在看也是如此，中国农村、农民的问题不解决，中国的问题就难以解决。几千年来中国都是一个传统的农业国，只是近几十年来，我们国家逐渐从农业国发展到工业国，再到如今走上现代化，从农业的传统方式转变到现代化的生产方式，这是20世纪到21世纪世界史上最大的事情。这样伟大的事情怎么样用文学来表达好，我相信很多人都在琢磨，管理层也想了不少办法，至于为什么让人感觉"作家们不给力"，我认为这可能跟生产机制有较大的关系。自20世纪80年代以来，我们国家的文艺创作生产机制发生了很大的变化。

市场是一个很大的因素，以前的文学生产跟市场有一点关系，但关系不大。像唐诗宋词这些，都是真情实感的表达，但大多是不卖钱的，写出来抄一抄，送给这个送给那个，你觉得好，再抄一抄送给别人，跟钱没有多大的关系，其实那是一种比较健康的方式。有了活字印刷以后，有了一些市场的激励，但主要也不是钱。曹雪芹写《红楼梦》，他哪是为了挣钱呀，真的是"一把辛酸泪"，书都没写完就去世了，根本就没挣到什么钱。那时候的生产机制其实是比较健康和正常的。而现在呢，利益、市场、版权等整个这一套系统各种因素都在制约生产机制，特别是市场对文化生态的冲击太大了。某种程度上市场化、商业化可能异化、扭曲我们创作的心态，很多作家的心态会受到影响,很多的写作会变成一种投资行为。一些作家写作首先想到的是能不能卖得出去,可不可以评奖,能获得多少利益。

另外一个重要的因素就是互联网,同样对文化的生态带来巨大的冲击,文学的内容、形式、功能、受众、传播方式都在发生深刻改变,文学的市场在萎缩,读者也在大量地流失,可以说文学已进入了一个十分艰难和困惑的时期。现在像抖音、快手这些东西24小时都在轰炸,这是前所未有的,信息的传播更丰富、更快捷、更方便。很多人了解这个世界不再需要文学,许多其他的东西也在取代文学的功能。在这样一种境遇下,导致了我们很多的老一辈作家那样的作风、那样的生产方式都难以再保留了。

"写出时代经典力作,中国作家有优势"

蒋祖烜: 的确是这样,我在从事文艺管理服务工作也能鲜明感受到。让我印象特别深的是,像周立波和柳青那样的前辈作家,真正扎根农村,下沉到底,为农村题材的文学作品创作留下了宝贵的精神遗产和创作经验。特别是周立波,年少时我在益阳居住的地方距离周立波体验生活的老屋——桃花仑村,距离不过两百多米。当年他举家落户益阳农村,潜心创作了《山乡巨变》,展现了合作化时期,农民生产生活方式的改变,至今那些朴实的益阳方言仍让我回味无穷,堪称一个时代的经典。有句话叫作"笔墨当随时代",那么今天我们应该怎样承继社会主义文学表现"山乡巨变"的创作经验与传统,如何将"脱贫攻坚""乡村振兴"与新时代乡村书写结合起来,写出新时代的"山乡巨变"?

韩少功: 这就是市场和互联网给文学创作带来冲击后留下的后遗症,很多人沉不下来也待不了了,文坛出现了浮躁的风气。这种现象出现二三十年了，也没有很好地解决好。没有人能像当年的柳青、周立波他们那样静下心来，深入乡村生活，潜心创作。当然为了解决这个问题，管理部门也想了一些办法，像挂职、采风等等，但这大多都还是浮在表面，这些方法非常有限，不能解决根本问题。确实还没有一种能让作家与生活，特别是与底层社会产生密切联系的机制。

至于当前关于"扶贫""乡村振兴"这些题材，也不是没有作家不愿意写。之所以难产生成为经典的作品，主要还是因为深入不够。有些作家的创作不是从生活中得来，而往往是先从概念出发，比如说脱贫攻坚，有个第一书记，就设定为一号人物，村支书什么的就设定为二号人物，或者就从政策的角度设计人物和人物关系，当然他们也会到下面去抓一些素材，但这样的创作大多会受到局限。因为艺术的规律就是这样，还是要从真情实感出发，从真实的生活出发才能写出好的作品。

这里也有些人误解认为真实就是搞阴暗面，但其实不是那个意思，真实就是你真实的感受。创作者是要有正能量的、有大关怀的、有悲悯心的，对人类一切艰苦卓绝的事业要有同情心、有赞赏的，并愿意为之付出。所以当他们碰到很真实、很尖锐、很敏感的东西，他们也能处理好。但是如果不是从真情实感出发，从生活实际出发，那很多东西就是编出来的。那些创作看上去也很像那么回事，有人物，有情节，有主题，有生活细节，个别地方有泪点或者还搞搞笑，但这样的东西大量的会平庸。

蒋祖烜： 这也就是习近平总书记所讲的，在文艺创作方面，存在着有数量缺质量、有"高原"缺"高峰"的现象。

韩少功： 其实农村这些年的变化，在中国历史上是最剧烈、最深刻，最具世界意义和历史意义的。但是也一定充满着痛感，一定有很多让人心情难以平静，有许多让人难以忘怀的酸甜苦辣。中国是个"千面之国"，各个方面的东西都会有，作家们如果真正沉下心来，在这座"富矿"里深入挖掘，是能够出好作品的。但这又不能像新闻报道那样，大家搞个突击，累一点、使点力，就能见到效果。这中间还有一个沉淀的过程，有一个让人在急剧变化的时代中慢慢消化理解的过程。因为时代局限，有些东西我们可能还看得不是很清，想得不是很透，要动笔也会有为难之处。所以，分寸在哪儿、表达的重点在哪儿，对我们的作家来讲应该有一个慢慢消化的过程，才能够把握好。

而且不只是中国，现在整个全球的文学都处在一个低谷，现在很多外国文学作品也越来越难看，一些国外的文学奖也评得越来越"水"，"高原"与"高峰"不只是中国的问题。

"一个作家应经常问自己为什么要写作"

蒋祖烜：怎么冲出低谷，踏上高原，攀登高峰，这对有文化自信的中国作家而言，可能也是一个机会。

韩少功：对，这中间的经验资源其实是很丰富的。这一百多年来中国发生了多少事呀，经历的社会大变局是数千年未有的，我们的政治、经济、伦理、习俗、思潮都发生了强烈的震荡和裂变。整个世界也是这样，社会主义搞得热火朝天，资本主义也搞得热火朝天。我们穷日子过过，富日子也过过，可以说什么都经历过。问题是如何把这样一种经验资源变成艺术作品，这中间有一个过程，需要一批有志向、肯下功夫的人。

在这方面我倒也不是特别地悲观，我们的优势还是很明显的。除了经验资源之外，我们国家还是一个文化大国，中国的文化传统资源是相当深厚的，在全世界像中国这样的国度没有多少，像非洲、东南亚、中东的这些国家大多都没有多深的历史和文化，有些国家甚至都没有自己的语言，是在外来民族殖民以后，才开始讲英文、讲法文，关于他们自己民族的历史都是不清楚的。像我们这样有五千年的丰厚历史文化资源，再加上现实的丰富的经验资源，这都是最大的优势。但是最关键的是要有人去做这个事情，而且要是不那么急功近利、心浮气躁的人。

英国作家艾略特曾说过，"一个作家到 45 岁以后，要经常问自己为什么写作"，我初读这句话也很诧异，为什么是 45 岁以后再问，孔夫子都说"四十不惑"呢。但关键是我们很多作家从来就不问自己这句话，"我到底为什么要写作？""写作有什么意义吗？"如果一个作家没有这样的提醒和追问，很多时候文学就会成为一块敲门砖，如果写作只是为了获奖、为了发财、为了谈恋爱的话，就绝对出不了大作家，也不可能会解决"高原"与"高峰"的问题。

"作家对待农民应该是平视甚至仰视的"

蒋祖烜：深入生活一直以来是文学界的一种自觉提倡和一种有组织的实践。但是尽管我们很多作家有这样的自觉意识，作协等层面这样的组织活动也不少，但总体感觉我们的作家还是深入不够。特别是在当前农村题材的文学创作中，很多作品感觉与真实的乡村脱节，给人一种疏离感和隔膜感。甚至有人说某些反映当下农村生活的作家，其笔下的农村实际上还是改革开放以前甚至是二十世纪五六十年代的农村，称这种现象为"以旧生活写新时态"。您作为一个长期生活在农村、长期写农村的作家，对别的作家有什么建议？您在城市与农村之间这种"候鸟式"的生活方式对创作有什么帮助？

韩少功：像我这样只能算是一种例外。我纯粹是个人性格问题，天生不好热闹，在农村待得住。碰巧我夫人也是个这样的人，都喜欢农村的生活，过得习惯。还有一个原因是我有国家退休金，跟农民之间也没什么直接利益关系。你说要我当一个农民靠种田种地谋生，那也不可能，况且现在农业生产的附加值还那么低。所以我是一个没有普遍意义、没有推广价值的特例。如果说都要求其他作家像我老韩一样到乡下去待几年，当然这对创作会有好处，但这不现实。

另外一点就是我能较好地融入农村。之前我在汨罗这个地方当过知青，能讲当地话，能和他们混在一起。在海南我就没有这个条件，闽南话很难学会，所以这也是我为什么回到汨罗的原因之一。跟当地农民在一起，他们都不把我当外人，很容易打开话匣子，语言上是我很大的一个优势。不然你张口就是普通话，对方马上就约束了，就会很小心地判断、揣摩你，为了保护自己很多东西不说，讲一些套话、空话来搪塞你，或者三言两语把你打发掉。

蒋祖烜：所以熟悉农村的生活方式是您的优势。

韩少功：对，只有熟悉他们的话题、熟悉他们的语言方式和思维方式，这样你才能和农民走得近。而且我也确实从他们身上受益，比如他们奇特的思维方式，这是与知识分子打交道、在作家圈子里得不到的。很多时候跟农民在一起是很开心的，我也很享受。农村里面有不少人其实是语言天才，每个村子都有那么几个特别会讲话的人，他们的语言非常具体、生动、有画面感，时不时一句话能逗得你哈哈大笑，这个时候他们在语言上就成了我的老师，他们的口语也经常给我提供新的语言养分。

蒋祖烜：深入农村、与农民交朋友，不少作家或许可以做得到，但还有一个知识伦理或者创作视角的问题，那就是作家该如何看待乡村、如何看待农民。有人总结中国的农村文学创作，大体上有这么几种视角或者是叙事模式，一种是启蒙式的，一种是田园牧歌式的，还有一种是您前面已提到的图解政策式的。基于作家们长期认同的审美趣味和知识经验，这样的叙事模式几近定型，在乡村社会进入到一个崭新历史阶段的今天，大体上仍没摆脱这几种模式。这种模式的僵化实际上也直接导致了当下乡土经验表达的趋同化和乡土书写价值的同质性。而您通过深入乡村和文本实践，在乡村书写上作了新的探索，不仅发掘出了新的乡村景观，实际上走向了一个更为真实的乡村世界，您怎么看待自己在这方面的实践和探索？您认为新时代的乡村叙事要如何走出这种模式困境？

韩少功：其实自五四以来，中国知识分子对待农民的态度是以鲁迅为代表的，就是同情和启蒙，所谓的"哀其不幸、怒其不争"，认为农民身上有很多毛病，大多时候是一种俯瞰的、居高临下的态度。对这个我是有一点看法的，我认为今天的知识分子，特别是我们作家对待农民应该是平视甚至是仰视的。只有这样才能真正尊敬农民，能看到他很多可爱的地方。比如他们的淳朴、善良、真诚、勤劳等等，当然农民身上也有不好的地方，但你不能身在云端，高高在上，要真正地尊敬他，在感情上亲近他，才能理解他、发现他身上的可爱和闪光点，写起来才会有情感的温度。总之大多时候我是以一种赞赏的态度来写农民的，我笔下的农民大多是很有智慧的，相反我却把一些知识分子写得呆头呆脑，经常讥讽、调侃他们。

"文学评奖的时间跨度应该长一点"

蒋祖烜：做好文艺工作离不开党的领导，也需要相关部门做好管理和服务工作，您对当前的文艺管理工作有什么意见和建议？

韩少功：党政部门管理文艺不要太着急，要有点耐心，顺势而为，甚至要像陈毅老总当年说的"无为而治"。等一等，看一看再说。就像现在的文学评奖，我一直主张不一定要当年写当年评，至少要十年一评。一部作品至少要经过十年的检验，如果十年过去了，读者还在接受你、还在读你、还在讨论你，这样才算过了基本门槛。

蒋祖烜： 您讲了一个很重要的观点，就是对作品的评价时间跨度要拉长一点，要尊重和遵循文艺生产规律，这是一个非常好的建议，很受启发。

韩少功： 对，只有这样才能迫使作家对他作品的长远负责，作家是自己作品的终身责任人。只有在更长的时间跨度里评价检验一部作品，才会让作家沉下心来，"十年磨一剑"。反之都去搞"短平快"的手段，突击一下拿个奖到手，就算完事，这是违反艺术生产规律的，也是出不了大作家的。

"乡村文化建设要尊重农民的自发性"

蒋祖烜： 乡村振兴的五大振兴行动中，有一大块是"文化振兴"，这是乡村振兴的根和魂，也是难点之一。您长期在农村生活，对农民朋友的喜怒哀乐了然于胸，对农村有详尽的观察和丰富的体验，对新农村建设、基层社会治理也有深入的思考，您认为乡村文化振兴面临的最大挑战是什么？

韩少功： 六年前我们对话"美丽乡村"建设的时候，还非常忧心农村环境问题，当时处理垃圾的环卫系统不管农村只管城市，农村的垃圾基本靠自我消化，当时我还呼吁要延伸到乡下。六年过去了，这个问题已解决得很好了。现在的农村干干净净，老百姓的卫生习惯也养成得很好，环卫体系实现了城乡一体。农村在这几年发展也很快，包括现在乡下盖新房的、买车的，富裕程度有了很大的提高。

发展起来后的一个问题是，软件硬件要匹配，要能相互支撑。过去我们经常听到一个词叫"土豪"，什么是"土豪"？"土豪"就是有钱没文化，经济发展了文化跟不上。"土豪"现象确实是一个很大的问题，说明我们还有短板，至少在文化建设上还有短板。

近些年，我也注意到有一些读了大学、在城市工作的年轻人在春节假期回到家乡会写一些类似于"回乡笔记"的文章，在网上贴来贴去。他们很多都承认故乡很好，很思念故乡，但回去后却叫苦说"受不了"。不是说农村环境太差、条件贫穷，而是讲这里人情淡薄、生活乏味。平时就打打麻将，要不就是父母亲戚"逼婚"。"逼婚"嘛，其实就是比条件，要找个条件好一点的对象结婚。这里面反映的一个问题就是农村在物质条件改善之后，在思想文化道德方面还有很多的短板。有些观念让人很难接受，比如说"笑贫不笑刁"，这就是价值观的问题，是文化建设的问题。因为文化是一个载体，要传导一些价值观，所以文化建设是一篇大文章。

蒋祖烜：乡村文化建设非常重要，但也面临很多难题。它不像脱贫那样，打一次规模战，进行突击攻坚，就能见到效果，这种软实力的打造，需要时间和耐性，还需要行之有效的方法、路径和抓手，您认为乡村文化振兴应当如何破题？

韩少功：我们在这方面也确实没有经验，目前中国还处在一个转型时期，社会变化非常快，怎样在乡村建设、文化建设方面找到一些具体的路径、抓手和方法，还有很多问题要解决。比如说人才的问题，目前人才和精英主要还是向城市流动，当然近些年也出现了一些新情况，有回乡创业、精英回流的现象，但总体而言，农村人才是不足的，包括青壮年劳动力大多外流到了城市。

国外有一个观点，认为一个国家95%的人在城市，5%在农村就现代化了。对这样的观点我是持怀疑态度的，至少在我们国家是不现实的。中国 14 亿人口，如果 95% 都到城市里去，那是不可想象的。一些欧美国家和我们不一样，他们占据先机把自己建成了世界的城市，把其他国家变成了他们的"乡村"，所以他们的农村人口确实可以只占到 5% 以下。中国没这个条件，也没有赶上那趟车。我们国家今后大多数人还得生活在农村，城乡都非常重要。所以无论怎样都不能放弃农村，包括农村的文化建设要同等重视，达到公序良俗、民风淳朴这样一种境地，实现文化成果和文化享受的均等化。

蒋祖烜： 我在工作和调研中了解到，其实农民对精神文化的需求是很强烈的，对乡村文化振兴是怀有期待的，对参与乡村文化建设热情也是很高的。乡村文化建设的主体毫无疑问应该是农民，他们才是决定乡村文化建设的内在因素，那么应该怎样发挥他们的主体意识、增强他们的主体能力？

韩少功： 人就是这样，老百姓所说的"吃喝玩乐"，"吃喝"是物质要解决的问题，"玩乐"是文化要解决的问题，老百姓玩好乐好，才会生活得安心、舒心，才会觉得日子过得有意思、有意义。

现在农村已经有许多自发的文化活动和文化组织，比如像腰鼓队、广场舞、诗联社等等，这些是农村文化建设中相当重要的力量。政府部门这时可以顺势而为，帮忙推一把，但是完全包办起来也是不行的，要做到上下结合、民办官做，要尊重农民的自发性，事实证明，有些事完全由官方来组织，他们反而不来劲。这个时候，政府部门要坚持"两条腿走路"，又引导又管理，找到民间自创、自发的潜力，才能慢慢地把它培育起来。

（原载《文艺论坛》2022 年 4 月）

学习周立波 讴歌新时代

——纪念周立波诞辰一百一十周年

深秋时节，正是茶子花盛开的季节，让我想起周立波作品中喜欢描绘的普山普岭茶子花盛开的情景。茶子花——洁白、淡雅，含露凝香、朴实无华，既是周立波同志开创"茶子花派"的形象符号，也是其人品文品的象征。

在中共湖南省委领导下，湖南文艺家深入学习习近平总书记在全国宣传思想工作会议上的讲话，着力探索从文艺"高原"向"高峰"迈进的征途。前不久，还开展了一场严肃而热烈的讨论，大家这样发问：为什么《我不是药神》这样有笑有泪的电影，故事和人物与湖南有关，而创作却与湖南无关？为什么湖南能培育出"广电湘军"和"出版湘军"这样响亮的品牌，但缺乏有同样影响力的原创精品？为什么曾经群星璀璨的湖南文坛，一时间显得有些沉闷冷清？今天，我们在致敬、缅怀这位人民作家的同时，一定能从他的生活与创作道路中，得到新的能量和启示。

学习周立波同志讴歌时代、讴歌人民、讴歌英雄的情怀。习近平总书记指出，我们要通过更多有筋骨、有道德、有温度的文艺作品，书写和记录人民的伟大实践、时代的进步要求。周立波同志是最先认识并始终付诸实践"从个人狭窄的小巷，走向时代广漠的大野"的作家之一。他始终站在人民事业和革命斗争的最前线，紧跟时代、紧靠群众、紧贴生活。在半个世纪的创作生活中，始终坚持现实主义的创作道路，忠实地记录着时代的重大变迁。他常称自己的作品是"从泥巴里拱出来的"，并一再强调写作最怕失真："阳雀子生的蛋上有血丝子，作品上如果有作家心上的血丝子就美，就真，就耐读了。"正是这种创作追求，使他的作品成为时代生活的画卷。他创作的《暴风骤雨》《山乡巨变》《铁水奔流》等长篇小说、《山那面人家》《湘江一夜》等短篇小说，以宏大的历史背景、真实的生活场景、生动的人物形象、鲜明的地方特色，描绘了波澜壮阔的时代画卷，讴歌了中国革命建设中，人民艰苦卓绝的奋斗历程和蓬勃向上的精神风貌，真实记录了半个世纪以来中国人民的革命史和创业史，在中国新文学史上树立了一座艺术丰碑。

学习周立波同志扎根人民、扎根生活、扎根乡土的作风。习近平总书记语重心长地告诉我们，人民是文艺创作的源头活水。艺术可以放飞想象的翅膀，但一定要脚踩坚实的大地。能不能搞出优秀作品，最根本的决定在于能否为人民抒写、为人民抒情、为人民抒怀。周立波同志的创作道路，就是毕生扎根人民，为人民而写作。解放战争时期，他冒着零下三四十摄氏度的严寒，在北满村屯参加土地改革。在农业合作化运动高潮中，他举家从北京迁回湖南农村，在家乡扎根数十年，自觉与人民同呼吸、共命运、心连心。正因如此，他才能创作出如此众多的经典作品，才能塑造出如此鲜活的典型环境中的典型人物。可以说，周立波同志每一篇作品都倾注了他对土地、对人民、对祖国深情的大爱。

学习周立波同志师者匠心、学者平心、长者仁心的胸怀。周立波同志在文艺教育战线上是革命文学新人的良师，是从延安走向全国的大批青年革命文艺战士的辛勤培育者之一，是包括著名诗人贺敬之在内的延安鲁艺同学们永久怀念的授业之师，是学识渊博、深谙艺术真谛的马克思主义文学教育家。在周立波同志的帮助与带动下，蒋牧良、康濯、柯蓝等在全国文艺界颇有声名的湖南人回到家乡创作；一批新兴的湖南青年作家谢璞、未央、刘勇、孙健忠、向秀清等从各县市基层单位调到省文联从事专业创作。他热心培养文学新人的情怀，推动了湖南文艺人才不断涌现，推动了湖南文艺繁荣发展，影响了几代作家的创作，与后来"文学湘军"群星灿烂、佳作迭出、享誉全国深有因缘。《周立波文艺讲稿》一书，从一个侧面更印证了这一点。

周立波同志是我们湖南的文化骄傲，更是许多文艺工作者的楷模。年少时我在益阳居住的地方距离立波同志体验生活的老屋——桃花仑村，距离不过两百多米；中学期间热议的是《山乡巨变》里朴实的益阳方言；在益阳县委工作期间，多次采访过立波同志的老家清溪村，在《人民日报》等媒体上宣介过立波同志扎根农村的故事；到省委宣传部工作后，拜识了立波同志的长子周健明先生，感受到其儒雅的家风父风；参与了益阳"三周研究会"的很多活动，与周立波的研究专家胡光凡、周宪新、邹理等多有请教交流；最近，还商《湖南日报》刊发了"纪念周立波110周年专版"。这些，都加深了我对这位虽未谋面，但在心目中越来越高大、越来越亲切的前辈的理解和敬意。我要向周立波同志的亲属致敬，向始终重视文化发展的益阳市委市政府、向来自全国的周立波研究专家教授、向"三周研究会"致敬。周立波文学的魅力，加上种种积极因素的推动，是周立波热持续至今的源泉动力。

岁月流逝，时代前进。周立波同志的文学作品和精神品德不朽于世。新的时代呼唤新的创造，我们要在习近平总书记关于文艺工作的重要论述精神指引下,坚持以人民为中心的创作导向,努力创作讴歌党、讴歌祖国、讴歌人民、讴歌时代的精品力作。诞生过文学巨匠周立波的这片沃土,必将迎来更加繁荣的文艺春天。

(原载《中国艺术报》2018年11月26日第3版)

乡土生出的诗意和永恒

——长篇小说《坪上村传》走读与访谈

书里书外的"坪上村"

阳春三月的清晨,布谷鸟远远叫着。习惯早起的彭东明,"吱呀——"推开老屋大门,领着我们在村子里转悠。

彭家大屋修葺竣工,"坪上书院"落成,长篇小说《坪上村传》面世,多家文创教育基地挂牌入驻……这些,似乎并未惊扰这座小说原型村庄的安宁。

鸡鸭们在山坡田野沟渠各自忙碌,一条大黄狗安静地目送我们走过,村路人行寥落,一辆农用三轮砰砰咣咣驶过之后,四周很快恢复了宁静。

但路边一栋屋宅引起了我们的注意。可以看出刻意涂描的泥棕色"土墙"和模仿老旧农舍的努力,将自己和周围房屋鲜明区别开来。很显然,屋主人的这种刻意,多少受到附近"坪上书院"成功实践的影响。

彭东明告诉我们,这个叫"高升堂"的乡村餐馆,是村民开的,目标对象为来坪上参观研学的游客。周边还有7户农民,也能接待住宿吃饭。

村里很多人知道出了《坪上村传》这本书，据彭东明说，但真正读了的，主要还是几个村干部，一般村民读的不多。但他们在外面读书打工的孩子，有些人找来读了，有的回来还特意找作家签名，不少人跨过高大的青石门槛，仔细参观那座神奇"复活"的始建于清乾隆三十九年（1774）的彭家老屋。

黑黢黢的外壳下，老屋装着作家无尽的深情与秘密。深秋的一个夜晚，《坪上村传》里的"我"，住进了这栋老屋。

住进这栋老屋，我的心那么安静，在外漂荡这么多年，梦却始终缠绕在这座村庄上，那些山河田土，那些房舍竹篱，那些音容笑貌，那些炊烟和泥土的气息……

小说里，"我"在老屋修缮完工之后，开始收集过去岁月里用过的农具和生活用品，将它们陈列到老屋里，"也算是对过去的村庄一份念想"。现实中的彭东明，正为此忙得不亦乐乎。

有人列出《坪上村传》里出现的老物件有72件之多，而彭东明告诉我们，目前收集到的各式各样的农具和过去年代的生活用品，比书中写到的还要多。今年5月20日前，他争取把这些老物件的布展搞出来。

他指画着盆地四周说，它们都来自村里和周边附近。

我们好奇地问，那《坪上村传》里的人物呢，有原型吗？

东明笑了："小说嘛，你们懂的。"张家的帽子，李家的褂子，很难说清楚，但小说中"我"的父亲母亲，几个叔叔，祖父祖母，老祖母和老祖父等人，包括坪上村有史以来第一家公司"顺生商号"等等叙述，不少都有彭氏家族的历史影子，甚至是真实发生过的事情。如小说中彭跋送信遭人暗算，彭豪汉口旅社押宝神秘发迹，坪上义官彭和宇出三十条枪护驾老祖父，"我"随母亲到秋水村读书的经历，等等，已经非常接近"非虚构写作"。

盆地东南之遥，霓云间隐现一脉十分高远的山际线，由缥缈渐至轮廓清晰起来。

东明说："这就是小说中多次出现的连云山，它处在平江与浏阳的交界处，天放晴的时候，山上的十八盘弯从这里还可以清楚望见，只是现在没有人走，山道差不多已经荒废了。我那时候还小，大哥彭见明差不多15岁样子，祖父带他一道去浏阳那边做生意，俩人从平江这边挑几十斤'蚂蚁子布'，翻山越岭过去贩卖，而当时那边的砂罐子比较便宜，他们就担回来，在平江这边卖。我小时候的这个记忆，也再现在今天的小说中。"

至于《坪上村传》中十分引人注目的地方民俗文化书写，彭东明说，它们几乎就是平江乡土生活的原生纪录。他还懊悔没把丧礼中一些温暖感人的礼仪细节，如亡魂上路之前亲人依次告别的场面搬进长篇小说。

我们边走边聊着，一位中年汉子迎上来，大手比画着，和东明说起什么，我们停下来，东明亦用村里的土话讲了几句，汉子点着头，满意地走了。原来这天是清明节，本地习俗，当日，全村人齐聚午餐，然后集体上山挂坟，祭祀宗祖。汉子提醒东明莫忘记了。

村子靠北端，与屋舍一路之隔，有间小宅，干干净净，白墙黛瓦。东明说，这就是小说里的"北坛庙"，现实中它就叫北坛庙，村里也有人称它北坛城隍、北坛老爷的。

中国南方山区，几乎每个村庄都有一个"土地"或"城隍"，在民间的"神仙谱系"里，他处于末座，"级别"最低，但因为"管的地盘"是一个村子，一个屋场，或一个社区，最接地气，反而在老百姓那里名头最响。

北坛庙已不是原先的建筑。据彭东明介绍，二十世纪六十年代末，老庙被毁，后来在原址上复建，它门脸很小，却"功能齐全"，村民大事小事，包括造屋上梁，出门远行，都习惯来这里上炷香，问一卦。村里老了人，也要来"朝庙"，拿"通关文书"。每月逢初一、十五，不少村民都奉茶带酒，来这里敬上一敬，很虔诚的。

话说间，一位村妇远远袅袅而来，拎着布巾罩掩的竹篮，闪身入了庙门。

长篇小说《坪上村传》第一章"祖屋"里写道：

> 2015年的正月，村里的老人们在北坛庙问了卦，定下了在农历正月二十三日破土动工修缮老屋。北坛庙是一座很灵验的神方庙，村里人砌屋上梁，婚丧娶嫁，甚至外出打工，都要到庙里上一炷香，祈求保佑平安，这么多年来，坪上村的人外出打工，在北坛老爷的保佑下，从没人出过祸事。

> 开年之后，雨一直绵绵细细地下着，正月二十三那一天，早上本来还在下着雨，但是一吃过早饭，太阳就出来了。于是村里人都说，北坛老爷看的期，不会错。

我们笑问其所述真假。东明说确有其事。乡人习俗，择吉造屋，一要平安莫出事，二要天气好。动工之前，村里确实请了个老婆婆去问北坛老爷，回复说大后天，而预报大后天有雨吔。东明说："那天早上6点我从岳阳出发时，雨大得吓人，司机一路嘀咕，怎么选个咯样的天气，我不吭声，心里直打鼓，到村里早上8点半，雨忽然收了，太阳也出来了，当日，好一个大晴天！怪不怪？"

我们都笑了。

彭东明作品中描述，这个有着二千多人口的小山村，四周矮山环抱，形成的小盆地有一千多亩良田，一条小溪，七拐八弯地从田野上流过。我们放眼望去，村庄四周的矮山依旧，小溪和田野依旧，那飘荡在盆地上空的泥土气息和草木清香也依旧，但那一栋栋历经岁月风雨，承载着无数乡土故事的土坯屋不见了，代之以一幢幢贴着瓷片的小楼房，它们有的风姿绰约，有的略显粗糙夸张，但因为整体上疏密有致，布局自然，掩映于青山绿水间，衬得盆地的春色明丽且生动。

听我们夸赞村舍环境，东明不无自豪地说："我在平江挂职县委副书记时，这方面下了大功夫。有段时间，乡村大路两边建房造屋成风，村容显得杂乱无章，有的农民甚至把房子建到稻田里去了，我提出来，公路两旁的农田，一律不准造屋，建了的要坚决拆除，讲实话，这事得罪人，但我下了决心，硬是扛住坚持了，我们村里的宅屋一直保留在老屋场，建在山坡边上，维持了当地上百年来的自然地理风貌，而有的村庄就乱了。"

雨后的绿野田畴，春水充盈，到处水流哗哗，一条小溪时隐时现，在我们的视野中蜿蜒而下。

《坪上村传》"香包"这章中，彭东明写道：

> 这条从我家门口流过的小溪，往上走一里地，便有两道湾，架了两座小桥，上一座桥叫作上月桥，下一座桥叫作下月桥，两座桥相距不到半里。我想，上月桥的意思大约因为那一道溪湾像一弯上弦月，下月桥的意思便是那一道溪湾像一轮下弦月。因此，我就把这无名的小溪叫作了月亮溪。我发表的第一篇小说就取名叫《月亮溪》，这个短篇小说是写一个爱情故事。无疑，这里面便有阿莲的踪影。

《月亮溪》的发表，着实让我高兴了整整一个秋天。

彭东明告诉我们，实际上，这条小溪在当地没有名字，但"上月桥"和"下月桥"这两座小桥确有其实，就在上游不远，历来村民也这么称呼这两座小桥。1982年，彭东明在《萌芽》杂志发表短篇小说《月亮溪》。经我们求证，这就是作家彭东明的处女作。

眼前的小溪汤汤急急，一副涓涓不舍昼夜的样子，令人顿生感慨。

东明说："你们没有见过，我小时候，这条小溪其实是条小河流，水比现在大得多，河床沙滩也宽得多，因为上游水库不大，一年中经常泄洪开闸放水，水量不但大，力道还足，在盆地中冲出来好几汪深潭。我那时候调皮，和小伙伴经常摘来栗子桃子等野果子，丢往水里，然后从山边岩头上一个跟头，一猛子扎进深潭里去摸。"

我们在东明开怀的大笑声中，想象着作家心中那条清亮的小溪，那绿草茵茵的河滩，那刺激快活的嬉闹和捕鱼捞虾，那蛙鸣如潮的夏夜晚风。

当年的坪上少年纵身于溪流无拘无束，不舍往返，壮年远去又归来的作家彭东明，意志弥坚，渴望再次出发。他告诉我们，现在只要回到坪上老屋，他几乎每天都去后山的秋湖水库游泳，风雨无阻，冬夏不辍，已坚持了近两年。

在东明引领下，我们来到距盆地中心约2里远的小溪最上游。登上一座高耸的大坝，一片开阔湛蓝的水面呈现眼前，远方舟楫移行，湖面波光粼粼，澄澈宁静，倒映出两岸绿树青山和天光云影。站在坝上回望，山谷中的平畴村舍尽收眼底。

当年小溪上游的小型水库经过扩容改造，如今变成了一座中型水库，不但灌溉农业，还兼发电、防洪、养殖功能，防洪标准按百年一遇设计、千年一遇校核。库区还容纳了分别叫秋湖、秋水、洋海的三个村庄。

肚子这么大的一个家伙,哪里还有水漏下去啰!

从东明无奈的笑声中,我们细细品味着江河不废,日月更替,似乎有点开始明白作家在《坪上村传》的"题记":

莫让一座村庄的风情流失在岁月的长河里。

我害怕失去。

访谈:乡土生出的诗意和永恒

"真实"与"虚构"

笔者:《坪上村传》在我的想象中,是一个真实的地名,是一部实际的村史。但是,我后来看到书以后,又觉得它是一个文学的村,一个虚构的故事。我特别想要向东明老师请教的是,"文学的坪上村"和"现实的坪上村"是一种什么样的关系?你的创作在这里展开,有什么样的背景?很多读者也会不由自主地拿着书去对应里面的地点、人物、故事情节,想要知道书里书外的"坪上村"是什么样子。

彭东明:你这个问题是读者问得最多的。有评论家说我是"穿着散文的外衣,实行小说的操作",意思是穿了一件"真实的外衣"。我用这样一种结构来写,是想要给人一种真实感。写自己的家乡,我的情是很真的。

"真实的坪上"与"虚拟的坪上"之间是一个什么关系呢?它是一个实际的"山河田土"和地理地图上的"山河田土"之间的关系。因为这本书毕竟是小说,它不是纪实,也不是报告文学。我写的所有的东西已是"脱胎换骨"。

说得更具体一点,这本小说是一个村庄史,一部家族史,也是我个人的成长史。为什么要将"我"放在中间跳来跳去？也是为了增强一种真实感。

这里面的真实成分有多少？我的家族人物基本上是真实的，包括我的老祖父、祖父、父亲、母亲、兄弟。其他人物，有的是村里的，有的不是。可能帽子在广东，鞋子在广西，衣服在湖北，面在湖南。这些人是作为一个时代的群像来规划。因为仅仅一个村，不可能反映一个时代。

我回到家乡，用家乡的语言写作，我写得最灵泛，感觉最踏实，写得最自如。虽然我在岳阳工作30年了，若要我写洞庭湖，我都写不灵泛。为什么呢？因为它不是我的生长之地。

有一位住在北京的作家前辈在《十月》读到这本小说之后，一定要见我一面。正好有一次我到北京，就给他打电话。我们从下午2点半一直聊到5点，聊了整整两个半小时。这位前辈对我说，"《坪上村传》里每一句话，只有坪上村的土壤里才能生产出来，只有你彭东明的血液里才能够流淌出来"。他认为这是一部地地道道具有文化地标意义的作品。这非常切合我的初心。

我曾在平江挂职4年，很想写一本具有平江文化地标意义的小说，但一直没有写出来。直到2014年我又回到坪上村，一边干扶贫工作，一边将一栋两百多年的老屋修缮成书院，几乎一天到晚跟乡亲们"滚"在一起，我一下找到了感觉——跟我童年时代、青少年时期的记忆，跟记忆中的那些人那些事都联系在一起了，最后用了三年时间写成这本书。

写坪上村，我是把它诗意化了。包括书里在水库坐小船，现在修了公路，小船没有了。里面有一些是完全真实的，如写我母亲在水库那边山里的小学教书。我弟弟刚出生，没有奶吃，寄养在我姑妈邻居家。母亲不放心，总是感到孩子在别人家不对头。有一个晚上，先是打发我去看，后来自己连夜把弟弟抱回来。上课时，母亲把弟弟放在讲台边的脚篮里。我弟弟哭，母亲就用脚摇一下子。

传承和创新

笔者：写乡村、写家乡对于中国当代作家来说都是一个问题，也是一个命题。在中国现、当代文学里，写到一个地区的不少，写到一个县的也不少，写到一个乡村的并不多。将一个村作为一部作品的背景地，并取得成功的作品更少。对中国当代读者来说，除了元茂屯、皇甫村、清溪村、白鹿原，有记忆的文学村庄并不多。您在创作《坪上村传》时，有哪些带有传承的意义，又有哪些是独特的创造和创新？

彭东明：我写这个村庄，是把自己一辈子的老本都埋在里面了。写这本书时，我已50多岁，对人生有一种总结性思考。人的生命是有限的、短暂的，我应该尽力给世界留点东西。所以，我摆脱了功利的、政策的考虑，只从文学最本质的方面来写，尤其注重民俗、风情、风俗和人性的角度。这些能行之久远，不会被时代所淘汰。

笔者：您的这本小说跟那些经典代表作比如《山乡巨变》的关系是什么？您是有意地去学习致敬它们，还是有意地去超越它们，或者说是既有传承又有创新？

彭东明：我很喜欢周立波的作品，尤其是他写的《山乡巨变》，写得特别好的。书里写的茶子花香，现在都还记忆深刻，昨天夜里都闻到那种香味。还有他写的《山那边人家》，非常有才华，一般作家达不到这种高度。

我也非常崇拜陈忠实的作品《白鹿原》。我跟他接触很多。1994年，我们在深圳待了半个月，天天晚上在一起聊天、喝酒。他十分朴实,没有一点架子,我们曾保持联系好多年。还有彭见明的作品《那山那人那狗》,写人性人情的一种美好,永远不会过时。在散文方面,我很喜欢史铁生写的《我与地坛》。

看到韩少功的作品《西望茅草地》时,我只有20岁左右,是个狂热的文学青年,读后一星期都还激动不已,吃饭时想,晚上睡觉也在想。

这些作品对我的影响很大。后来我在岳阳担任宣传部副部长,专门组织编过一套岳阳文学经典。分了两个部分:岳阳人写得好的作品和外地人在岳阳留下的好作品,收录包括从屈原到李白留在岳阳的那些伟大作品,以及前面提到的韩少功作品《西望茅草地》,彭见明的《那山那人那狗》等。

社会主义文学不要离政治太近了。我这个作品,基本上按照现实生活写的,没有刻意丑化农村阴暗的东西,而是去展示人性中向上、光明的东西,讴歌乡土人情的美好,自然的美好,风情的美好。

"一写平江,写山村,我就灵动了"

笔者:我今天来到坪上村以后有一个感觉,这里是一个特殊的所在——处在幕阜山和洞庭湖之间,位于汨罗江畔,是大山和大湖、湖湘文化与客家文化、城区和郊区之间激荡、碰撞、交融所在,你将它从这么一个典型环境和典型时段高度提炼出来,作为文学创作的主体对象和背景地,这是一个偶然还是一个必然?

彭东明:这是一种必然。我生于斯,长于斯。15岁半才离开,38年后我又回到这里。我对这里的人,对他们的音容笑貌都了如指掌。一写平江、写山村的生活,我就生动了,灵动了;一写就很自然,很接地气,生活气息很浓。

我的语言,是在这片土地里生长出来的语言。我刻画的人物,是童年记忆中印象深刻的人物。写这本书，用尽了我一生的积累——能集中的人，都集中了。能说到的事，也说出来了。每个人是怎么回事，我心里有数。

但书里的人物，不可能全是一个村里的人。尤其是对在外地奋斗打拼的人物形象，我进行了综合创作。

我在平江挂职期间，每年县里组织慰问时，我都会接触到很多从平江出去后在北京、广州、上海打拼的"老板"，收集了大量创作素材，所以写起来得心应手。书里三四十个人物原型，或多或少都能在实际生活里找到影子。

"我"的老祖父彭豪、老祖父哥哥彭跋的名字，只比真名少了一个"萃"字，他们的故事基本上真实。"我"祖父的故事也有80%是真实的，"我"的爱人和母亲有90%是真实的。其他人物，有的在实际生活中有一点点影子，有的是在综合其他地方的人物印象中间产生。

书中村庄的风情、风俗，都是原汁原味的。村里的生活、生产、劳动的场景，都是刻在脑海的画面。我写了很多儿时在村里闻到的气味，像春天，兴奋地跟着父亲耕田时闻到的牛粪、烂泥的臭气，稻草的清香，跟小伙伴们去山上采野果时闻到青苔的清新腥气，都特别亲切。屋门前老樟树上叫个不停的阳雀子，七月的天空总是那么蔚蓝……嗅觉、听觉、视觉，它与个人的生命息息相关。没有对自己生长的坪上村那种融入血液里的记忆，我写不出这么生动灵气的文字。

笔者： 很多当代作家都开始不写景，或者是不能写、写不好景了，但是在过去很多经典作品包括《坪上村传》，对景物的描写、乡村风貌的描写，正是吸引我们的一个重要地方。

彭东明： 这就像我爱好的画画一样，该白时白，该灰时灰，该黑时黑，该放开的地方放开，该紧的地方紧。写景，也是一种色彩的把握,一种节奏、情绪、气氛的调节,这是需要的。像我们唱歌一样,有高潮有舒展。

我不喜欢那种一路"蹦跶蹦跶"往前写的,它没有留给读者舒展的机会。像书法创作,该浓时浓,该淡时淡,该密时密,该疏时疏。你不能老霸蛮挤进去。小说家也要注意这样一种分寸感。

每一幅画,每一幅字,每一本小说,都是不一样的,但有一种共同的审美遵守。一个大书法家,每一笔、每一个字、每一行他都会有一种情不自禁、自然而然的节奏感。

小说里写景,不仅仅是为了写景,它是文章的需要,节奏的需要,人物的需要,心情的需要。乡村是千变万化的,不像城市里千篇一律的高楼大厦,写乡土小说不写景是不可能的。

我的这本书,写景贯穿始终。我是情不自禁地要写,因为那些东西在我童年印象中太深刻了。

边实践边创作的"先行者"

笔者:在《坪上村传》里,不可避免地也会碰到两个时代主题,一是脱贫攻坚,一是乡村振兴,你是怎么来处理这两个主题与《坪上村传》中历史变迁的这种关系?是比较近还是比较远,是作为主体还是作为背景?创作过程中,你修复坪上书院的实际经历,与这个作品发生了一些什么联系?

彭东明:现在,乡村有些东西比较没落,但很多东西留在那里。例如我写的"贺戏子""陆师傅"。他们是练武术、讲武打的人,这种人是有规矩的,不乱带徒弟,很讲武德。在书里,我把陆师傅作为一个很重要的角色来塑造,他带了很多优秀的徒弟,后来别人要他搞商业化,他不干。这是有真实原型的。

贺戏子的儿子豆豆考上北京广播学院(2004 年已更名为中国传媒

大学），后来又回到坪上村。实际上，他没有回来。这是我给小说的一个文学寓意。至于说有老板"细叔"回来搞收集，这个是我塑造的人物。现实中我遇到的那些"老板"都没有这种理念。实际上，我把坪上书院修好之后，再去收集东西，什么尿桶、猪潲桶啦……只要是那个年代抛弃了的，都收。你不收它们就没有了，消失了。所以，我很想把那些乡里的"杂件"都收集起来，这是一种记忆。

岳阳市委宣传部把扶贫点放在平江县，我协调平江县把扶贫点放在邻近的秋水村。我一边在秋水村扶贫，一边在坪上村建书院，天天"滚"在这里。

实际上，修书院也是扶贫。当时，通过修书院，我认识了一位专家。他给过我很多建议：哪片山栽果树，哪片山栽梨树，哪片山栽橘树，哪片塘搞荷花，把这里打造成一个旅游度假村。后来，我协调了资金，在村里帮村民种了几十亩荷花、果树。

笔者：这些实践，都写入小说里头去了吗？

彭东明：有一些进入了，小说里写的"联营公司"，都把它促成了。我是边做、边思考，再实现——一边扶贫建书院，一边打造乡村振兴，搞完之后我开始写这个小说。

有评论家说我是一个乡村振兴的先行者——中国的作家没有一个像我这样身体力行。我们在村里做了很多事，号召大家种荷花，搞龙虾养殖、栽果园，为坪上书院周围10来户农民统一添置被铺，接待来书院培训的学员住宿。每户一年可以增收几千块钱。

书院修好后，我们在这里开展一系列文化活动，来参观学习的学员要消费，也带动了乡村旅游，书院旁边还搞了好几家农家乐。这是一个整体行动。

矛盾与重构

笔者： 这本书最吸引我的地方——里面充满了很多内在的矛盾性。你展示家族、地缘、血缘内在的温情脉脉的情感，但同时又有乡村生存的残酷、发展的困惑，这种现代乡土重建中的矛盾，如何去平衡？包括内心矛盾和书写矛盾的平衡。

彭东明： 我中间写到很多乡村人物的命运，像长贵俩公婆，他们的生活——从生下来到最后的结局是可预期的。长贵的5个女儿和儿子是不可预期的，他们的结果千差万别。

长贵儿子最后想要"变性"，好还是不好？我不可能去做一个结论。我们现在所处的这个时代，具有一种多样性和生存性。这个时代下的村庄是敞开的，人也是敞开的，是不可预期的，没法用一个简单的好与不好来鉴定。我的任务是把现在的一些东西展现给大家。

当然，其中肯定有困惑。这种困惑的话，看你站在什么样的角度去理解。支书老万的内心就很矛盾。现在的村干部很难当，因为村民谁的账都不买。老万讲到一个很糟心的问题："你知道现在农民最担心的是什么吗？"我以为他担心政策的变化。他说不是，担心的是以后政府要派干部给农民喂饭吃。

现在农村种地有补贴，不要交公粮，小孩上学不要钱，有营养餐，看病有医保，路修到家门前，但他们的创造性、自主、自立、自强，只剩原来的尾数了。

所以，老万是很矛盾的。我通过老万提出一个问题，怎么看待今天乡村生活的变化？我小时候，当老师的母亲每月工资是34块5毛。每次母亲发工资，都会到镇上集市买一斤肉改善生活。那时村里谁家炒了肉，整个村都闻得见香味，很诱人。以前这条小溪，水很清，我们在里面游泳，扎猛子，水里的石头——白的、黄的、紫色的，都看得清清楚楚。乡村的肥料是循环利用的，用农家肥种出来的菜和稻子不发虫，吃起来味道很甜。

现在的人餐餐有肉吃，但用化肥浇出来的菜和稻子，没有以前那么香甜的味道了。人和家禽家兽的排泄物通过抽水马桶，排到河里面去了，别说洗澡，走到河边上都有点臭。

这些都是支书老万和"我"的一种困惑。用过去的眼光看今天的变化不合时宜，但几千年以来的乡村传统和习惯在快速改变，让人一下难以接受，也不是轻易就能改过来的。

乡土文学的"现代性"探索

笔者： 我在《坪上村传》中，看到你以往作品中见不到的"现代性"，或者说是"荒诞性"的东西。如长贵生5个女儿一定要再生一个儿子。儿子后来干得不错，却要"变性"——要变回女儿身。这个人物充满了很大的张力，有没有原型？还有作品中"麻狗"和"牛"的命运，以及"改坟"，村民求卦……这些似乎都和人的命运紧密相关，有点像绘画中的一笔异色。里面既有民间神秘文化，也有中国传统文化，也有乡村历史自然存在。它们的出现，将作品的内涵和张力一下拓展了，你能为读者解读一下吗？

彭东明： 你这个问题提得相当好。我认为，就像我们的生活本身一样，有些东西一下要作很全面的解读，是很难的。

例如，阿莲是书中"我"思念的情人。那条麻狗救了阿莲的命。后来狂犬病来了，"我"去打狗，阿莲不同意，"我"的祖母不同意，阿莲的父亲——支书老万也不同意。最后麻狗被救下来，放到阿莲家楼上，阿莲还陪它玩。一个月之后，狗疯了，它的狂犬病传染给阿莲，阿莲也死了。到底是谁害死了阿莲？是"我"，祖母，支书老万，还是阿莲自己？这个问题关系到情与理的冲突，令人深思。在我们的社会和生活中，情与理始终是个矛盾。按照理智，狂犬病一来，狗必须打掉。从感情角度，它是阿莲的救命恩人，不能打，酿成一个悲剧。

长贵的儿子"小六子"，是我特意塑造的一个时代印记很重的人物。在长贵年轻的时代，不可能有变性这种观念。书中的"我"也不赞成变性，去做小六子的思想工作，最后反被小六子"工作"了——小六子讲得有道理，"我对社会没有危害，反而有贡献，有责任心。我想做女孩还是男孩，这是我自己的事情，为什么整个社会都要鞭策？"

就像我前面提到的，这件事情不能用简单的"好"还是"不好"来评价。后来，通过窑匠来讲"牛命"的故事，把长贵的儿子跟牛命联系在一起。从某种程度上，我是延续了中国农耕文明的那种宿命论，也不能够简单地讲它正确还是不正确，这是我们土地上生存的一种文化。

我写蛇写得很"神"。在我们村里，有这种会"蛇学"的人，他一叫，蛇就来了。一叫，蛇就走了。蛇如果来到这里，他用手在这里掐一下，蛇走到这个地方就打止了，不会再往上走了。但是生人不能去摸，一摸蛇马上就往上走。

我是把它作为一种"神秘文化"写进去的，也不能说它是对的还是错的。它是来自一个土地上的文化符号，可能再过许多年，科学能够解释清楚。

年轻时我写作不会去涉及这些东西，到五六十岁时思考得更成熟一点，写得更从容一些，看问题更深刻一些。没有以前那种功利性了，也不会去迎合一些东西了。

写一个村庄，像蛇这样一种神秘文化，我是必须要写的。它是一种文化的存在，发人深思。尤其平江是屈原写《离骚》的地方，是杜甫归葬的地方。

感悟：作家的乡村与乡村的作家

走进坪上村，我们走进了一个书里书外"叠加"的村庄。在真实与虚构交织的乡村穿行，常常错位，有时候把现实当成小说，有时候又把小说误读成现实。当然，我们始终清醒的是，身边的作家是真实的，眼前的村庄也是真实的。

对作家彭东明而言，没有坪上村，就没有他自己，也就没有了后来的一系列作品，特别是长篇小说《坪上村传》。少年时走出故土，但这里每一寸土地、每一个物件、每一个人物，都留给他入骨记忆，待到他起笔要写这些往日的记忆时，那些陌生的熟悉就如此奔涌而来。

这个至今仍有些偏远的湘东农村，馈赠给自己这个有墨水摇笔杆的子弟哪些财富呢？其一，独特的地域文化，客家文化、革命文化、农耕与农商文化叠加混搭，形成广阔而深远的文学背景。其二，现代农业文明的全部知识和作业流程，大多农活，有的看过，有的做过。其三，大自然，原野的平畴与望得见的远山，四季轮回，云遮雾罩，天光乍射，犹如神启。其四，四世同堂的大家庭，传承的宗族、血脉、亲情关系。在彭氏兄弟的记忆中，爷爷带着他们远行，给他们讲的故事与嘱托，至今在记忆中还有余温。今天，曾经远走四面八方的兄弟姐妹，又都回到儿时的祖屋和乡场。

写作因此个性而深入，这不是简单的深入生活能够弥补的高差，那是一种情感上的巴皮恰肉，理解上的息息相通，表达上的心领神会。不仅仅故事、人物、风俗、节候、农事、物产、语言、情感，取之不尽，像母乳一样滋养了作家和作品，更重要的是，他的写作，自然比那些为了深入而深入的作家，客人一样地蹲点体验，多了一层历史自信，一份文学主动，如何选择、如何评价，游刃有余。

对坪上村和这里的乡亲而言，彭东明是一个实实在在的人物。没有他，坪上可能失去许多宝贵的东西。比如，坪上的风水，——这里没有所谓迷信的东西，其实就是自然的所在，千百年留下的聚落和格局，也许就在大拆大建中毁于一旦；比如坪上书院，本来只剩下一些残垣断壁，在他努力下，一砖一瓦的归位，一家一户的认同，修旧如旧，老树新花，山坡上的建筑群落，在这一带格外的耀眼。比如这部长篇的村史，让坪上出了大名，赢得一种深沉的文化自信。而来来往往的干部、作家、游客、学生，加速拉近坪上与外面世界的距离。

作家与乡村的互动，成就了彼此。一方是响亮作品的面世，一方是远去斯文的归来。在彻底告别绝对贫困后，乡村振兴呼唤文化振兴。就像乡村产业振兴，必然要靠人才推动一样。文化振兴也要靠乡贤、靠文人来引领。一座村庄能孕育出自己的作家，并且诞生写本村本土的作品，是一件可遇不可求的幸事。当代中国文学版图上，清溪村、皇甫村，也曾拥有过自己引为骄傲的大作家大作品，但是，当时的环境和条件，还不能让作家在乡村建设中发挥更积极、更大的作用。没有哪个时代像今天的乡村，如此清醒而急迫呼唤文化，礼敬文学，尊重作家。去年，中国作家天团的益阳清溪村之行产生的影响，带动文学之乡的繁荣兴盛，和坪上一样，都是很有说服力的例证。由此想起，我们的作家、艺术家、文艺工作者，甚至知识青年，上山下乡，陶冶自身，赋能乡村，必能像东明一样，书写新时代山乡巨变的锦绣文章。

在坪上村，跟随作品的指引和作家本人的现场解读，我们深读了一部优秀的长篇小说、一位充满活力的乡土作家、一个普通而又特别的湘东村庄。

（本文系与于磊焰合作，原载《湖南文学》）

为精准扶贫书写信史

——读报告文学《扶贫志》

摆脱贫困，是中华民族的千年志业，也是文学书写古老的母题之一。为向中国人民、中国共产党、中华民族的伟大胜利献礼，湖南省精心策划出版了《扶贫志》一书，意图通过讲好湖南扶贫故事，展现广大扶贫干部和脱贫群众为梦圆不懈奋斗的精神面貌。《扶贫志》是大时代、大事件、大行动呼唤下诞生的一部可信、可感、可亲的报告文学力作。作者卢一萍用扎实的田野调查和真诚的写作态度记录了这段民族共同记忆，用一个农民之子的深情致敬理想、致敬奋斗、致敬英雄。

中国有十四亿人，是世界上人口最多的国家。中华民族创造了辉煌夺目的文明，却始终难以彻底摆脱贫困的阴影。为了确保到2020年全面建成小康社会、实现第一个百年奋斗目标，2013年习近平总书记在湖南省湘西土家族苗族自治州十八洞村考察时首次提出了"精准扶贫"的重要思想，开创了扶贫事业的新局面。如果把过去八年的中国乡村做一个影像回放，那一定是一部山乡巨变的历史大片。人类历史上，还没有哪一个时代、哪一个民族有这样的决心和激情，用仅仅八年的时间完成了9899万农村贫困人口、832个贫困县、12.8万个贫困村的脱贫任务。这是中国全部的贫困人口。中国脱贫攻坚战的全面胜利是中华民族历史上的伟大时刻，也是人类文明史上的重要时刻，必然彪炳千古。

湖南省花垣县十八洞村作为"精准扶贫"战略思想的首倡地，在过去的八年中，始终积极担负起首倡之责。它的脱贫历程是一个范本，足以供人体认中国扶贫事业的波澜壮阔。

十八洞村是一个村民不足千人、人均耕地仅有0.83亩的纯苗族村寨。它曾是个"美得让人心痛的地方"，从前来到这里的人，心灵总会被美丽和贫穷同时震撼。2013年，十八洞村225户中有136户是贫困户，人均纯收入只有1668元。这样的地方要脱贫，还不能"搞特殊化"，扶贫工作队不仅要为十八洞村探明走出贫苦的道路，还得让经验"可复制、可推广"，这个任务是艰苦卓绝的。

事实上，对湘西地区的扶贫时间远早于2013年，也取得了一定的效果，但始终未能彻底撬走贫困这座大山。由于地理等原因，湘西地区发展极为缓慢。直到20世纪，湘西还是个几乎与世隔绝的"世外桃源"。土家、苗、瑶、侗等民族和少数汉族零星聚居在大山中，不绝如缕地向外散发神秘的气息。像十八洞村这样的苗寨，贫困是根深蒂固的。新一轮扶贫与以往最大的区别在于强调"精准"，即精准地对准贫困人口，把工作落实到具体的人，深入分析每一个贫困村、贫困户致贫的原因，因人而异制订帮扶方案，因地制宜发展集体产业，最终实现"输血式"扶贫向"造血式"扶贫转变。

蓝图绘就后，要真正彻底拔除贫根，需要志存高远、埋头苦干。比如，十八洞村扶贫工作队的龙秀林，他是花垣县委宣传部的常务副部长，不仅对扶贫政策、扶贫思想有深刻的领会，也擅长做群众工作。但当他带领扶贫工作队入驻十八洞村时，情况的复杂程度远超过他的想象。悠久的贫困历史已经彻底磨去了人们的斗志，他们已经习惯了

"等、靠、要",扶贫干部一来,村民就一起上门要钱。龙秀林的扶贫工作必须从扶志开始,扶思想、扶观念、扶信心。摆脱贫困是扶贫干部的志愿,也应该成为贫困群众自内心生发的斗志。

自2013年以来,以十八洞村为标杆的中国脱贫成绩是超出人们想象的。而在这场全民族的伟大行动中,十八洞村毫无疑问已经成为历史的标志,它既是民族事业胜利的一座丰碑,也成了一个有讲不尽的故事的文学符号,是一首必将在民族集体记忆中回响的大型史诗。

中国全面脱贫再次有力证明,世界文明之路并非独木桥,中国道路为人类命运发展提供了新的可能,也为文学价值、文学创新、文学想象提供了新的可能。在过去很长一段时间中,学者的文学理论、作家的文学创作、批评家的文学批评都偏好于批判,多以质疑的姿态面对社会发展。中国脱贫攻坚的胜利、十八洞村的胜利是一座巍巍大山,以顶天立地的姿态出现在写作者的个人生命和艺术生命里,并开始得到文学的回应。同时,庞大、丰富的时代内容也触发了文学形式的创新,作家开始有意识地成为伟大历史的传唱者,而《扶贫志》就是响应时代呼唤而生的,兼具史志价值和文学品格的报告文学力作。

《扶贫志》的作者卢一萍是一位川籍作家,也是一位军旅作家。他与湖南的文学缘分要上溯至26年前,《芙蓉》杂志为他的小说《黑白》专门开辟了一个叫《长篇未定稿》栏目。2006年,卢一萍又为20世纪50年代参军进疆的湖南女兵写下一部非常深情、厚重的报告文学《八千湘女上天山》。他在湖南、北京、四川和新疆生产建设兵团寻访了上百位女兵,用了整整五年的时间,行程数万里,三易其稿,才完成了这部作品。《八千湘女上天山》首次全方位地还原了湘女进疆的史实,是八千湘女真实命运的缩影。作品发表以后,引起了强烈的反响。卢一萍的报告文学是沉静、开阔、厚重的。这与他的小说理想完全不同：他的小说个性、先锋、自由，任凭自我在广阔的天地间横冲直撞；他的报告文学却收敛得多，常常不事雕琢，只做最朴素、最虔诚的记录，似乎生怕文字技巧影响了天然的故事。这一风格，也延续到了《扶贫志》之中。

卢一萍又是一位出身农民家庭的作家，对农村、农民有深刻的理解和同情。他会做每一种农活，熟悉每一块田地的厚薄，对春耕夏耘秋收冬藏中每一份心情都能感同身受。离开土地多年以后，他对农村有了更冷静的观察和思考，也萌发了深入农村、书写农村的心愿。

读完《扶贫志》后，我感到，卢一萍是新时代中一位具有"太史公精神"的作家。

湖南文艺出版社发出写作邀请时，卢一萍一度非常犹豫，主要的原因是时间紧、任务重。四川和湘西同为西南官话区，虽然语言不构成特别大的障碍，湘西对他而言毕竟是异乡，要深入一片土地、理解一方人民并非易事。最终，军人的血性还是鼓动卢一萍迎接了挑战。这使得他在接下来的近十个月，几乎每天都只敢睡五个小时，身心完全沉浸其中，乃至忘记了疲惫。

2020年3月上旬，春寒料峭，怀着一颗为父老乡亲立志的决心，卢一萍踏上了艰苦的采访之旅。他以大湘西地区为范围，40多天日夜兼程，走遍了湘西土家族苗族自治州、常德、张家界、怀化，行程达1.53万千米。为了捕捉细节，卢一萍深入30多个村寨，采访了90多位亲历者，收集了长达5700分钟的采访录音和200余万字的采访笔记。

《扶贫志》是在大量口述史的基础上诞生的。卢一萍把湘西之行的所见、所闻、所感忠实地记录下来，清晰地再现了每一座村寨、每一张面孔、每一个笑容。《扶贫志》分为十八章，以饱满的形象、曲折的故事、丰富的细节讲述了十八种人生、十八种经验、十八种情怀。这些平凡人的故事追寻着光明，闪烁着人性的光辉。卢一萍为每一个业已离开土地的人，描绘了一个可信、可亲、可感的回得去的故乡。

我认为，报告文学写作一定要舍得下苦功夫、下笨功夫，要走向田野，寻找仍带有泥土腥气的故事。时代是文学永恒的源泉，文学是时代不朽的见证者。习近平总书记指出，文艺要"因时而兴，乘势而变，随时代而行，与时代同频共振。在人类发展的每一个重大历史关头，文艺都能发时代之先声、开社会之先风、启智慧之先河，成为时代变迁和社会变革的先导"。作家只有响应时代的号召，作品才能有质感、有深度、有分量。

文学又不同于新闻报道，艺术的力量一定是藏匿在细节中的。报告文学作家在大时代、大事件中，应该继承古老的太史公精神，立言以不朽。这需要舍我其谁的担当、无穷无尽的耐心和艰苦卓绝的奋斗。实话实说，当下有能力写出《扶贫志》这样作品的作家不少，但愿意如此付出的作家不多。卢一萍在乡亲的屋檐下、在院坝里，甚至在田埂上进行采访，他得到的故事一定是从土地里长出来的，《扶贫志》也必将成为历史的存照。

《扶贫志》作为一部长篇报告文学，显现出了史志文学的独特气质。它用"志"的方式和态度写就，是可考证、可对质的。

所谓志，指的是记载某一地方的地理、历史、风物等情况的文章。志是史学的，记载了文明的进程和梦想；志也是文学的，出色的史志作品，一定是有细节、有生活、有味道的。比如，《史记》《资治通鉴》等作品，都是既真实，又具有强烈的艺术感染力的。从某种意义上说，报告文学的使命与史志一脉相承。《扶贫志》的史学价值寓于文学性之中，其艺术性又超越了手艺技巧的范畴，向历史性、思想性迈进。它在报道和虚构之间、史学与文学之间寻到了自己独特的价值。

《扶贫志》是一部具有史学价值的报告文学作品，是社会人类学前沿个案的调查成果。这里有丰富的文献资料和口述史。文献资料具有较好的概括性，指向明确、集中，涉及的主题也比较广泛、深刻。它是田野调查的指明灯，在对一地、一事、一人开展个案调查前必须有丰富的资料积累，田野调查才不会漫无目的，甚至南辕北辙。此外，文献材料也是理解和解释一手材料的重要抓手。《扶贫志》参考的文献材料来源广泛，有政策文件、历史著作、学术研究、湘西名人传记等。这些材料不是为《扶贫志》量身定制的，但为《扶贫志》的人物活动搭起了舞台，能够带领作者和读者深入大湘西地区的地理、历史、人文肌理。卢一萍也通过文献材料，尝试勾勒过去四十年中国乡村的变迁史，带领读者通过历史的逻辑理解当下、展望未来。

而口述史是《扶贫志》最大的亮点。它既是《扶贫志》材料的重要来源，又作为一个独立模块被直接呈现在文本之中。口述史是个体的、感性的、差异化的，将口述材料编入正文，是让人民讲述自己的故事，这确保了《扶贫志》中的故事真实，且有血有肉。文本的创新为读者最大限度地保留和再现了历史现场、事件细节和个人立场，极大地丰富了读者对扶贫行动的想象。

《扶贫志》是现实的、在场的，也是介入的。报告文学必须具有历史性和思想性。文学书写必须与概念书写果断诀别，绝不能沦为概念的表达。报告文学更强调走出书斋，必须掌握翔实的材料和如茧丝、如牛毛的情感，而不能单凭技巧和想象。这是作家的责任。《扶贫志》存在多重视角，有社会、历史、当事人、记叙者……视角频繁切换、交叉赋予了这部作品全面性和深刻性，让读者在个体的经验中，洞见宏大的历史。卢一萍深入现场，贴近大地，凭借着对人物、故事和环境的深入观摩和描写，全景式地描绘湘西大地图景，不断地审视、追问精准扶贫行动在当代中国、中华文明乃至人类文明上的价值。这让《扶贫志》的意义溢出文学影响力的边界，比同类题材作品更富有真切感。

《扶贫志》是高度审美化的。从本质上说，它作为一部"文学作品"而存在。报告文学与经典文学，在艺术上是共享审美标准的。文学是人学，必须以描写人为中心，它的对象和目的都在人。《扶贫志》成功地塑造了大湘西脱贫攻坚战的人物群像，这是它作为一部文学作品最突出的成就之一。书中的人物不是概念表达的工具，也不是反映现实的载体，而是一群鲜活生动、有着自己独特的经验和个性的人。作者按照人物身份进行分类记叙，把每一种身份的人都收纳进来，性格迥异，形象鲜明。此外，《扶贫志》在大叙事中力求细部的丰盈。人物心灵深处的悲欢、幽微的心理变化、曲折的思想历程是文学表达的重点，也是文学有别于报道的关键所在。《扶贫志》的成功在于细节的成功，每个人物的故事都存在大量的行为细节、语言细节、心理细节，比如龙秀林的绰号、田金珍的肥猪、龙先兰的酒、谭艳玲的百褶裙……作者在采访的过程中，抓住了这些细节，在故事中凸显出来。这些细节中，蕴藏着丰沛的感情。每个人都可以在《扶贫志》中找到熟悉的影子，或自己，或亲友，或熟人……

综上，我认为精准扶贫是一件历史必志之事，卢一萍是一位潜心写志之人，《扶贫志》是一部蕴含史志品格的报告文学力作。这部作品面向时代、面向历史、面向世界，是中国文学在2020年的一大收获。《扶贫志》《大地颂歌》《从十八洞出发》《江山如此多娇》《乡村国是》《梦圆二〇二〇》等优秀文学影视作品的涌现，也证明了湖南不仅能够打赢脱贫攻坚战，同时也能讲好湖南扶贫故事。这也将成为湖南故事的新起点,我们一定把伟大祖国、伟大政党、伟大人民的故事继续讲下去,为乡村振兴、民族复兴凝聚起磅礴之力。

(原载《芙蓉》杂志 2021 年第 3 期)

热忱书写新时代的精彩诗篇

——写在《衡阳：青春雁行如诗》前面

2022年8月，《诗刊》社第38届"青春诗会"在衡阳石鼓书院火热相约，我有幸参与和见证了诗的盛会。在这里向戴上"青春诗人"桂冠的15位实力派诗人致敬、向中国作协《诗刊》社致敬、向全国各地的优秀诗人和诗歌评论家致敬！

7月时，铁凝主席、张宏森书记率中国作家集体来到湖南，启动了中国作协"新时代山乡巨变创作计划""新时代文学攀登计划"，与湖南人民来了一次深入而广泛的文学交流，三湘大地热爱文学、逐梦文学的热浪滚滚、余音袅袅。

千百年来，湖湘大地留下了无数不朽的诗人和灿烂的诗篇。屈原的"路漫漫其修远兮，吾将上下而求索"，陆游的"挥毫当得江山助，不到潇湘岂有诗"，范仲淹的"塞下秋来风景异，衡阳雁去无留意""先天下之忧而忧，后天下之乐而乐"，谭嗣同的"我自横刀向天笑，去留肝胆两昆仑"，尽情抒发了湖湘大地的气质与性格。特别是毛泽东同志的"为有牺牲多壮志，敢叫日月换新天"，成为中国共产党人奋斗牺牲创造的形象写照。

当代中国，江山壮丽，人民豪迈，前程远大。湖南牢记习近平总书记的殷殷嘱托，发扬"闯、创、干"的精神，决战脱贫攻坚、守护一江碧水、建设三个高地、赓续红色血脉，谱写着新时代三湘巨变，为新时代文学家、艺术家、诗人留下了丰厚的创作题材、充沛的想象空间。

诚如著名诗人吉狄马加先生所言"今天的诗歌还必须要由我们来完成"。五天衡阳诗会，诗人们将足迹留在了来雁塔、东洲岛、王船山故居、南岳衡山……生活就是人民，人民就是生活。诗人们真切感受到锦绣潇湘的古色厚重、红色炽热、绿色盎然、夜色亮丽，找到诗神凭附的灵感，写就了一首首真挚、热情的诗歌。

地以文名，诗以代传。我们将这些滚烫的诗行迅速结集，以诗人浪漫瑰丽的角度，抒写新湖南的时代风貌，体现衡阳独有的诗情诗韵，再续了新时期《南岳唱酬集》佳话，将引发人民群众特别是文艺爱好者的热议与传诵，这也是"青春诗会"38届以来的首创。

湖南与诗歌有缘，湖南与诗人有约。祝贺永远年轻的"青春诗会"，祝贺永远灿烂的"青春诗人"，期待更多的诗人朋友来湖南行吟，挥写新时代更加绚烂精彩的诗篇。

（原载《衡阳日报》2022年11月27日A3版）

以历史主动开创生态文学黄金时代

"青山碧水新湖南"文学征文，是湖南文学第一次高规格大规模聚焦环境生态的主题创作活动。参与作者众多，体裁形式多样，持续时间跨年，精品力作迭出，影响广泛深远。作家沈念获得鲁迅文学奖的报告文学《大湖消息》，成为代表性作品。湖南生态文学的自信自强、历史主动在全国环境生态领域和自然生态文学范围，都引起关注、获得好评。文学评论适时跟进，专题对作家作品、地域特色和发展走向，给以理性的分析研判。创作与评论正向互动，必将推进湖南生态文学走在前面，必将增强人们建设美丽家园、创造美好未来的精神力量。

今天，我们站在建设现代化国家新征程上，生态文学将有怎样的思考和行动？

生态文明历史性变化为生态文学提供了丰富多彩题材。习近平总书记在二十大报告自豪宣告："我们的祖国天更蓝、山更绿、水更清。"的确，新时代十年来，坚持绿水青山就是金山银山的理念，山水林田湖草沙一体化保护和系统治理，全方位、全地域、全过程加强生态环境保护，生态文明制度体系更加健全，污染防治攻坚向纵深推进，绿色、循环、低碳发展迈出坚实步伐，生态环境保护发生历史性、转折性、全局性变化，创造了举世瞩目的生态奇迹、绿色奇迹。

这是每一个中国人，每一位当代作家都见证感受的变化。既有活生生的案例和故事，比如云南的大象，西北的朱鹮，洞庭湖江豚的久别归来，也有可比较的指标数据，如空气质量优良天数、国考断面水质优良率、森林覆盖率增长，还有世界公认的排位，如人工造林面积，如双碳达标进度，更有中国公民环境生态意识普遍觉悟，广泛参与、有效行动。

身处长江中游、大湖之南，我们也切身感受湖南生态之变、环境之美。从当初对久违的蓝天白云惊奇喜悦争相刷屏，到今天习以为常的自然而然。这是湖南落实总书记殷殷嘱托——真正把生态系统的一山一水一草一木保护好、守护好一江碧水，做好洞庭湖生态保护修复的成功实践。

人民日报、新华社、中央广播电视台，系统梳理了这十年的描绘美丽中国的生动画卷。新闻总是走在文学的前面。我们需要以历史的主动跟进，需要像讴歌脱贫攻坚那样的热情投入，需要有不负青山不负人民的责任，拿出有数量有质量、影响当代又传之久远的作品。

习近平生态文明思想为生态文学指明了前进方向。2018年5月，全国生态环境保护大会正式提出习近平生态文明思想，为新时代生态文明建设提出根本遵循和行动指南，也为生态文学指明了前进方向。

从"五位一体"领会生态文明战略位置和发展理念，把握生态文学历史方位。从国之大者的高度来重视和关切生态文学的意义与价值。

从"六个坚持"把握生态文学创作重点。即党对生态文明建设的全面领导，绿水青山就是金山银山的核心理念，良好生态环境是最普惠的民生福祉，绿色发展观是发展观的深刻革命，统筹山水林田湖草沙系统治理，用最严格制度最严密法治保护生态环境，把建设美丽中国转化为全体人民自觉行动，共谋全球生态文明建设之路。这是当下生态文学的主要对象和思路。

从"两个结合"理解中国优秀生态文化，吸取生态文学创作方法。几千年来，中华民族积累形成的自然观、生态观，天人合一，道法自然，民胞物与的思想智慧，留下的经典作品，诞生的伟大的作家，如屈原、李白、王维、陶渊明、徐霞客，这是当代生态文学创造性转换创新性发展的源泉。

从"人民至上"感应良好生态环境带来的幸福感获得感，激发创作热情。环境就是民生，青山就是美丽，蓝天也是幸福。这是生态文学呼应人民、服务人民的必由之路。

中国式现代化为生态文学开辟了广阔道路。从现在开始，中国共产党将带领中国人民向中国式现代化迈进，这是激动人心的新征程。其中，一个重要的特征就是人和自然和谐共生的现代化，一个内在的要求是尊重自然、顺应自然、保护自然。强调人与自然是生命共同体，无止境地向自然索取甚至破坏自然必然会遭到大自然的报复。强调可持续发展，坚持节约优先、保护优先、自然恢复为主，强调像保护眼睛一样保护自然和生态环境，坚定不移走生产发展、生活富裕、生态良好的文明发展道路，实现中华民族永续发展。

未来十五年、未来三十年，中国生态文明的路将这样展开：加快发展方式绿色转型，深入推进环境污染防治，提升生态系统多样性、稳定性、持续性，积极稳妥推进碳达峰碳中和。为生态文学提供了独特的选题方向和内容宝库。比如，绿色消费、绿色低碳生产方式和生活方式、比如，建设国家公园和自然保护地建设、草原森林河流湖泊湿地休养生息、长江十年禁渔，等等，都值得跟踪、体验。

中国式现代化，既有各国现代化的共同特征，也有基于自己国情的独有特色。作为反映生态文明的文学，一样会体现共性又彰显个性。

在追踪生态环境进步中，形成生态文学的中国气派中国风格中国特色。

以主动进取开创中国生态文学的黄金时代。国运兴文运兴。新时代十年来，生态文学跟随生态文明的进步，诞生了一大批优秀的作品，成长了一大批知名的作家，开展了一系列专门的评奖。但是向世界讲好美丽中国的故事，向人民传播生态文明的风尚，依然任重道远。

世界上许多国家在现代化进程中，曾形成了本国自然文学、生态文学的流派，诞生了经典的生态文学著名作家和经典作品。今天中国的环境生态变化，壮丽秀美风貌，为中国生态文学的黄金时代奠定了最真实的基础，需要并且呼唤生态文学的繁荣。

展现山河之美，为中国山水林田湖草沙立传。我们已有《长江传》《黄河传》、《海南岛传》。其实，祖国大地上每一条大江大河都应当为之立传，每一座山峰一条峡谷、每一个湖泊、每一片草原森林，都期待着文学的书写，展示其亘古至今的传奇。

礼赞生态之变，为新时代生态文明历史性变革著史。中国生态之变，自然环境之美，可以从中华民族生态发展史上找参照，可以同当今世界生态文明进程作比较，必然发现超出时间与空间的结论。

颂扬真理之力，为绿水青山就是金山银山理念作诗。正因为追求真理、揭示真理、笃行真理的超人勇气，诞生了中国化的自然辩证法，超越自然为中心或以人类为中心的争议与偏颇，改变了沿袭较长的靠山吃山、围湖造田的发展观，使人与自然关系走向和谐，在大地上绘出新时代富春山居图。

塑造奋斗之姿，为创造奉献的生态环境工作者写真。河长、林长、田长等新的职位新的职责，都有新的内涵新的经历新的故事。洞庭湖的一大批生态志愿者，祁阳的红土壤野外台站，青山顶上的护林员，都有吸引人、感染人的好故事、新形象。

创造中国生态文学的黄金时代，其时已至，其势已成。期待生态环境、农业林业、国土水利部门支持，提供采访、体验、创作、交流的条件；期待出版社、报刊、网络关注，开辟更多出版、发表、传播平台；期待文联、作协更加主动积极介入生态文学方向，发现、培养、培训作家，组织文学理论、文学批评给力、助阵，为生态文学的流派、样式、风格、作家、作品提供更具权威性、公信力、影响力的分析与评价。

当代中国山河壮丽，锦绣潇湘迷人故乡。这十年，我们已经诞生了绿水青山就是金山银山的生态文明理论，我们已经证明人不负青山青山一定不负人辩证逻辑，我们有理由以历史主动精神开创生态文学的黄金时代白银时代。

（本文系作者在"青山碧水新湖南"生态文学学术研讨会上的发言，原载"中国环境网"）

赤脚走天堂

——读《赤脚天堂》有感

在新词迭出的移动互联网阅读中，读者对"赤脚"肯定是陌生的。而我辈"60后"，不仅熟悉还夹杂着亲切，那朴实而粗放的称呼：赤脚医生、赤脚老师……那挽起裤脚小跑在田埂上，有时候滑落水田，有时候划满伤痕的赤脚记忆，真的难以割舍。

《赤脚天堂》并没有还原我们的赤脚时代，而是再往前，追溯到时间的远处和空间的高处——延安。

为什么称延安为天堂呢？既在天堂里为什么还要赤脚？光着脚板能够走进天堂吗？

蔡若虹先生就这样用悬念开篇，引起我对这本小32开、12万字小册子的兴趣，一读就放不下来。

《赤脚天堂》与大多写延安的作品不同，很少涉及宏大题材、战争场面。作家讲的是自己和一群艺术家在延安的小故事，写战士歌唱、版画展览、土台京剧、鲁艺教学、窑洞阅读与思索。《东方红》《白毛女》《黄河大合唱》如何诞生、如何完善、如何从延河之滨传唱四方八面。在物质极度贫困的黄土高坡，映衬出华美瑰丽的精神之光。凭借美术家的功底，他笔下除了饱满的情和理，还有故事、画面，读着读着，就随着文字的行列，加入到队伍的洪流，走进那个陌生遥远的圣地。

作家是标准富二代，留法喝过洋墨水，从上海转道香港而来，是穿着皮鞋走进延安城的美术家。他这样描述他的"天堂"：第一，必须是建立在贫困而艰苦的物质基础之上的；第二，必须要有一个崇高而广阔的精神世界。宝塔山下的延安，完全符合这个标准。

　　初到延安，作家因咽不下粗糙的延安小米而重病住院，进而经历了开荒、纺线的劳动历练与淬火。他以自己赤脚的行走得来真切的体会，唯有赤脚劳动者乐观的创造性的劳动精神，才能克服无比荒凉无比艰难的生活环境。而且，能够把这样的环境，逐步改造成为理想中的天堂。

　　70年后的今天，太多的人们陷入金钱是唯一价值标准的迷思，更为普遍地向往着金碧辉煌的物质天堂，而且不少追求者的获得感，并不是沿着诚实劳动的路径。其实，在豪宅、豪车、豪饮的奢靡之中，疏离大地、劳动和人民，很难享受到创造的快乐，体会到精神的富裕。读读这一类书，或许给你新鲜的认知与情感，甚至让你重新作出价值判断与选择。

　　顺便提到，该书是作者九十高龄时，用短短7个月写成。那精神的烈焰一旦燃起，必定让周遭感到灼热与炫目。

（原载《湖南日报》2016年1月29日）

重读《赤脚天堂》

曾经读过许多写延安的书。有外国记者斯诺的纪实文学《红星照耀中国》、史沫特莱的人物传记《伟大的道路》，民主人士黄炎培的日记《延安归来》，吴伯箫、方纪的散文集《记一辆纺车》和《挥手之间》，贺敬之的长诗《回延安》。

读这些书，不由人不油然产生对延安和延安精神的神往。在大西北延安这片热土上，以毛泽东同志为代表的中国共产党人，引领民族独立和人民解放的伟大事业，谱写了世人景仰的延安传奇，孕育了名扬中外、流传不朽的延安精神。

十年前，偶然读到湖南美术出版社出版的蔡若虹先生记录延安岁月、抒写延安精神的著作《赤脚天堂》，觉得完全可以和那些描写延安的名篇媲美。掩卷长思，当即写下这篇书评：

在新词迭出的移动互联网阅读中，读者对"赤脚"肯定是陌生的。而我辈"60后"，不仅熟悉还夹杂着亲切，那朴实而粗放的称呼：赤脚医生、赤脚老师……那挽起裤脚小跑在田埂上，有时候滑跌水田，有时候划满伤痕的赤脚记忆，虽然久远却难以割舍。

《赤脚天堂》并没有还原我们的赤脚时代，而是再往前，追溯到时间的远处和空间的高处——延安。

为什么称延安为天堂呢？既在天堂里为什么还要赤脚，光着脚板能够走进天堂吗？

蔡若虹先生这样用悬念开篇，引起我对这本小32开、12万字小册子的兴趣，一读就放不下来。

《赤脚天堂》与大多写延安的作品不同，很少涉及宏大题材、战争场面。作家讲的是自己和一群艺术家在延安的小故事，写战士歌唱、版画展览、土台上演京剧、鲁艺里教与学、窑洞阅读与思索。《东方红》《白毛女》《黄河大合唱》如何诞生、如何完善、如何从延河之滨传唱四方八面。在物质极度贫困的黄土高坡，映衬出华美瑰丽的精神之光。凭借美术家的功底，作家笔下除了饱满的情和理，还有感人的人和事、经典画面和场景，读着读着，自己就随着文字的行列，加入队伍的洪流，走进那个陌生遥远的圣地。

用今天的说法，作家本人是标准书香门第，从上海转道香港而来，是穿着皮鞋走进延安城的美术家。他这样描述他认可的"天堂"：第一，必须是建立在贫困而艰苦的物质基础之上的；第二，必须有一个崇高而广阔的精神世界。宝塔山下的延安，完全符合这个标准。

初到延安，作家因咽不下粗糙的延安小米而重病住院，进而经历了开荒、纺线的劳动历练与淬火。他以自己赤脚的行走得来真切的体会，唯有赤脚劳动者乐观的创造性的劳动精神，才能克服无比荒凉无比艰难的生活环境。而且，能够把这样的环境，逐步改造成为理想中的天堂。

70年后的今天,太多的人们陷入金钱是唯一价值标准的迷思,更为普遍地向往着金碧辉煌的物质天堂,而且不少追求者的获得感,并不是沿着诚实劳动的路径。其实,在豪宅、豪车、豪饮的奢靡之中,疏离大地、劳动和人民,很难真正享受到在艰苦中奋斗中的快乐,体会到精神富裕的价值。读读这一类书,或许给你新鲜的认知与情感,甚至让你重新作出价值判断与选择。

阅读中我还发现一个细节,该书是作家九十高龄时,用短短7个月写成。那精神的烈焰一旦燃起,必定让周遭感到灼热与炫目。

十多年过去了,今天我们迎来中国共产党百年华诞。我忽然觉得,有必要重读《赤脚天堂》。

一百年来,中国共产党人在长期奋斗中构建起自己的精神谱系,而延安精神是其中光彩耀眼的部分。习近平总书记精辟地概括为:坚定正确的政治方向,解放思想实事求是的思想路线,全心全意为人民服务的根本宗旨,自力更生艰苦奋斗的创业精神。

《赤脚天堂》,就是延安精神一份真实记录和生动写照。跟随蔡若虹先生的笔触,重走黄土高原的山梁沟峁,重温火热的文艺创作实践,用心感悟延安精神的静水流深和共产党人的初心使命,将是非常有意义、有价值的精神之旅。

本书的修订重版,得到了蔡若虹先生亲属的认可与支持。湖南美术出版社作了全新设计。相信将会给读者带来别样的阅读体验、圣洁的精神升华。

(原载《书屋》2021年第8期)

湘北屋脊的壮歌

——读报告文学作品《王新法》

那次见面的六个月之后，我才知道曾与王新法有过珍贵的一面之缘。此前我误以为，王新法永远只能是想象中的、是文字和图片报道中的、记者口中描述的人物了。

第一次听说王新法的故事，是2015年深秋，我去石门县慰问挂职基层的记者，常德分社社长周勇军说起这位千里来湘扶贫的河北汉子，我一下子就被故事里的主人公吸引了。这样的故事生活中并不多见，在新闻典型中也不可多得。

当时就同勇军商量跟踪报道，随后把线索推荐给人民日报湖南分社刘磊社长，相约一同来采访。此后断续了解到这位扶贫人物更多的事迹。

2017年2月23日晚上，王新法累倒在扶贫战场的噩耗传来，十分突然，深以为痛。但因为之前的了解，对这一典型的价值及传播有了准确判断和快速反应。

当晚即调度采访力量，长沙、常德、张家界三路记者连夜出动。第二天开始在新湖南客户端融媒体直播报道"石门干部群众送别王新法"。

泪眼、恸哭、不舍……百里山路，万人相送。在直播报道中，目之所及是人们寄托哀思的条幅，心之所动是人们哀痛的神情。直播报道在新湖南的点击量就超过一百万，《湖南日报》随后又在头版头条推出长篇通讯。重大典型报道得到了湖南、河北两省省委书记的批示。不久，中共湖南省委作出了向王新法同志学习的决定。

人民日报、新华社、中央电视台、解放军报、光明日报相继跟进，从各个角度讲述这位扶贫人物的故事。

在扶贫攻坚的关键阶段，湖南日报和各媒体浓墨重彩地报道这位倒在扶贫一线的英雄，为扶贫攻坚的总决战带来了强大的正能量，为在全社会激发善行，凝聚扶贫攻坚的强大合力提供了精神动能。

一位河北人、一位退伍老兵，不远千里来到湘西北大山深处，不求闻达，埋头苦干，何以引起了如此巨大的社会反响？我想，最重要的是他为民为公的情怀和奉献。那是我们特别认同而又十分珍稀的精神资源，是社会所需要的正能量，是扶贫攻坚决战中强烈呼唤的精气神。

勇军是湖南日报一位资深记者，是一位能"出活"的记者，更可贵的是他长期保持那么一股工作热情、新闻激情和群众感情，自觉践行"走转改"，采写了大量"沾泥土""带露珠""接地气"的鲜活报道。他能独家发现王新法这位典型，能以主力的身份完成典型报道，又以报告团成员的身份来宣讲典型事迹，其实不是偶然。

偶然的是，四月末的一天，我在长沙湘江之滨，第一次遇见了王新法的女儿王婷。与父亲的魁梧挺拔不同，她更像是南方的女儿，文静清秀。遗传的燕赵气质隐若可辨，明显伤感的情态也未曾消散。

交谈中，我才知道自己曾与王新法有过一面之缘。那是去年10月，在九所会议中心，第三个全国扶贫日前夕，省扶贫办和湖南日报社为联合评选的"最美扶贫人物"举行颁奖仪式。恰好是我为王新法颁奖。

颁证握手之际，我还问他："您是哪个村的？"他回答了，但我并没有听清楚。谁知新法还很在意这一问，并嘱同行的小钟，想约我多交流几句。他认定，这一问是对他的尊重和关心。因我当时匆匆赶往另一会场，未能交谈，留下永远的、无法弥补的遗憾。

恰好在4月中旬，勇军命我为他以王新法为题的报告文学写序，虽然我还没有读到勇军的新作，但我希望借此把对这部非虚构作品的期待写在前面。我希望能写出一个老兵的精神，一位"名誉村长"的情怀，一位父亲藏而不语的慈爱，一位有温度而接地气的时代英雄。同时，也希望勇军在日常大量的"急就章""易碎品"之外，能写出一部可以流传的文学作品。

写到这里，联想起曾经报道过的一些平凡但不朽的人物，想起那首饱含哲理的诗：有的人活着，他已经死了；有的人死了，他还活着。

暮春四月，万物生长，遥想春风拂过湖南最高山峰——酃峰，那摇曳的草木不就是生生不息的语言吗？

（原载《湖南日报》2017年8月4日湘江周刊）

茶诗味道胜于茶

——读《当代名家书石印文茶诗百绝》

益阳是茶乡。境内安化县特产黑茶,又名砖茶、茯茶、边茶,在古老的茶马古道迂绕千年。内蒙古、新疆牧民不可一日无此物,提到益阳与安化的名字,每每倍感熟悉而亲切。近年来,益阳黑茶在继续定点边销的同时,开始在故乡及广大的农耕文明地区流行,与绿茶、红茶、黄茶、白茶等大牌名贵平起平坐,成为茶室里的新品、茶坛的话题。茶事日浓,茶韵油然而生,成就了这本《当代名家书石印文茶诗百绝》。

古往今来,茶诗是中国茶文化的精华。不少品茗咏茶的名篇佳作,将茶升华为意境、精神、思想和灵魂。茶诗的香味、趣味、意味源于茶又浓于茶,诗中有动人的芬芳,有楚楚的形态,有变幻的色彩。饮茶之时,或夜对明月,或晨伴朝霞,三五好友,谈兴与茶味渐浓,茶味与诗味共生。"睡起有茶饥有饭,行看流水坐看云。"茶香袅袅,那是浪漫而奢华的云中漫步。"不营蛮触自存真,剑废书荒愧此身。交接难同流俗转,只将茶品肖为人",诗人不只是为茶而咏,而是把品茗与现代人的处世、人格陶冶、生命感悟等交相叠加,悠然发出诗意的感叹。

吟咏一两首茶诗,并非难事;创作一两组茶诗,也可勉力为之。同一题材，百首佳吟，则是一种挑战，不仅要避免形式手法的重复，更要求内容立意的开掘，石印文的茶诗一咏三叹，读之仿佛在神游茶山茶味茶色的浪漫世界。茶诗几乎覆盖茶事全部过程：种、采、饮、品、斗，源于生活，高于生活。诗人神思飞扬的百首茶诗，融入了五彩缤纷的画、香甜可口的食、解读茶事的书。思想内容上，将茶与生活、茶与人生融会贯通。形式格律上，遵从旧体诗要求，对仗工稳，韵脚严格。文坛耆宿周艾若撰联评价石诗"诗书茶艺，且顺自然悠渺；神物风华，当存情性谐和"。书界前辈沈鹏说："笔力雄厚而清雅，思虑高远而精密。旧学功深，新知博达，可钦可佩也。"

"五色从教客所分，品评谁解到耕耘。白红黄绿寻常种，黑茗风华自出群。"茶诗中有相当数量的作品落墨于安化黑茶，使山野粗犷质朴的土产与诗相伴，登大雅之堂。"寻香每到山深处，便有诗情笔底来"，他把自己的诗情归结于茶，实为爱乡爱茶之情的真实言表。

我与石印文交往不长，先读其文，后见其人。更多是从他的书法、楹联、诗词、文赋，多角度领略到一位当代文人的才气和风采。我赞叹其国学功力与通透感情，更钦佩这种积极而严谨的创作追求。

（原载《人民日报》2012 年 12 月 18 日）

充满爱去对待人民和土地

——《重走大师路——沈从文笔下湘西的百年变迁》序

"湘西那个地方,任何时节实在是一个使人神往倾心的美丽地方。"

沈从文笔下的湘西世界,一座山头、一泓溪水、一簇野林,都位置在最适当处;一只背篓、一角吊楼、一堵老墙,都浸透着灵气神韵;一位船夫、一介商人、一小姑娘,都散发出原真野性……这是真善美的人性家园,飘荡着诗与远方的田园牧歌。

"充满爱去对待人民和土地。"他这样教育侄子黄永玉,自己也是这样身体力行。

正是如此,沈从文在纷纷扰扰的乱世中,以自己的爱与温和、美好与善良,过滤了旧时的尊卑等级,过滤了原始的贫穷落后,为世人留下梦幻般的湘西之美。

这美,很真很纯,犹如一个孩子的单纯,一位老人的质朴,一条河流的清澈。这美,因根植于闭塞与愚昧、贫穷与落后之中,又是残缺而凄凉的。作为文人,先生无力改变,也不想触及。

百年沧桑,百年变迁,今日湘西再次名闻天下。

这一次,不是因为沈从文先生,也不是边城茶峒。

这一次,是作为精准扶贫首倡之地,因为十八洞村。

从十八洞村出发,可复制、可推广的精准扶贫湘西样本,覆盖三湘、影响中国、惊艳世界。从茶峒到十八洞，一步千年，古老的湘西摆脱千年贫困，实现全面小康，焕发出更加和谐自在、开放富足的青春活力。

放眼望，从武陵到雪峰，从澧水到沅江，湘西的山川风光、民俗风情、地理物产、民族和谐，犹如画中诗，诗中画。

感谢沈从文先生，是他描绘出湘西的永恒之美。

感恩这个伟大新时代，实现了先生笔下湘西世界的永恒之美。

《中国国家地理》杂志，邀约诸位资深作家和摄影师采风湘西，推出《重走大师路——沈从文笔下湘西的百年变迁》。循着沈从文回乡之路，以文学的情怀再现先生笔下湘西文化的传承，以摄影的美学艺术，展现先生笔下湘西今昔变化，让文学照进现实，让历史照应当代，为时代放歌，为人民立传，这是《中国国家地理》对湘西的一份贡献，对湖南的一份关爱，对时代的一份责任。

诚意为之点赞。

（《重走大师路——沈从文笔下湘西的百年变迁》，北京联合出版公司，2021年1月）

"革命人永远是年轻"

——读张志初《湘潮涟漪》

"茶亦醉人何必酒，书能香我不须花。"近些年，我不敢评价图书，但读完张志初同志的新著《湘潮涟漪》后，不由自主地想到这副名联。

《湘潮涟漪》是由《湘潮》杂志卷首语汇编而成，收录了作者在省委党史研究室工作期间所作的39篇文章。细细读来，篇篇精美，用心用情，充满了正能量，闪烁着智慧和哲思。

我与志初同志有缘。二十世纪九十年代末，他任省军区宣教处处长时，我在省委宣传部任新闻出版处处长，一起策划了几个重大典型报道。后来，他从湘潭市委常委、湘潭军分区政委岗位上转业到省委宣传部工作，我们久别重逢，再度共事。印象中，无论在部队任职还是到地方工作，他都像一团火，激情燃烧。

这本文集取名《湘潮涟漪》，但带给人的感觉可不是泛起一点点"涟漪"，而像是"起于青萍之末"的劲风，字里行间澎湃着热血、洋溢着激情。在我看来，该书是作者自觉践行习近平总书记提出的"政治可靠、本领高强"要求，注重锤炼脚力、眼力、脑力和笔力的实践成果。

作者扎根湖南这片红色基因富集的热土，用脚步丈量大地，把基层作课堂，拜群众为老师。他在宣传党和国家大政方针的同时，写出很多察民情、接地气、冒热气的调研报告。文集中《洪家关的心灵叩问》《通道之问》《锦绶堂的见证与呼唤》《有一扇窗在蒙达尔纪》，都是在调研途中写下的随记，情至性随，文采飞扬。任省政府参事后，他勤于调查研究，积极建言献策，所写的调研报告多次得到领导批示。

志初同志注重锤炼"眼力"，善于见微知著，在发现中观察、判断、辨别，既见到已知，又见到未知。文集中《十八洞村的对联》，从十八洞村一副副小对联可以品味出乡村大变化，彰显出习近平总书记提出的"精准扶贫"的宏大主题，眼光独到、别具一格。他还参与推出了"扶贫司令"彭楚政、"爱民模范"宋文博、"大姐书记"陈超英等一批全国重大典型，这些典型都经受住了实践的检验。

应该说，"脚力""眼力"的背后，折射了作者勤于思索、善于思考的"脑力"。他坚持把学习、运用理论作为"看家本领"，与时俱进加强党的创新理论学习研究，学用结合、学以致用。近年来，参与开展"湖南精神"提炼、《热点话题谈心录》专题宣传、全省"两学一做"电视知识竞赛等活动，为广大干部群众津津乐道。

志初同志手握一支"生花妙笔"，执着于马列经典的学习研究和中国古典文学学习，引经据典得心应手。他主持编撰《湘江之问》《精神之钙》《铸魂之钥》《湘女之情》等多部专著，创作《锦绣潇湘等你来》《韶山，我永远的迷恋》《又见映山红》《追梦潇湘》等歌词，谱曲后广为传唱。

近年来，志初同志应邀到各级党政机关、企事业单位和学校、部队乃至乡镇、街道讲课数百场次，2015年，他在美国考察时发表演讲"不可替代的湖南抗战"，在湖湘大讲堂演讲"红色湘女更多情"，深受基层群众欢迎。

"革命人永远是年轻……"志初同志虽然从领导岗位上退下来，但思想不散、斗志不减、继续行军。这让我想起了二十世纪八十年代流行的歌曲《革命人永远是年轻》。写下这段文字,既是阅读这本新书的体会,也借此表达我的敬佩与祝福。

革命人,永远年轻!

(原载《湘潮》(上半月)2021年第1期)

在新闻和诗的路上奔走

——读张沐兴的新闻诗

2008年初,湖南最严寒的日子里,我第一次读到了沐兴的诗——《承担》。那是他在遥远的、早已被冰封的南岳祝融峰上发射的一颗红色信号弹,让我们在冷得麻木和僵硬的白色时光中,感到了一些温馨,萌生了对远方的挂念,甚至还联想到南岳的郁郁春色。

真没想到沐兴还有这么漂亮的一手。恰如他的网名"木头说话",在我的印象中,沐兴言语不多,真诚朴实,做新闻工作的那些年表现出色。后来我们都换了岗,失去了先前那种频繁的联系。重逢,是这样的时刻和方式。

> 我相信他们是有翅膀的
> 他们的飞翔比暴风雪更高
> 停在59米高的铁塔上,他们却不是栖息的鸟儿
> 年轻的意志在拍打供电线路上的覆冰
> 零下4度的声音让空气震撼
> ……

这首诗首先是在网上热传,后来又被省级党报以最快的速度登上

新闻版面。这使我想起了田间的诗传单，短小精悍，如匕首和投枪掷向敌人。想起了魏巍的代表作《谁是最可爱的人》，这篇为《解放军文艺》创作的报告文学，竟然登上《人民日报》的头版头条，为志愿军赢得一个光荣而亲切的名字，影响和感动了几代人。

不能说沐兴的诗拥有如此的分量和轰动。但他所表现出来的先知先觉，不能不说无意中实现了对一种网络时代文学超前的引领。比后来汶川大地震引发的当代新诗歌运动，提早了整整半年。要知道这个分分秒秒都在升级换代的节奏中，半年是多大跨度的领先！

我像很多的同龄人一样，曾经出过一场青春的麻疹——写诗。这些年却离诗渐行渐远了。或许是因为公务和公文，消蚀了往日的冲动与激情；或许是因为诗不再诗，变成了难以理解的梦呓。沐兴的诗纠正了我和更多受众的误读。

原来诗也可以这样写：新闻事件、新闻人物就这样闯进了诗的殿堂，比那些吟风弄月的句子更清新而富有弹性；原来新闻也可以这样表达，把感想写进去，把抒情写进去，把泪和笑写进那些电报一样节省的语言，一点也不影响我们反复强调的客观和真实。

诗与新闻是一对矛盾，事实与想象，客观与主观，冷静与抒情……对立的统一，这些都在沐兴的诗行里实现融合，碰撞迸发电光石火，边缘地带绽开鲜妍的花朵。

记得我们都曾为新闻题材的价值判断和新闻表达的创新而苦苦求索。没想到这本仅仅在一个年度收获的诗集，作出了许多让人满意的回答。

题材的选择，诗人的眼光是如此独特。在经过了海量的无数次重复后，诗集中还发掘了许多未曾知晓的新闻人物和事件，比如一位12岁小女孩代母打扫街道，被誉为"成都最美的环卫工"。又比如深圳8位川籍夜总会女郎联名为灾区捐款100万。

语言的锤炼，诗人的用心是如此精微。许多刚刚出炉的概念和热词，就被他信手拈来，自然贴切地融入诗行，化作堪称经典的原创。"GDP会有一下呻吟／过一阵又会恢复正常。""骨肉亲人／或者陌生人／他们是国家幸福指数的一部分啊。"那个徒步寻找女友的杜登勇，"民间的爱能有多大的声音呢"。

情感的铺陈，诗人的渲染是如此恰当。这是新闻大忌又是诗歌的优长，诗人巧妙地融合了两者的对立。他是多么懂得人民大众心中的人情世故与好恶爱憎。他呼吁"还孩子原生态的成长／还老人平凡地老去／我愿意交出诗歌与锦绣"。直抒胸臆的尖锐深刻都是对主流情感的理解与唤应。

因为遗忘，所以记录；拒绝雷同，所以诗歌。在这个资讯泛滥的时代，需要像凤凰卫视那样的评论和解读，也需要像沐兴这样的提纯与诗化。这种新闻别裁，以诗的凝练和概括，过滤了多少近乎垃圾的资讯，摒弃了多少让人蒙垢的"新闻"，直指本质，触摸心灵。

从这样的角度解读沐兴的作品，进而探索"新闻诗"，也许可以发现一些类似传播学的价值规律。比如题材重大更容易引起普遍关注，更能触发共同兴趣与集体记忆、更可以引起共鸣。比如"硬新闻"更胜过"软新闻"。《6月1日》一首诗，因为并非特定的事件，叙事和抒情明显感到平淡。新闻时效也是价值要素之一，适时而生，即时发表，更容易奏效，反之，注意力很可能被另外的事件取代。因此，在这本以年度为限的诗集中，如果有对三鹿奶粉事件、全球金融海啸等重大题材的扫描，或许将更为丰富与精彩。尽管强求，无需写成一本新闻诗年鉴。

沐兴的新岗位，就在海拔1300米的南岳之巅。对于常人，那是让人视为畏途的苦旅。但对于诗人，无疑是福音。远离尘俗、融入自然、聆听天籁、远眺八方，眼界和胸襟都会变得纯真和开阔。

（原载《潇湘声屏》）

《乡土的背景》序言

  作家叶梦用电子邮件发来新作的目录和文稿时,我正客居京城之西。友人刻赠的两方闲章,一曰"莲花西",一曰"北漂佬",正道出此时的位置、身份和心境。客居难免有漂泊的感觉,常常不由然遥望南天,想家。

  家乡益阳,是黎锦晖曲中"桃花江是美人窝"的那个地方,"桃花千万朵,比不过美人多";是周立波笔下普山普岭茶子花的山乡,楠竹绿如海,资水碧于玉;是岸芷汀兰、渔歌互答的浩荡洞庭,风月无边,美景如画;是盛产松花皮蛋和水竹凉席的地方,益阳砖茶是远销西北的名茶,水产、苎麻、芦苇的品质和产量全国闻名;是吃芝麻豆子茶又吃擂茶的地方,农家的好客,让你亲切难忘;益阳花鼓西湖调的热烈和益阳弹词的柔婉,唱尽了益阳人的苦辣酸甜,全世界的戏曲也不可能比拟。在我的意念中,益阳便是最经典的江南。

  接近益阳,可以从山水入手,以行走的方式;可以从人物入手,以交流的方式;也可以从叶梦入手,以阅读的方式。

  叶梦以对故乡的敏感、细腻和独特的感悟,执着不懈地创作她的故乡赞歌,从历史到现实,从风景到风俗,并逐渐形成系列。从《遍地巫风》到《乡土的背景》，让本土和外乡的人们从不同的角度解读这块平凡土地的不凡价值。她的以《羞女山》为代表作的风景谈，成为了新时期的散文名篇，以一座山点化出益阳的神秘瑰丽。此后一发不可收拾，有对益阳风貌的全景白描，有对益阳民俗的文学诠释，多已成为公认的探索益阳的文化地图。这回她把笔触伸向了益阳的人物。

益阳历史上出过很多名人，如陶澍、汤鹏、胡林翼、周扬、周立波、周谷城、叶紫、张国基……有的闻名海外，有的遗世特立。当代益阳人也表现不俗，群星璀璨。他们不仅仅推动了时代与社会的进步，也为益阳拓展了文化的宽度与深度。叶梦感知并抓住了这笔不可多得的文化财富，推出了一部探讨作家人文风景的专著。

《乡土的背景》不是一部益阳人物全书，所选人物也不单以知名度为取舍标准。他们大多是叶梦熟悉的或者采访过的人物，其中关于周扬、周立波、莫应丰的部分既是催人泪下的纪实散文，又是独家披露生活轶事的新文学史料。比如写周扬的《七坛甘草梅》，就解填补了周扬研究的史料空白。

叶梦所撰人物系列，在提升了益阳历史与人文的分量的同时，深度探悉了在特定的地域文化背景下的人文精神。益阳地域文化的来踪去向由此变得脉络清晰、耐人寻味。这些出自叶梦不俗的史识史才，出自不嫌琐细不计工本的专注投入，更出自她与生俱来对乡土的眷念。

叶梦是公认的抒情散文好手，人物散文写得如此精到老辣真让人有些意外。那些远去和远处的人物，通过作家搜寻史料、追记采访、呈现出大量细节，于是她笔下的人物一点一点复活了，变得生动、具体、灵动，充满了灵性与温情，尽管全书是由单个人物与独立篇章组成，但感觉连贯流畅，像读一部完整的故事。也许受了前辈益阳作家周立波的影响，她平静质朴的文字背后是浓得化不开的益阳氛围、益阳情调，尤其是许多只有益阳才能听到用到的词汇，她信手拈来，读来亲切而传神。

叶梦的乡土背景是独特的。在雪峰山脉和洞庭湖平原之间的过渡地带，奔腾冲决的资江到这里已平缓而弯曲。湘人的血性隐藏益阳人性格深处，表现出来的却不如上游的邵阳"宝古佬"那样刚烈，益阳话中的"待人小意"，就是对益阳人热情而宽容、细致而谦和，善解人意、善结人缘禀性的概括。叶梦的努力，使这种乡土文化丰富了湖湘文化的整体，又揭示出其独特鲜明的个性色彩：雄阔中更见精微，豪迈中颇多文雅。有一位我敬重的长者在那里工作生活两年多，他印象最深的就是益阳人的温文尔雅，委婉平和。正是这平和之下，益阳文化蕴涵着持久与绵长，不至在坚硬的现实碰撞中化为文明的碎片。

读完《乡土的背景》，也许你会明白：为什么益阳这块土地上能够生长众多的有灵性的文人来？原来那里有一条文脉。

人以地载，地以人名。遥望益阳，忘不了那些真实鲜活的人物，也总是联想到承载着丰饶精神和物产的故土。好在今日益阳一如往昔的秀美宁静。在无数城市不问情由脱胎换骨的运动中，益阳的规划与建设显得严谨而适度，山水田园风光依稀可辨，高新科技产业的导向中渗透着可持续发展的自觉。慢半拍的开发节奏，当初来不及作大规模的现代化改造，而今又已经引进了现代的生态和环境意识，城市化的进程更加科学。过去曾被人轻慢的地方越来越显示出令人艳羡的后发价值和优势。我们庆幸益阳文脉的延续，更对未来滋生信心与希望。

我祖籍澧县，生于南县，长在益阳，就业长沙，半生跋涉于湘北一带、洞庭湖的边缘，但生命中刻印在益阳的痕迹最为深长。因为落脚益阳的年龄段正开始生命的觉醒，那里独特的乡土风情与自己的性情吻合，众多少年朋友至今仍是最为真挚的朋友。那青翠秀丽的山那边和山这边隐含着我最深的故乡情结。读着书中的文字，好像回到了久违的故乡。

（原载《乡土的背景》2004年版，岳麓书社）

读《小城旧事》有感

卓列兵老师新著《小城旧事》即将付梓，他从家乡来电话，嘱我为之序，真是既高兴又忐忑。岂敢作序，算是一篇读后感吧。

《小城旧事》用白描的手法，写了小城里一群小人物的群像。有点像当下时兴的老照片，勾起人们许多美好与深沉的回忆。作品定格在那个时代的喜怒哀乐，带着明媚阳光，承载时代烙印，感悟岁月变迁，将成为小城的性格史、心灵史和命运史。

卓老师自己就是小城里的人物。记得当年，我还小，小城也小。小城里的人们通过千丝万缕的联系，相互知根知底。老师在小城拥有很高的知名度和美誉度。

他是教育界的名师。多才多艺，书法好，球艺高，尤其是教学效果得到公认。加上他的资历，常年在小城资江两岸多所学校任教，拥有不同学校不同年级的众多学生，不夸张地说，不知道老师名字和事迹的人还真不多。

他是著名的儿童文学作家。那个年代，能够在报刊上发表作品的人已属凤毛麟角，老师不仅在知名报刊上佳作频发，还出版了好几部儿童文学作品集，自然成为小城的传奇。

人生何处不相逢。我与老师的相遇却是那样的有机缘。初二那年，刚刚转学到益阳市桃花仑学校，老师成了我的班主任。在人生开始告别懵懂刚刚有些觉醒的关口，得到这样的机会是多么幸运。

不曾有过他发脾气、动肝火的记忆。一年四季，老师总是微笑着面对他的同事和学生，平等热情地与同学们一起"学工、学农、学军，批判资产阶级"。尽管采取二部制教学，很长一段时间每天只上半天课，但我们初五班的同学在这个温馨的集体生活得快乐而充实。

老师的作文教学别具一格。在那个禁锢而呆板的年代，老师巧妙地让我们避开口号与空话式的作文，不动声色地引导我们注意观察、学会思考。他带我们去工厂调查，然后布置写"调查报告"。学校职工中出了一位跳进水塘救儿童的"英雄"，老师把主人公请进课堂，现身说法，然后要我们写作，这应算一种采访的形式吧。课堂作文《记一次难忘的劳动》，我突发奇想写了首短诗交差，老师不仅没要求返工，反而给了九十以上的高分。

最难忘的是那年全班分成学工学农两个小分队，他带的学工队在工厂劳动，我们学农队在离城三十多里的一个山村，老师放心不下，写了长信托人带过来。在春雨击打农舍茅檐的寒夜，十几个同学坐在被窝里听着这信里情真意切的话语，心里像点燃一丛丛的火苗，温暖而充实。如果说今天我还有一点点想象力，有一点点对文学和艺术的亲近，追根溯源总是要和老师联系在一起的。

为人为师为友，老师把精力和智慧聚集：塑造美好的心灵。教书，贯穿着育人的理想与责任；创作，不过是教学的体验和心得、补充和延伸。如果追问老师的价值：那是理想高扬激情燃烧的岁月绵延至今的阳光。

33年过去，弹指一挥间。今天，老师依然那么优雅、英俊，充满着活力，依然用一脸平静笑迎各方友朋，依然在儿童文学垦地不知疲倦地耕耘。有人揭示了其中的秘诀：那是童心和爱心滋养的光泽与力量。

这些年，许多友好的文债无法推辞又难以胜任，主要是我没有深刻理解那些作品中的人与生活的意义，文思也日益枯萎，少了激情与灵性。遵嘱写下以上文字，恰如重回课堂，作了一篇命题作文，真不知能得多少分。

冰雪之后，又一个春天更加鲜明地降临人间，莫名的幽香从远处飘来，端坐窗前再次分享老师的喜悦。

（本文系《小城旧事》序言，湖南文艺出版社，2008年）

走向深蓝

——读《瓦尔登湖》

打开这扇发黄的旧窗时,已经是 27 年后的夏天。光阴的溪流加速度地奔涌,真让人惊悚。想想,那年我刚刚 20 岁。那是 1982 年,参加工作 2 年,有点余钱,喜欢书店,偶遇了美国来的亨利·戴维·梭罗先生的《瓦尔登湖》。上海译文出版社,1982 年 8 月第一版,印数 13000 册,10 个印张,定价竟然只 1.10 元。真可惜,那年买了它,却没有被吸引住,或者说,没有耐心潜入那色彩斑斓的湖畔。没有能从中得到些观察和思考的角度,如果那样,也许会经历不一样的人生。那颗年轻的心,注定还要等待,或者说这部经典,注定还要等待。等待必不可少的阅历,等待积以时日而不断扬弃的阅读,等待心浮气躁的真正远去。然后才能获得许可证,同梭罗先生面谈。

"经济篇"是全书开篇之作,长达 72 页。48500 字,名副其实的长篇散文,概述了作家从城里毅然开始湖畔生活的心路历程,生存实验。主要的过程和主要的账目全部都记录在案,建房、耕耘的细致入微,食物的焙制写得口舌生津。

尽管全文很少涉及那让人好奇的瓦尔登湖,但却是书的灵魂,也是梭罗全部自然观的总论。冠名"经济",其实是对人们与社会趋之若鹜的经济观与交换活动的讽喻,对超出人生存之必需的精舍、美食与华服，无节制地交换和索取，并以失去的自由与宁静，丢掷与上帝对话的时光的不满与劝诫。

梭罗无时无处不奉行和践行自己极简主义的理念。不买窗帘，不要地席，他把不必要的物质消耗视为罪恶，而"真应该在罪恶开始时就避免它"。

之后的17篇随笔，可以视为"经济篇"的延伸与补充。他诚意地实践着彻底的自然与劳动生活，动手的能力一点不比他的邻舍——康科德的任一个农夫差劲，收成也不会差。更重要的是他的计算方法，就是首先考虑了人的灵魂和时间的重要性。只要能持续生存便足够了。决不为了贪得无厌地交换更奢侈、更昂贵的物品，去耕种超出需要的所得，去像牛一样或同牛捆绑在一起。

"经济篇"是散点式的，但读来让人兴味盎然。为何？也许是那些直指本质又有些不合时宜，恰恰切中时弊的妙论。那些句子，红线一样地把长篇的文字贯穿起来。

1. 生活多种多样，就像从圆心画出的许多条半径；
2. 成功的生活，只是一种生活；
3. 人们的基本必需，只是食物，再加上温暖，其他都可视为奢侈品；
4. 花一个人生命中最宝贵的一点时间来赚钱，而不去享受自然，不值。
5. 人们关心的并不是真正应该敬重的东西，只是关心那些受人尊敬的东西。
6. 如果用飞鸟和繁花的标准来审判我的话，我想我是毫无缺点的。
……

接下来的十六篇散文，从《我生活的地方；我为何生活》到《春天》，是对瓦尔登湖湖畔生活的全景式素描。

如果分类，可以列出以下的题目：林中的光、声音和色彩，湖畔的劳动与生活，访客与出访，林中的阅读。

他不是把自然当成一个对象，而是他的生活必需。他的食物、饮品、栖身的木屋，乃至他的创作素材，都来自这山与湖的滋养。他注意到人也是这个自然结构的一部分，是岩石和树的表亲：

"黄栌树在屋子四周异常茂盛地生长，把我建筑的一道矮墙掀了起来，第一季就看它长了五六英尺。它的阔大的、羽状的、热带的叶子，看起来很奇，却很愉快，在晚春中，巨大的蓓蕾从仿佛已经死去的枯枝上跳了出来，魔术似的变得花枝招展了，成了温柔的春色而柔软的枝条，直径也有一英寸；有时，正当我坐在窗口，它们如此任性地生长，压弯了它们自己脆弱的关节，我听到一根新枝忽然折断了，虽然没有一丝儿风，它却被自己的重量压倒，就像一把羽扇似的落下来。在八月中，大量的浆果，曾经在开花的时候诱惑过许多野蜜蜂，也渐渐地穿上了它的光耀的红天鹅绒的形色。"

"湖"是全书的文眼，或者是最核心的剧情。作者当然要为之搭建舞美。"这是一个明亮的深绿色的湖，半英里长，周长约一英里又四分之三，面积约六十一英亩：它是松树和橡树中央的岁月悠久的老朋友。从不同的高度或角度观看，湖是绿的又是蓝的，有时候又是黄的。"

以湖为心的写景，独到细微、联想丰饶、思路清晰，就像在湖畔边的一行足迹。反反复复，让你用作者的目光和笔触畅游湖面，沉入湖底，比有情节的故事还吸引人。为什么会有这样的特效呢？因为我也开始了同样的观察和表达。我理解那些微妙之处，由此而激赏大师的功力。看似平静的湖面，到了他的笔下，波涛荡漾，闪亮生动。你能对着一个湖写下素描或者水彩那样的文字吗?不是一段两段,是整整 25 页。即便你能拉到这样长,又能把人牵到你笔下的湖边,绝不单调沉闷作一回悠游吗?

你看:"一个湖是风景中最美、最有表情的姿容。它是大地的眼睛。湖边的树木是睫毛一样的镶边,四周森林蓊郁的群山和山崖是它的浓密的突出的眉毛。"

以什么样的方式来体验呢?散步是最常见,在四季和在四时。划船、钓鱼、搭屋、种豆,然后静坐在树桩上,感受这天然的一切。

一页页读过来,一步步走进去。仿佛穿行原野,呼吸均匀,情绪放松,视野与心野渐渐地开阔。为什么一本没有情节和故事的长篇随笔如此引人入胜?是那些陌生的物种及其命运,是那些由大自然支配的逻辑,是另类的人/动物/植物之间的戏剧冲突下的情节,是那支摇曳生花的妙笔——科学精确而绝不枯燥干巴,字里行间散溢出原木与青草的气息。

就这样,走读古典,走进自然,走向深蓝。

(原载《香樟年记》,湖南科学技术出版社,2011 年 9 月)

叁 艺彩湘风

祖国的笑容这样美

——首届中国水彩风景画展漫议

"桂林的山来漓江的水——祖国的笑容这样美。"（贺敬之《桂林山水歌》）诗人的一份真情，凝练为当代的一组金句，镌刻在几代人记忆深处，每每脱口而出，常常赞叹不已。当组委会商议展览主题时，我想起了这首诗，想起这句道出人民心声的经典。是啊！还有什么比喻比祖国的笑容形容水彩风景画更为贴切？还有什么语言比这首抒情诗讴歌祖国容貌更为真挚？

2019年国庆节，新中国七十华诞。在岳麓山之东、湘江之滨，在新落成开放的湖南美术馆展厅，首届中国水彩风景画展迎来中国水彩艺术家的献礼之作。这是湖南省首次迎来如此高水平大规模水彩画展览，也是新中国首次以水彩风景画为专题的全国展览。展览引发观众对祖国山、水、林、田、湖、草的惊艳感叹，激发人们对风景水彩艺术的意外之喜。展览汇聚了当代水彩风景线上不同年龄结构、不同地域特色、不同风格流派的强大阵容。作品呈现出鲜明的特点，并带给同行多向度启示。

其一，不忘本来，坚持水彩画中国化、民族化、现实主义的道路。说到本来，中国水彩画有两条清晰的脉络。一条是一百多年来源自西方的水彩画，特别是以水彩风景画为主的本体线索，几代中国水彩画家持续不断借鉴和汲取国际水彩经典和当代艺术观念里的养分，逐渐令水彩画从单一画种向追求艺术卓越性，以及文化的主体性表达的方向迈进。一条是新中国 70 多年来水彩画中国化、民族化的主脉。作品朝向广阔而坚实的现实主义创作道路。本次展览，主题和题材，聚焦时光下的和平生活，分享季节变化中的丰收喜悦，描绘人与自然的博弈与和谐。艺术手法上，对透明水彩的继承和发扬也占据了主流，如特邀部分，张举毅、郑起妙、殷保康、朱辉、王维新、黄铁山、陶世虎等先生的作品，坚持以水彩的透明技法语言反映中国时代发展的特点，传达出"不忘本来，守正创新"的创作路径。而一批中青年作者的笔下，又隐约流露出油画的写实、中国画的写意、版画的间接性与印压感，甚至借去剪纸等民间艺术中的元素，极大地丰富了水彩艺术语言。

其二，紧随时代，讴歌今日美丽中国的风景风貌风情。一切景语皆情语。展出近 300 件作品，有对自然风光的表现，有对人文遗迹的雕琢，有对故土乡愁的追寻，也有对异国风情的踏访。无论是表现城市繁忙工地的风景，还是表现故乡老屋堂前的果蔬树影，都流溢出强烈的当代色彩，折射出现代化进程中当代中国人精神世界的丰富与多变。主调健康而纯正，情感饱满而含蓄。致力于发现山川之美，描绘家园之变，抒发故国之思。恰如诗人艾青在湖南新宁留下的诗句："为什么我的眼里常含泪水？因为我对这土地爱得深沉。"

改革开放 40 年，也是中国水彩风景画创作不断突破并赢得巨变的 40 年。不仅仅是场景的丰富、画幅的扩展、视阈的拓展，更重要的飞跃是，从小情、小景和小我中解放出来，确定了更为宏大的风景格局，更为开放的艺术胸怀。在以国画、山水画为主场，在油画、风景画强势阵容的定局中，水彩风景异军突起，三足鼎立，加入中国风景颂歌的队列。

其三，眺望未来，敢于把目光投向新人新作，鼓励新的学术主张和艺术探索。我听到有专家谈起：中国水彩画已经走向世界舞台的前列，正以坚定的文化自信、独特的东方魅力与世界水彩对话。展览中，特邀的作品都来自卓有成就的老艺术家，几乎代表了中国水彩风景画领域最全阵容。而征选作品则是面向全国，特别是年轻人，推选出新人新作。展览前言指出："从全国3000余件投稿作品中，精心挑选出202件入选作品，在这些作品中，无论是艺术观念，还是语言技法，都融入了更多的当代元素，体现出这一批年轻的水彩画家积极介入社会生活的方方面面的青春活力，呈现给我们一种更为多元开放的整体面貌。"我从这批年轻水彩画家的作品里，也感受到，他们的创作不仅仅是传统意义的对景抒情，而是加入了生态文明的理念，对绿色伦理、对荒野之美有了审美的突破；不仅仅追求一幅风景传达出来的美感，而是将水彩艺术变成其表达艺术观察的手段眺望未来，寄希望于青年，希望他们有更开阔的视野，更多创新的主张，更希望他们传承老一辈水彩风景画家的精神与态度，到远方去，到生活和人民中去，绝美的风景多在险远的山川。

首届中国水彩风景画展，还有一个重要的收获，就是在中国水彩画艺委会主任陈坚先生倡议主导下，配套举办了专业的学术论坛，第一次认真梳理了中国当代水彩风景画的来路与去向，流派与风格，语言与图式，创作与写生等真问题，留下这份意外的学术和学理成果，引导中国水彩风景画家在感性抒发中多一层理性思考，自觉建构中国风景水彩艺术话语体系。这是我们建立文化自信的基础。

湖南能够成功举办这一重要展览，是一份来之不易的殊荣，也将为"水彩大省"继续前行赢得更多的契机。这份殊荣和契机源自文化强省建设的高远追求，得益于近年来湖南特别是省会长沙美术场馆建设的新发展成果，离不开黄铁山先生引领众多湖南中青年水彩画家的积极参与，还来自广大爱好者，特别是青年爱好者的厚重人气。我们有理由相信，此次展览注定影响深远，假以时日，必将渐渐凸现出来。

习近平总书记发出向文艺高峰攀登的进军令，提出了紧随时代，服务人民，创作精品，引领风尚的艺术方向。湖南的文艺工作者正在锤炼创造的精神、奉献的精神、十年寒窗的精神，从这片高地出发，必然在新时代勇攀水彩艺术高峰。

山河无恙，岁月静好，美景迷人。2020年的今天，美丽中国展现出更多丰富、生态、迷人的姿容。让我们期待中国风景水彩画家创作出更多神来、气来、情来的精彩之笔、传世之作。

（原载《湘江文艺》2020年第5期）

从山岳到大海

——写在当代水彩画家邀请展（湖南—广东）前面

一

2017年6月17日，朱辉水彩艺术展在湖南师范大学美术学院开幕，先生特意选在执教一辈子的校园办展。四面八方赶来的学生、画友与久违的先生相见，那真挚热烈的场面，稀有而让人动心。

淡出画坛数年，朱辉水彩作品魅力依然，其真诚的生活气息、高超的水彩技法、简练的艺术风格，尤其是堪称经典的静物画和以往少有展出的人物画，卓尔不群，历久弥新。

中国美协水彩画艺委会主任诸迪发来贺信，赞扬朱辉先生的人品艺德、为中国水彩画创作和水彩教育体系的探索和贡献。同时向湖南水彩四大家——张举毅、殷保康、朱辉、黄铁山表达敬意。

同在湖南师大执教多年的殷保康先生到场祝贺，先生年逾八旬，至今挥笔不辍。2014年，在中国美术馆举办殷保康水彩艺术60年回顾展。中国美协副主席范迪安对这位学院派的水彩大师作了高度评价：殷保康先生在艺术的学习和研究上尊重传统、师出正门，是水彩画教学、研究和创作有机统一的艺术大家，他的水彩画艺术有自己强烈的艺术风格，表达了时代文化理想和发展气象。

年逾八旬的张举毅先生也到场了，先生长期执教于湖南大学建筑专业，是湖南又一位学院派水彩画家。他的画自然大气，浑然天成，其坚持始终的精益求精精神，特别可贵。近年来，先生仍然活跃在水彩创作、展览、交流的场所。一如既往，甘当人梯、提携后学。

中国美协水彩画艺术委员会名誉主任黄铁山先生致辞。"湖南水彩四大家"齐聚一堂，真是让人感慨的时刻。铁山先生的话语贴切而又贴心，亲和的声音穿透时空，温暖而又厚重。

铁山先生从湖南美术家协会主席、中国美协水彩艺委会主任之位卸任之后，专事创作。近年来，先生大步走向世界，先后游历法国、意大利、加拿大、美国，与当今世界活跃的水彩大师亚得里、约瑟夫、赫尔曼、阿尔瓦诺对话交流，到遥远的异域采风写生，创作了大量欧美风情风景画作，在巴黎中国文化中心举办个展，国家出资出版他的全英文水彩图册，向海外发行。今年初，他冒着春寒，迎着江风，泛舟酉水，采风土家族的民情风俗，新创作一批精品，画风一变而再变，超越既往，臻于至善。他重点思考和实践的中国水彩世界性课题也有了新的收获。

二

如诸迪先生所言，湖南是水彩画人才集中的省份，黄铁山、朱辉、殷保康、张举毅四位先生被美术界并称为"湖南水彩四大家"，他们和湖南老一辈水彩艺术家一道，孜孜以求，创作示范，诲人不倦，传授帮带，带出了一大批本土水彩画家，形成了有影响的水彩画家群。

参加本次湖南深圳联展的陈飞虎、刘永健、蒋烨、段辉、洪琪、王礼、戴永强、唐晓明、吴新杰、冯晓阳、冷旭佳先生，年龄不等，风格各异，正值创作的旺盛期。他们是今天湖南水彩创作的中坚，担负着承先启后的使命。他们大多坚守在湖南各高校，一边创作，一边教学，潜心于画室与教室，不为世风所扰，少为市场波动，心系一处，静待花开。

湖南水彩新人在成长。以水彩专业本科生、研究生为主力。近年还形成了女水彩画家群体，每年一届的女水彩画家展览，聚集了越来越旺的人气。她们的禀赋、眼界和起点，带来清新的风气和未知的可能。

一批走出本土的湘籍水彩艺术家，如张小纲、戴小蛮、李剑华、王明华等人，身在他乡，心向湖湘。在海外，在北、上、广、深、云、贵跋涉探寻，他们的创作流露出一脉相承的湖湘气质，又以融合与嬗变带给本土画家新的启示。

三

湖南水彩艺术的繁荣与湖湘水彩艺术家群体的崛起，是值得关注的特殊文化现象。

钱基博先生在《近百年湖南学风》中对湖南人文地理作过精要概括，谓湘省"北阻大江，南薄五岭，西接黔蜀，群苗所萃，盖四塞之国"。在这个相对偏远、封闭，经济不算发达的内陆省份，怎么会突起这样一支水彩艺术军团？怎么会与这个舶来画种有如此紧密联系？

究其缘由，既有偶然，也有必然；既因客观，更凭主观。

湖南人的精神气质，也鲜明地体现在这群湖南水彩画家身上，就像他们原乡的山岳，沉着、坚毅、扎实，那是任何文学艺术创作都极为宝贵的精神元素。

湖南文源深、文脉广、文气足，形成了自己独特的文化脉络，在这样的文化熏陶滋养下，湖南水彩画家的浪漫，豪放的气息，恰恰是水彩创作需要的文化因子。

湖南人敢为天下先的创新精神，勇于突破，敢于追求，善于突破，不重复自己，不沿袭他人，这种创新创造的强大动能也传导到水彩画家群体，成就其自成一格的水彩风貌。

湖湘水彩艺术家有一股灵动之气。这种灵气与湖南温润的地理环境和多样的山川相关，当他们面对眼前湖港纵横、水汽淋漓、山色迷蒙的无边光景时，创作才思和艺术激情天人合一，从风景到风景画，水到而画佳。

客观的条件也在起变化，如艺术教育体系的健全和完备，如水彩艺术展览与研究的活跃，如外来的交流与外出的学习，等等。因缘际会，成就了这份水彩大省的光荣与梦想。

四

无须讳言，湖南的水彩艺术也有短板和局限。整体上期待着更为开放的心态和开阔的视野。具体而论，风格的多样化有待变化，题材内容还不够丰富，水彩画本体语言期待探索掘进，有分量的评论较为稀缺，走出去的交往交流才刚刚开始，引进来的展览并不多见，特别是与世界对话的平台和渠道建设任重道远，追溯水彩艺术本来和外来源头的机会还有待时日。

放在中国水彩的大背景看，与同样从西方引进的艺术样式，同样在本土走过了百年的歌剧、芭蕾、油画做比较，当代中国水彩还需要与人民大众的审美习惯接轨，与中国画优秀传统接轨，强调创作中的时代性、原创性、地域特色，让水彩这个画种承载更多有意义的内容，有深度的思考。从内容和题材来看，更多地讴歌祖国和时代，礼赞人民和英雄，更多地让城镇化、新农村建设、科技革命、"一带一路"融入水彩的画面。越是生活的便越是温暖人心，越是当代的越是可能跨越时限，越是地方的也越有可能传之于世界。

深圳市宣传文化部门，特别是深圳美协、深圳美术馆主动提出举办湖南深圳水彩艺术联展，扩大与湖南的艺术交流，体现出魄力和远见。这里是中国改革开放的桥头堡，也是水彩画家十分活跃的一线城市。深圳市美术馆还是当代最早打开艺术交易窗口的纪念地。

这里应感谢湘籍水彩画家张小纲先生，他从湖南师大美术系毕业，后执教于母校，20世纪90年代赴深圳发展，做了一个代表湖湘水彩艺术家去"看海"的向导。2014年6月他回到长沙，举办大型个展《荷问》，由此萌发了推动两地交流的愿望，最终促成了这次联展。

历史上，湖湘文化就有向岭南文化学习的先贤和佳话，王船山先生的"经世致用"思想，有岭南文化一个源头。齐白石先生从"折衷中西，融汇古今"的岭南画派中获益颇多。改革开放以来，岭南画派特别是广州美术学院对湖南美术学子敞开大门。今天，借这一难得的机会，湖湘艺术家从山岳走近大海，追溯水彩艺术西来东土的路径，近距离感受世界水彩艺术的潮汐，并在星城—鹏城之间搭起水彩艺术新平台，无疑将给两地水彩艺术带来正能量。

自古以来，从山到海，是千山万水的艰难跨越，甚至是遥不可及的梦想。高铁时代到来，拉近了长沙与深圳的距离，三小时车程即可从山岳抵达海滨。那蔚蓝的海，标志着深邃与辽阔，带给人无尽的遐想。

（原载《2017当代水彩画家邀请展作品集（湖南—广东）》，岭南美术出版社，2017年）

先生之风　湘水泱泱

——遥读王正德先生

从美术史的角度，王正德先生已成为湖南水彩画的历史人物。尽管十年过去了，但我们还能常常感受斯人与画作的余温。

几年前，他的一群热心学生筹办了王正德师生水彩画展。今年春，他的作品集将正式出版。在许多场合，我们经常听到他的名字，听到有关他生平与创作的故事。

泰戈尔诗云："天空没有留下翅膀的痕迹，但我已经飞过。"

正德先生飞过了，但也留下了他的足迹、笔迹、事迹……

对一名画家而言，何其有幸；对湖南美术事业而言，与有荣焉。

湖南，作为一内陆省份，能够结缘外来的画种——水彩，并使之生根开花，蔚为大观，能够跻身水彩大省行列，并非偶然，或者说恰是许多的偶然与小概率聚合，成就了水彩大省之必然。王正德先生就是其中不可忽略的主因之一。

他参与了水彩画西来湖湘的播火使命。先生毕业于国立艺专，得林风眠、潘天寿、常书鸿等大师亲授，曾与王朝闻、吴冠中、董希文、罗工柳、赵无极等同学。学成回湘，先后任教于华中艺专、湖南省艺术学校、湖南第一师范，把一生奉献给美术教育事业和水彩创作。先生把美育视为塑造美好心灵的渠道，致力于弘扬中华美育精神，又遵循水彩教学的规律，采用现代的正规美术教学方式，传授正宗的水彩画技法，把学生直接带入那个陌生而迷人的花园，培养了大批水彩画人才，其中不乏知名教师和画家，如黄铁山、朱辉、易乃光、黄珂、高一呼、夏斌文等等。今天湖南水彩画界四代同堂、人才济济的繁盛图景，追根溯源，无疑有先生开启山林之功。

他探索并留下了当代水彩风景画的路标。正德先生坚持现实主义创作道路，几十年致力于水彩风景的写生与创作，形成了其独特的风格样式，构图大气，用笔简练，色彩和谐，韵味深厚，意蕴悠长。他一辈子坚持对景写生，从写生中领悟到对自然的情感，善于把真实的对象转化、提纯为艺术的表现，技法纯熟，"画味"十足。

湘江之滨，留下先生流连忘返的足印，他乐此不疲，经年不歇。他在兹寻找创作画面与角度？或体味母亲河碧透中的忧与乐？也许是，也许不全是。泱泱江水，有光有影，有诗有灵，其画魂随着清波，汇入洞庭长江，融入浩瀚无垠的大海。

他以明礼崇德行为示范。据学生与后辈追忆，先生总是以豁达之心包容生活中的风雨波澜，以仁义慷慨昭示谦谦君子之风。他淡泊朴实，不邀时誉，生前竟未举办过一次个人画展。其遗愿是将其全部作品捐赠给湖南美术馆，又一次让我辈肃然起敬！

我每次走进黄铁山先生工作室，都会看到迎面墙上悬挂的正德先师肖像照，银发飘然，微笑如菊，正下方还工整抄录着恩师的画语录："作画不能太拘谨、太仔细、太做作，不能勉为其难，没有原则错则行，要点'逍遥'就出味道，不然技术虽然不错，然欠自然潇洒，味道就稍逊一筹。""所谓熟能生巧，有胆大与心细在内也。""自己观察体会，再综合技术，达到表现目的则行。"一室清雅，两代艺杰。陡然间，仿佛先生归来兮。

让人意外而又欣慰的是，青年美术理论评论家李辉武同志，以一名"85后"之力，竟然担负起主编这部《一生师范》王正德作品集的担子，竟然完成了这份颇有难度的功业。薪火相传，斯其谓也。

一代人有一代人的使命与追求。知其往，更知其来。今天的湖南水彩画同道，可以从王正德先生那里，汲取许多为人为艺的真谛。

（原载《一生一师》，湖南美术出版社）

边缘的美景

——黄铁山和他的水彩艺术

1999年8月，第九届全国美展水彩、粉画展在古城南京隆重开幕。黄铁山先生以展区评委会副主任的身份参与主持这次大展。水彩画强烈的表现力和丰富的艺术手法，让观众心神一爽。以这次展览为分水岭，水彩画从往届国画、油画、版画、雕塑四大艺术门类之外的"其他"类的附属地位冲决而出，以三个金奖与油画、国画平起平坐。令所有参与组织者受到鼓舞和难以忘怀的戏剧性事件是：中国水彩画界泰斗、世纪同龄人李剑晨先生莅临展览，老人坐轮椅赏评作品后，兴奋难抑，热泪盈眶，流露出与他的高龄不相称的激动，他说："一个世纪的中国水彩理想，你们今天实现了！"为中国水彩画圆梦的有百余年来几代画家的信念与创造。这里有老一辈水彩画家开拓的业绩，有新一代青年画家创新的成果，更有中年一辈水彩画家承上启下的艰苦努力，正如《中国现代美术全集水彩卷》序言中所写的："中年画家是当前我国水彩画创作的发动者和组织者。他们大多数毕业于二十世纪五六十年代，受过严格系统的美术教育，有着丰富的经历和长期的生活实践、严谨的造型功力，创造出了具有一定时代性的作品。"黄铁山无疑是其中成绩斐然的重要一员。难怪这篇题为《中国水彩百年回顾》的序言中，有四次提到黄铁山的名字和作品。

黄铁山作品之一

　　世纪交替的时段，黄铁山的水彩艺术也进入了新的境界：1999年4月，中国水彩画名家精品拍卖在昆明世博会开槌，这是中国水彩画首次在艺术市场整体亮相，黄铁山的作品和其他水彩画家的作品一起高价位拍出成交；5月，中国美术家协会第二届水彩画艺术委员会在桂林成立，黄铁山出任主任，统领中国水彩画的创作与研究；9月，中央电视台《美术星空》推出专题《灵性的画种》，介绍当代中国水彩画的发展与流变，湖南被誉为"水彩画大省"，黄铁山作为承上启下的代表人物，被予以重点推介。2000年9月，"黄铁山水彩画展"在深圳举行，近百幅原作精品首次整体亮相，给人们留下了深刻的印象，在展览期间的专题研讨会上，与会专家对黄铁山的艺术成就给予了高度的评价，展品《布列斯的傍晚》《摩洛哥小镇》《圣彼得堡》被中国美术馆收藏，

《西非海岸》《列维坦故乡》被关山月美术馆收藏。这可以视为黄铁山水彩画创作的世纪小结。

一、美的历程，从边缘向中心跨越

黄铁山是自然之子。1938年3月生于湖南省地处边远的洞口县山门镇。近代民主革命家、军事家蔡锷的童年也是在这里度过的。镇上一色古旧的老式小街，散逸着湘西民居吊脚楼的韵致，黄泥江清冽的激流从重峦叠翠的瑶山奔腾而来，穿过山门后便注入一马平川的田野。故乡的美丽和贫困同样令人心颤。与生俱来和与日俱增的对大自然的迷恋、对劳动人民的崇敬，长期滋养着画家的诗情与灵性。15岁起，黄铁山便与水彩画结缘。他在画中真切地注视着大自然的醇美与宁静，诚挚地抒写着自己的精神历程与心灵幻象。

黄铁山的艺术学习是幸运的。1953年从家乡小学毕业后考入湖南省艺术师范学校，师从王正德先生，这位毕业于杭州艺专，秉承了英国水彩画的正宗和体系的良师，带着他走上了传统水彩之路。紧接着考入湖北艺术学院美术系，三年中，师从魏正起、钱延康、孙葆昌诸先生学习水彩，师从杨立光、万昊先生学油画，师从张振铎、王霞宙先生学习国画。一方面广泛吸收各种营养，且发奋读书；一方面在水彩画上以近乎狂热的激情单科突进。美院附近有一家奶牛场，他每天天不亮就赶去做准备，等待着第一缕晨曦的降临，每天至少拿出两张水彩习作。勤奋的劳作，使黄铁山在各方面打下坚实的基础。多年以后，黄铁山仍感激学院里严谨得法的基本功训练。后来，他把这些基本功归纳为五个方面：素描和色彩的基本功，水彩技法的基本功，学习传统的基本功，深入生活的基本功，艺术修养的基本功。"功到自然成"，是他学习与实践经验的总结。

大学毕业后，黄铁山分配到湖南省群众艺术馆，从此进入了专业美术创作的队伍。一手伸向生活，一手伸向传统，开始了在艺术道路上漫长的旅程。从学院走向广阔的生活，每年的大部分时间，他都直接沉入生活的底层，在基层从事群众美术的辅导与采风。甚至以一个普通干部的身份做了前后历时八年的农村工作。在湖区和山寨的生活

黄铁山作品之二

与创作艰苦而又充实，与农民长年累月同甘共苦的相处和心心相印的情谊，孕育了他对自然与人民的真情，数以千计的速写和写生，锻炼了他艺术的感受和绘画的技能。

1963年，"英国水彩画300年作品展"在上海展出，黄铁山抓住了这一难得的机遇，展出期间，他对照原作临摹了波宁顿、瓦利、麦尔维尔、透纳等水彩画宗师的大量作品，并聆听了倪贻德、秦宣夫等老一辈水彩大家的解说。他"深切地感受到水彩在透明、轻快、润泽的本体语言外，更重要的是英国水彩画丰富的表现力，既有恰到好处的形体塑造和精确入微的空间关系、色彩关系，又有厚重充盈的艺术

格调，对水彩的审美趣味有了新的更深刻的理解"。画展间隙，他又分别拜访了老水彩画家潘思同、张充仁、樊明体等先生，他们的艺术人格和谆谆教诲，对年轻的黄铁山产生了深远的影响。

黄铁山对中国绘画传统的学习也从不懈怠，创作之余，精心临摹了一批宋画和石涛的山水画，直接体验到中国画的笔墨与意境。

丰厚的积累迸发出灿烂的艺术之花。1961年，黄铁山画出了他的处女作《电站晨雾》，首次在全省美展中获奖，并被《湖南风光》画册选用出版。当时，年仅22岁的他，作品能跻身傅抱石、钱松嵒、关山月等名家作品的画集中，应该说是莫大的殊荣了。1964年，反映洞庭湖区粮鱼丰收和电器化、机械化巨变的《洞庭湖组画》面世，成为他这一时期的代表作和成名作。这套组画入选"全国第四届美术作品展览"，好评如潮，先后被《人民日报》《光明日报》《人民中国》《中国文学》等多家报刊发表。这批富有新意的作品既有浓郁的地方特色，也散发出那个时期积极进取的革命理想主义精神和浪漫主义色彩，既明显地流露着学习传统技法的痕迹，又体现着作者喷发的创作才情。遗憾的是，这个良好的创作势头，由于随之而来的"文化大革命"运动而夭折了。

"文化大革命"时期是黄铁山水彩画创作的停滞阶段，他被迫终止了对水彩画艺术的探索与追求，但却在革命历史画创作中取得了另一领域的新成绩，先后完成了油画《韶山建党》《夜读》《新民学会新年会议》等作品，分别在韶山陈列馆和清水塘纪念馆展出。彩色连环画《灯伢儿》参加"全国连环画、中国画展览"，并公开出版。这一阶段唯一留下的水彩作品是《韶山》写生。尽管远离他所钟情的水彩，但在油画创作中，黄铁山丰富和积累了创作的经验，加深了对色彩的理解，使造型的功力更为坚实。

1976年的"黄铁山、张举毅、朱辉、殷保康水彩画联展",是湖南"文化大革命"后的首次个人画展,昭示着水彩画创作的春天。黄铁山又以满腔的热情全力投入到水彩画的创作,此后,他沿着《洞庭湖组画》的路子创作了《江华林区组画》,其中《翠谷》参加了全国美展和亚洲国际艺术展。时代与社会的变迁开始直接反映到黄铁山的创作中。《小院日当午》和《金色伴晚秋》是期间的代表作。前者勾勒了党的十一届三中全会后苗寨农家妇女由集体出工,改为自主劳动,小聚庭院闲谈家事、缝纫新衣,流溢出轻松悠闲的满足。后者描绘饱经风霜的农村老妇沉浸在晒谷场上的丰收喜悦中的画面,满幅金色的稻谷让人生出无限感慨。这时期黄铁山开始自觉追求水彩画的思想容量,告别小景小人,介入宏大题材,表现时代精神。同时,广泛吸收传统和外来艺术的营养。明显受日本的东山魁夷、美国的怀斯等创作风格的影响,作品在深度和细微方面有成功尝试,但也感觉到水彩较重的分量和负担。

　　从1986年开始,黄铁山生活的视野与创作的水准提升到一个全新的境界。在写生的范围走出潇湘与乡土的同时,艺术活动范围与视野也得到拓展,在非洲四国的采风写生及参观巴黎卢浮宫、奥赛美术馆后,一批力作接连问世。《西非海岸》《摩洛哥小镇》等突破了以往单一的乡土气息和一般的表现形式,新的视野、新的感受和新的技法使他的水彩有了新的面貌。

　　西藏之行让画家回到本源的自然崇拜,对大自然伟力气势的崇敬与虔诚,使创作再获突进。《暮归》以全张纸的大幅画,实现水彩画表现较大容量的理想。一线落日余晖透过厚重的积雨云投射出来,变幻莫测的高天流云中,暮归的藏民如雕塑般矗立在高原之上,人与自然浑然一体,大山、大水、大情、大景,扑面而来,挥之不去。俄罗斯之旅，大师的原作对画家产生了震撼。列维坦、库英治等风景画的意境，表现自然的深度，给他直接的启迪，再次提升了他创作的深度和力度。

这期间全国性的专业刊物《美术》《水彩艺术》《中国水彩》等均专题评价了他的作品，他自己还先后发表一批关于水彩画艺术的研究与理性思考的文章，对全国水彩画创作产生了积极的影响。与此同时，黄铁山的水彩画开始走向中国香港、台湾地区，走向东南亚国家乃至美国，影响面逐日扩大，艺术风格也日臻完善。

二、美的追求：从西方到东方融合

停伫在黄铁山先生作品面前，一种对自然与生活之美的颖悟油然而生。我们看到苍老而坚强的农舍，广阔而成熟的田野，独立的树木与茂密的绿林，有的倒映于透亮的清波，有的直指白云与蓝天。南方丘岭的妩媚与北方山冈的伟岸变得如此亲近和熟悉。黄铁山营造的那些经典的意象，是一支微微苦涩而清新的歌，是一阕精心锤炼饱含诗意的长短句，是一个古典而优雅的梦，是心的呼唤与自然应和的天籁。

此时此刻，此景此情，牵引着漂泊在滚滚红尘有些疲惫有些混浊的目光与心灵，令人顿生归来与栖息其中的遐思与向往，一种醇美、沉着、从容与宁静随着色彩的浸润与渲染，弥漫你的整个心绪与情怀。

水彩画是舶来的西洋画种，他的故乡远在大西洋碧波中的英伦三岛。水雾迷蒙的湿润气候、草木葱郁的植被覆盖，深厚的人文传统和先进的工业文明，催生了水彩画这一独特而优雅的绘画艺术。水彩画传入中国约有280多年历史。而作为一门独立的艺术形式真正在我国形成，应从20世纪初第一批从国外归来的画家算起。中国水彩画通过几代人近一个世纪的努力，终于在中华艺苑绽放出娇艳的花朵。在世纪之交，黄铁山以其水彩创作独特的艺术价值，成为中国水彩道路上的佼佼者和担纲人物。

钟情于水彩艺术的黄铁山始终遵从着水彩的两个传统——外来于英国等西方水彩的法则与经验，内发于中国水墨的渊源与遗韵。数十年孜孜以求，苦耕不辍，不断走向水彩艺术实践的深层和理论的高层，形成了鲜明强烈的个性风格：在坚实的绘画基础上，苦心经营个性的水彩语言，把水彩的技艺发挥到极致。黄铁山认同水彩画隶属于西画体系的一种，其造型语言、审美趣味和表现技法都有其独立的品格，对光与色、明与暗、对象与体量的关系，乃至空间感和空气感的处理都有科学的依据，只有虚心地继承，老实地学到"那一套"，才可能发展创造，赢得安身立命的"这一套"。

黄铁山始终如一地重视以造型为核心的西洋技法的基本功底。他曾下功夫临摹了不少英国水彩画杰作，从透纳、科特曼、康斯坦布尔和波宁顿等大师的笔触中体味与追寻其微妙技法和独特匠心，以致他的学生见了这些临摹画感到十分新奇和惊讶，原来水彩画还能画成这样！

锤炼水彩纯粹的本体语言，以水色交融的美还原视觉与哲思的神奇，是黄铁山对水彩画精神的独见，也是他从不懈怠的目标。"无彩，则赶不上国画的韵味；无水，则追不上油画的表现力。"把握介乎其中的特性，方能张扬其独有的优长。他的笔下，含混不清的酱油色消退了，清新透明的色彩与光泽，逼真地接近着五彩缤纷的现实和自然。湿画法是他偏爱的形式，创作中，他一方面大胆追寻空蒙、流动的肌理效果，铺陈出如梦似幻的整体气氛，同时，又能缜密控制住浸润的维度，妥善而果敢地应变点化种种意外的效果；一方面又精确细微地勾画对象的神形，惟妙惟肖地打造出特定的景物与人物，展示出收放

黄铁山作品之三

自如的超凡功力。

在深厚的国画传统之中,精心构造纯美的水彩意味,把水彩画的品格升华到化境。著名散文诗作家邹岳汉先生曾用一首短诗题咏黄铁山的《潇湘月》:

白昼,一扭脸匆匆走远,不再回头;月亮,在前方升起又一轮太阳。

夜色,一层层变得浓厚了,总裹不住比夜色更为深沉的翅膀。

天空,因翅膀而辽阔;黑夜,因飞翔而孕育希望。

黄铁山的每一幅作品，几乎都可以用诗来解读和诠释，这便是其水彩艺术的第二个鲜明特征。继承与光大中国水彩的传统，中为西用，以水彩语言营造诗的意境。

英国人认为，用颜色在纸上作画，中国的历史比英国更长，俄罗斯学者米哈依罗夫则在他的水彩画专著中，专门把中国画列为一章，足见水彩与水墨难以分割的血缘，黄铁山认为，中国画"把自己画进去"的情调与意趣，提升了冷静的、照相式的写生，不仅仅把自己作为客观的媒介，而且在艺术表现中加深思想的内涵，发散作者独特的情感。

对汲取中国画的传统与精神，黄铁山主张越过元明清直追唐宋。他认为，元代以后的作品渐渐疏远了时代和生活。在非洲采风写生途中，参观塞内加尔民族干部大学，黄铁山经历了一次心灵与艺术的震撼。学校精品陈列室一幅复制的范宽《溪山行旅图》，其气势与力度让其他的作品黯然失色且望尘莫及，在异域的背景中，中国艺术更凸现出无可替代的强势魅力，不断强化画家弘扬中国特色与民族气派的信念。

黄铁山的意识与灵魂深处，有一股强大的创造活力。几十年的艺术生活中，他把学习与实践列入从不变更的基础课和必修课，始终以苦的劳作和韧的精神，勇敢地突破既往，果决地超越自我，从不言败，永不言止，一次次实现其水彩艺术的蜕变与升华。

在强烈的时代精神中，大胆拓展偏狭的水彩题材，把水彩画的主题引申到时代。在水彩语言的纯粹化与东方意境的营造方面，黄铁山的探索之深与成就之著无可怀疑。而他的整个创作表现出来的时代精神则把水彩画的容量推上一个新的高地。

水彩画作为一个轻灵小巧的画种，从一开始便是以唯美当作自己的最高旨趣：轻描、淡写、畅快、雅致、灵动的艺术效果，似乎既是起点又是归宿。然而，创作意识薄弱成为阻碍中国水彩画发展的瓶颈，"集中表现在题材比较僵化，风格手法单一，表现自然景物的'对景写生'式的作品仍占极大比例，直接表达主观世界的表现性作品数量不多"。黄铁山对这种僵化与偏见的突破，无疑是引人瞩目的艺术革命。如果说早期的《洞庭湖组画》在直接表现当代生活方面尚属自发的偶然因素，到改革开放后的《小院日当午》和《金色伴晚秋》则完全是一种自觉的艺术使命。这些题材源自黄铁山感同身受的农村生活经历，当然自然而真切。《中国水彩画史》评价黄铁山等四位画家时指出："艺术都来自对生活的直接感受，真诚地表现对象，反映出朴实、深厚、精练的风格。"

追随时代，心系人民是贯穿其创作整体的艺术指向，同时，也成就了黄铁山艺术创作独有的分量和价值。作为新中国自己培养的第一代画家，黄铁山自然地烙上了鲜明的时代特征与历史局限，但他在追求中国特色、民族气派与地域风情的艺术道路上走出了较远的里程，特别是逐渐形成了比较成熟的个人风格，即真诚地确立为人民大众服务、为时代服务的社会责任感，以真善美艺术的真谛，探索在西画传统与中国画精神中汲取营养，在生活现实与艺术灵感中滋长激情，形成了水色交融、清新明朗、灵动洒脱、层次丰富的水彩语言，真挚朴实的情感自觉升华为"气来、神来、情来"的艺术境界，为强化水彩画的表现力作出了重要的贡献。探究黄铁山水彩艺术的背景与内力，可以从他的作品特别是一系列理论论述中获取答案，即治学之严谨，求精之执着，图变之果决，法自然之有恒。

黄铁山在创作上表现出的严谨态度是人所共钦的。他绝不同于一般艺术家的粗放不羁之态，反对重数量而不重质量的轻率之为与潦草之作，反对投机取巧之心和哗众取宠之意。以一丝不苟的科学态度敬畏着水彩这门学问，博采众长，精益求精，不懈追求水彩画朝着思想精深、艺术精湛、制作精良的目标靠拢。

艺术家的自我反省与辩证否定，是前进中的强大动力，黄铁山能够清醒地省察自己的不足与缺陷，不断给自己设定阶段性的目标，并且以座右铭的方式激励自己化劣为优，聚沙成塔。比如，他曾先后提出：放松放开，意到即可，改严谨有余为弛张自如；更强烈更明快，宁拙勿巧，避免中庸与面面俱到；吸收传统的线条与墨趣，大胆使用新材料与新技法，比如加强整体感，追求形式感，营造水彩感，等等。以此来警策和激励自我，不断突破自我。

从大地汲取灵感和营养，以稚子般的好奇心与"生疏感"去体味对大自然的新鲜感受，是黄铁山创造实践中具有个人特征的重要路径。几十年来，他紧贴生活的源头，他在险远的异地追寻着奇妙的风景。江华林区、湘西山寨、沂蒙老区、雪域高原、非洲旷野、俄罗斯小镇……既留下采风写生的足迹，也留下艺术进步的印痕。他总是随身携带自己设计制作的小型画箱，抓住一切时机寻找写生对象，画了近千幅水彩小品。因为大师凡高的训诫对他是如此强烈而持久："那种永远立于不败之地的最稳妥的办法，就是不知疲倦地临摹大自然。"写生不仅锻炼了手感的精确与娴熟，升华了眼力的细腻与敏锐，更重要的是自然的气息滋润着诗心，画家永葆对大地山川不倦的新鲜之感与崇敬之心，常见而常新，见深而情深，感人的美景便如此生成。

三、美的理想，从画室到大众的拓展

在湖南水彩画家的群体中，黄铁山无疑是扛鼎和扛旗的人物，他以其不俗的人品艺德，去赢得和凝聚水彩画界的人心和人气，利用水彩画艺委会的阵地，开展研讨、展览和出版活动，发现新人，推出新锐，保持着湖南水彩画创作的优势和活力。《中国水彩画史》对这一点也赞许有加："黄铁山、张举毅、朱辉、殷保康……这4位画家多年来在水彩画园地里孜孜不倦、潜心探索，不论画品、人品都为青年一代水彩画家树立了榜样。"

　　黄铁山没有把自己定位于一个单纯的画家，他清醒地意识到自己承载的特殊的义务和责任。尤其是从他就职中国水彩画艺委会主任后，更以中国水彩画创作的领头人和组织者的眼光，致力于建立中国的水彩画体系。黄铁山认为：中国水彩已经从作为写生练习和搜集素材的手段转为了为众多观众喜爱的独立的架上绘画；从只有小幅的轻描淡写到了有大幅的鸿篇巨制，水彩不再仅仅是轻音乐式的抒情小品，也有了交响乐式的雄浑博大的奏响；从只有少数爱好者的投入到有了人数众多的队伍；从比较单一雷同的创作模式到初步涌现了一个题材广泛、手法多样、风格各异的多样发展的新局面。但是在看似耀眼的辉煌面前，他也敏锐地察觉出中国水彩的种种问题，他在《关于中国水彩的世纪思考》一文中，指出了当前水彩创作中的不良感觉，提出了抑制这些不良倾向，促进中国水彩健康发展的方向。

　　在致力于自我创造日臻完美的同时，黄铁山开始把目光和才情投入到整个水彩画展乃至更为广阔的社会空间。与个体的创造相比，这显然是更为艰辛的跋涉。从感性到理性、从画家到市场、从弱势到强势、从少数到大众，世纪之交，中国水彩的光荣与梦想已无可回避地扛在一代人的肩头，黄铁山以学术带头人与践行者的姿态，将中国水彩坚毅地向前推进。

　　置身边缘，黄铁山却孜孜不倦地思索着向中心迈进。边缘有绝佳的风景也有潜在的空间，边缘远离尘嚣也独拥孤寂中的宁静。水彩画期待着勤于发现、勇于坚守和善于感悟的眼与心灵。而换一个视角,边缘在另一个范畴恰是中央,这便是生活与艺术的辩证法。

(原载《美术之友》2003 年第 1 期)

学院的力量

——殷保康和他的水彩画

新年前的一个下午，有缘走进殷保康先生工作室，系统欣赏先生水彩作品。从 60 年前的第一张临摹习作《农家草屋》，到刚刚落笔完稿的新作《游鱼》，上千幅原作一一铺展开来，那是画家脉络清晰的个人艺术史，也是先生丰富多彩的人生风情画。

江城武汉，是画家人生与创作的出发地，留下城市人熟悉但早已远去的街景。黄土高坡到雪域高原，刻录下自然的苍凉与生命的强劲。西南边陲的苍山洱海，气象万千的是彩云袅袅波光粼粼，也是灵光乍现的永久定格。异国他乡的风情，让人联想许多似曾相识的外国经典作品的场景与格调。更多的画面和大量细节，重现了湘人亲切的湖南风物、长沙旧景：东风剧院、橘洲轮渡、湘江一桥、湖南师院……唤醒许多老去而温馨的记忆。

先生站着讲，我们坐着听，很像一堂水彩作品赏析课。只是，站着讲的是年近八旬的先生，激情四溢，毫无倦意。坐着听的是晚辈与先生几个时期的学生，最年轻的才 90 后，春风拂面，感慨万千。

许多年来，殷先生的水彩课就是这样教的，追溯本来，吸收外来，着眼将来。不仅仅讲是什么，还讲为什么；不仅仅展示最终的效果，还演示步骤与过程，从第一步到最后一步，哪怕一节课拖堂到半天时间，哪怕只剩下几位有耐心的学生。

在湖南水彩大省的画家群体中，黄铁山先生、殷保康先生、朱辉先生、张举毅先生是公认的领军人物和开路先锋。殷先生是其中典型的学院派。武昌艺术师范起步，西北师范学院毕业留校，兰州艺术学院工作，中国人民大学进修，湖南师范大学任教，他的人生和水彩画创作道路，让我们感到浓重的学院色彩和分量。

那是源自学院的传统：遵从理性，讲究规范。恪守英国水彩画的传统和坚持水彩本体语言，殷先生的态度鲜明而坚定。首先要以最大力量打进去，"先要学到手，然后寻求变化和发展"。从青年时代开始，反复体会与临摹水彩大师的杰作，虚心请教吕斯百、常书鸿、刘文清等海归大家，逐渐体悟到英国水彩的最突出的特点："在较为轻薄的底稿上，一层层补，缺什么补什么，缺多少补多少。"于是，他笔下的水——河水、湖水、海水从不雷同。他抒写的花，一层层叠加、罩色，不含糊、不沉闷，轻柔之花在阳光与微风中轻轻颤动。

那是适应于学院的技能，严格训练，教学相长。高等师范学院主要是培养适应中学教学的多面手，面对教学的安排与学生的需求，老师不可能只有一专，而必须多能；不可能只会讲理论，还必须"下水"作示范，既有实习写生，又有创作指导。殷先生以极大的勇气探索水彩画的多种形式与可能，画风景，也画人物、动物、静物；画宏大场面鸿篇巨制，也画小情小景小品。人物＋环境、花卉＋背景，在多样的形式手法、多种组合之间自如转换、得心应手。接下来，总结经验、发现规律、编成教材，这时候，他把水彩画的知与行传授给学生，自然入脑入心。

那是形成于学院的风格——高度理想主义的艺术自律。学院的严谨造就了殷先生创作上的苦吟风格，从资料的收集到写生的感受，从构思的反复到创作的提升，绝不停留在轻描淡写，而是当成学术课题一样严谨认真。题材是如此丰富而主流，时代刻度、地域风情、民族习俗……手法是如此多样而多变，干法、湿画、叠画。个性是这样独特而鲜明：通透而又宁静，深入而又凝重。殷先生先后画过帕米尔高原山村、西北山村、云南山村、湘南山村，对象各个不同，时间跨度不小，但审美取向又如此一致，平和、宁静、生态的田园组曲。

远看有气势，近看有内容。这是殷保康先生水彩画的特点，也蕴含他水彩创作的审美追求，远近、大小、干湿、明暗、轻重……种种艺术关系的和谐。

让人惊异的是，跨越两个世纪，走过曲折岁月，殷先生的作品保存得这样系统完整，关于作品的记载和记忆这样清晰准确。作于何时何地，季节与天色、随行与陪同、纸张与颜料、神来之笔与遗憾之处，一一还原。水彩创作，也许可能是邂逅自然启示的妙手偶得和艺术灵光的电光石火，但更多的时候是坚信诚实的艺术劳动，在反复与积累、在寻找规律与突破定见之后的水到渠成。

也有人误读学院的封闭，甚至质疑学院的隔绝。其实，正是那种必要的距离，成就了学院派的色彩。殷保康先生集画家、导师、学者于一身，融创作、教学和研究于一体，其生活与艺术的逻辑，必然指向一条与众不同的水彩艺术之路：那里人迹罕至，同样落英缤纷；那里心系一处，必然水到画成。

（画册已由湖南美术出版社公开出版）

抒情画家张小纲

——读张小纲的水彩画

张小纲是用彩笔面向大自然抒写和抒情的诗人。尽管诗借重韵律而画多用色彩，但艺术创作中的真情和激情是共通的。他笔下的景物与静物，真诚、纯粹、绵绵不断，从拿起画笔那一天到今天，写下一首长长的抒情诗。

从大湖到大海

张小纲是从湖南走出来的水彩画名家。不惑之年，功成名就，却选择了一次跨地域的远行。从星城到鹏城，从大湖到大海，从内陆到开放，从湖湘文化到岭南文化，是告别，也是追寻。之前，站在岳麓山上远眺三湘大地；之后，登上莲花山顶放眼世界，这需要勇气和信心。

这是一种地理意义上的"出湖"，更是艺术创作上的破圈——冲破地域的局限、冲破固有的束缚，一次次地走向更辽阔的世界，从日本到俄罗斯，从欧洲到美洲。他像海绵一样，拼命吸取新的观念、新的艺术营养，开阔自己的视野。从这个意义来讲，张小纲是一位从湖南走出来的画家，又是一位在深圳重新出发的画家，更是一位勇敢拥抱当今世界的水彩画行者。他背着文化使命的十字架，负重前行、永不懈怠。地域解放了张小纲，也成就了张小纲。

张小纲深深眷恋生养自己的故土，珍视湖湘文源中浪漫神秘、不同于流俗的基因与血脉，珍视湖南水彩画派文脉与文气的滋养。湖南水彩画派四位大家都是张小纲的恩师。他们胸怀宽广、艺术精湛，提携后进、桃李芬芳，在中国水彩画坛德高望重、风范昭昭。张小纲身上隐约有着恩师们的影子：黄铁山老师面对生活与艺术的严谨，坚定跋涉在现实主义广阔道路上；张举毅老师超迈的激情和诲人不倦的态度；朱辉老师细腻的情感、抒情的表达；殷保康老师对水彩规律、本体语言的深刻研究、成功实践。

感恩故土、回应师友，张小纲特意把他第一个"个展"、他的成名作洞庭湖系列，放在了洞庭湖畔岳阳。前几年，他又以荷月归人的主题，将"荷问"的系列创作，呈现给亲朋师友，引起出发与回归的许多思考。

"第三代"的意义

中国的水彩画，从新中国成立算起，大体可以分为以王肇民、李铁夫为代表的第一代，以黄铁山为代表的第二代，而张小纲则可以算为第三代的代表之一。当然后面还有第四代、第五代、第六代……

一代人有一代人的使命，一代人有一代人的担当。张小纲所处的第三代，恰好处于承前启后、继往开来的新时代。他们经历了大时代的起伏与波澜，理解革命现实主义与浪漫主义的广阔道路，有幸接受了良好的文化教育与专业的美术训练，灵活掌握中国水墨与西方水彩两种语言，曾扎根到人民中间又努力睁眼看世界，既接受了传承的宿命又承担了突破的使命。正因具备如此丰富与厚重的经历，更多观念的变革、眼界的拓展，张小纲和第三代水彩画家是幸运而特殊的，其人其画，更有分量。

令人欣慰的是，直到今天，作为中国水彩画第三代实力派代表的张小纲，仍然在创造，在变革，在积蓄走向高原、攀登高峰的力量，"长此以往不知将何往也"。

彩色的抒情诗

张小纲是水彩画家中的诗人。他把生活、把自然当作诗一样地咏叹。诗笔就是他的画笔，景语皆为情语。他在大湖与大漠之间捕捉天光和云影，在花与非花之间找寻对象和意象，在写意与写实之间变化节律和韵律。写生，宛如长短句般隽永，即便是在内蒙古的速写，都是一段面向北方原野的短诗，浓烈、开阔而又强烈。静物，道出内心的独白，把生活和自然当作诗一样咏叹。花卉系列，始终带着激情，时而澎湃、时而内敛。荷问系列，像是一首首咏叹调，在经年累月中写成的一组曲折回环的长诗。他的辨识度非常高，是唯美的，也是清新的。他的画格调高雅、卓尔不群，《中国现代美术全集·水彩卷》用他的作品《春馨》作封面就是最好的证明。大地上的事物，不断给诗人带来灵感，而在诗人的心中，总是涌动着对江山与人民的歌吟。这也是为什么在很多年前，我第一次评论他的画作时，就发出了"彩色的抒情诗"的感慨。

二十多年来，张小纲的艺术总在出走与回归的轮回中释放耀眼的魅力，在这背后隐藏的是他不断探索的人生脚步和漫长而寂静的艺术旅程。二十多年前，他出走湖湘大地，带走的是对湘江晨光的诗意书写，对窗台秋韵的浪漫描绘，对黔城小巷的视像回眸，对湘西老屋的人文关怀。几年前，他将深圳市中心的一片"荷塘月色"带回长沙，红荷的峡谷、白荷的高原、野荷的孤吟、群荷的合唱。我想这是从他心田里长出来的吧！他将离开时画作中呈现出的浓郁诗人的浪漫禀赋，悄然转换成一位思考者的冷峻和主动表达。用一位理论家的话说，其中有了"观念的介入与精神的回归"。

学院派的力量

学院，又称之为学园，这是张小纲停留最久的地方。他是学院派出身，从一开始就经历了严格的专业训练，天生自带学院派的气质；而他又长期在校园耕耘，潜滋暗长着持久的、深厚的学院派力量。不同于盲目的、意识流式的创作，他完全依靠一种自觉在创作，甚至有时候像做学问一样进行探索。我印象特别深的是，他创作《荷问》的时候，真的是把它作为一场"学术实验"。

面向过往的名家名作，他像树苗一样汲取养分、充实自我。面向未来，他像园丁那样执着、专注，把从前辈画家那里得来的真传——思想、技艺、方式，传授给风华正茂的学子，一个年级又一个年级不曾懈怠、绝无敷衍地传下去。

山河壮丽，人民豪迈，前程远大。美丽中国给新时代水彩画家广阔的空间。正当盛年的张小纲将在探索中走向色彩斑斓、诗意盎然的远方。

（原载《张小纲艺术作品集》，岭南美术出版社）

荷月人归

——读张小纲水彩组画《荷问》

六月，在告别麓山湘水整整17年之后，张小纲先生归来了，带着岁月的风尘，带着外面世界的纷繁，带着他梦境般的荷塘月色。

久别归来的张小纲依然亲切，而他带来的这片荷塘，多么迷人！有红荷的峡谷、白荷的高原、野荷的孤吟、群荷的合唱，柔情似水，侠骨如钢。那莲叶接天的气象，那云水迷蒙的流畅，那色彩变幻的雅致，那意味深长的禅意，似曾相识的是他不变的气质，预想不到的是他大跨度的创新。

创新是每一位艺术家的追求，也是难于终结的使命。张小纲还是过去的张小纲，他的画已不是过去的画。张小纲的水彩之路，从写实起步，经历过装饰性过渡、滴彩泼彩探索、意象抽象的转型。人们看到他一路上摘取鲜花与桂冠，其实那是漫长而寂寞的艺术苦旅。

面对《荷问》，那鸿篇巨制的画幅，就是对水彩特性的艰难挑战，要熟悉材料、设计图式，题材、内容、重点、细节无疑费尽思量。控制是其中的关键，不多一分，不少一寸，多么难。变化是其中的挑战，在同一主题中呈现不同的面貌和差别，多么难。

在艺术和人生的路上，我们没有见过张小纲停顿和退缩。在功成名就之后他一次次否定自我，在不惑之年勇敢地远走南方。十多年来，行走在故乡和他乡的嬗变之间，沉浸在教学和创作之间，采风在广大的原野与精微的静物之间，徘徊在油彩和水墨的对冲之间，实验在水彩的本体性与水墨的传统性之间。

不少文人、画家都有过这样的体验，出走和移位，意味着否定和自新，往往会获得新的空间和时间。由此突破了思维惯性和路径依赖，可能实现自己心灵与艺术的升华和转型。湘籍前辈画家齐白石、黄永玉留下了这样的寻路史，当代画家许仁龙、毛焰等也都如此走在路上。张小纲还在跋涉，他的探路不仅冲破了视野与惯性的束缚，获得了新环境的刺激与滋养，而且给先前彼此熟悉的湖南水彩画家群体带来了新鲜的风。

大数据和云计算背景下衍生的微博、微信，让视觉传达迅疾巨变，改变生活，也冲击艺术。我们还可以一如既往地争辩关于西画与国画、写实与写意、本体语言与传统借鉴等技术性、艺术性的问题，更应该自觉应对技术至上与节奏加速中越来越稀缺的精神性、思想性的东西。比如，激情的瀑布飞流、灵感的电光石火，还有艺术家永远不能疏离的诗意、哲思、人性。

张小纲与生俱来的诗人般的禀赋和气质，没有在岁月中和异地衰减。他对生活与艺术依然痴迷，对学生与朋友依然真诚，对自然更加热爱。这种印象让朋友们持久而难忘。记忆中，早年那些出色多彩的作品，如洞庭湖的荒野、湘江畔的老船、四时八节的南方花木，悠远、宁静、纯粹，还隐含着淡淡的忧伤。展览中，近年完成的内蒙古写生，又是一组听得见长调、闻得到奶香的悠远的牧歌。

《荷问》是跨度数年的主题创作，是疑问、设问，也做出了应答。那就是迥异的社会与自然生态中，一个水彩画家的抉择。不难体察他鲜明的艺术主张，离现实、离市场较远，靠理想、靠真诚较近；不难体味隐含在荷枝莲叶间深沉的人生之思、艺术之问、水彩之梦。

农历六月,是中国传统的荷月。长沙南郊,新的美术馆,看雨打碧叶,荷香袅袅;荷花荷画,天人合一。请莫错过这久违的花信。

(原载《美术大观》2014年第11期)

远景迷人

——读陈飞虎的水彩画

陈飞虎先生是"水彩大省"湖南的一员虎将，不是大学教授的头衔和省美协副主席的身份，是因为他的创造才情、他的水彩画。

画里有一片片迷人的远景：山麓枫林中，请聆听红叶被阳光撞击的金色回响；长岛码头上，请品读百舸争流的起锚与归航；老房子诉说百年千年沧桑，新建筑张扬造型的个性、材料的质感；凤凰城的雨是绿色的，雨幕浸润出的意境，仙境一样斑斓……

在那些熟识近乎无睹、见惯早已不惊的地方，在那些平常得有些麻木的瞬间，画家借给我们一双敏感而新锐的眼睛。他的静物——煤炉、篾器、坛坛罐罐，画出多么亲切而细腻的生活味道；他的建筑，尺度、色差、光影、空间关系精确适当，显示出学院派的功力，又没有停留在技术性层面，流露出水彩画的艺术追求：像油画那样写实，像国画那样挥洒。

飞虎先生是循着建筑风景的蹊径上路的。这缘于他的职业，也缘于他独立的美学理念：建筑风景不仅仅是建筑物的对景写生，更不是设计效果图的着色渲染。那是对自然的亲近熟悉，是对地理气候变化下光与影、明与暗、干燥与湿润的体验认知，是对人、建筑、环境的艺术定位，那是建筑师成功的必由之路。

在这条孤独而迷人的山阴道上，飞虎先生不知疲倦地忘我地追寻。教学之余，不是在写生，就是在去写生的路上。他总是把目光落在最光亮的地方，抓住第一感觉；他强调色调、笔触和结构；他把每次写生当成一次创作活动，注重身临其境，赞赏地观察、有情地表达；他不厌其烦地尝试写生的工具、材料和步骤；他甚至不轻易把画"坏"的作品扔掉，在失败中找出妙手回春的秘诀。然后，呈现给我们创作的欢乐和明亮的情绪。

水彩是艺术的，建筑的水彩又有科学的含量，20世纪舶来中国就是与建筑技术结伴而行的。建筑大师多是水彩大师，外国的柯布西耶、赖特、高迪，中国的梁思成、童寯、杨廷宝、吴良镛……他们不仅有大地上的作品，也有画纸上的建筑。在这个特殊的园地里，更注重精密、强调程序、讲究手的功用。在推崇艺术灵感的同时，从不忽略工艺和工匠的特性。飞虎特别认同法国雕塑家罗丹的警言："艺术家唯一的美德就是聪颖、专心、诚实和意志，要像真正的工人一样认真地从事你的劳动。"那是建筑学师生共勉的训诫，是绝无机巧可言的劳动态度，是对水彩画技法蕴涵的巨大能量的尊重。

当他回头把这些感悟告诉他的学生的时候，已不再是教科书上平淡枯燥的句子了，听来让人觉得丰富、实在、易于领会和把握。登堂入室已不再是畏途，早已充满兴奋与诱惑。进而引领他们深入到综合艺术修养与审美体验，学会判断、分析、审度，更划分了画匠与画家的区别。对未来的建筑师们，有什么比这样的美育更点滴入心呢？

创造性的反复是锻造精品和功力的熊熊火光，痴心不改的坚持是抵达远景的必由之路。陈飞虎先生出生湘中的山野，与生俱来的朴素执着个性伴随他的艺术苦旅。他感受和讴歌过"阳光灿烂的日子"、感伤和记录过"永不回来的风景"。近两年，开始阔步走出熟悉的生活和创作半径。在法国，面对印象主义大师和印象派的原作，察觉了获取素材的源泉，坚定了写生的立场；在伊拉克，直面民族宗教冲突带来的战争和死亡，感触到艺术和艺术家的社会责任；在非洲原野50摄氏度酷暑中的长途跋涉，发现原始艺术夸张变形的力和美，强烈的震撼中产生顿悟：从风景到风景画，需要眼力和娴熟的手上功夫；超越设色、赋型的形式语言，抒发情感，注入思想，那是水彩画的升华，那需要用到心。

艺术家意识到创作的阶段性的时候，往往是酝酿着跨越和突破的临界点。20多年来，陈飞虎先生第一次整体呈现个人水彩画积累和风貌。这是一次小结，也意味着又一次开始。

（原载《华声》杂志2014年第20期）

蒋烨的水彩艺术

冬日午后，观览蒋烨教授这部水彩画作品集，阳光照射进来，洒落在一幅幅作品上。绚丽的光影移动，奇妙的水色交融，将我拉入他构建的艺术奇境。

初读他的画，惊叹于其画静物的灵动传神。看，那南国的红荔枝，就这样落进透亮的玻璃果盘，枝果毕现，新鲜欲滴，真让人疑心，是不是刚刚采摘下，一骑红尘，速递而来。躺在竹篮里的鸡蛋，在阳光照耀下一个个晶莹剔透，每一次手指的触碰，都得屏住了呼吸，似乎一不小心就会碰碎。桌上橙红壮硕的柑橘，果香浓郁，望而生津，正静待友人的围聚。再细细一瞧，结实浑圆的核桃，有一颗已被敲开了厚实的硬壳。还有金黄饱满的玉米，裹着细蕊和青皮，青红带紫的苹果排列开来，像收获的秀场，似有最灿烂动人的笑脸朝你荡漾开来……

深入了解，知蒋烨教授水彩创作更以人物画见长。他成功完成两类水彩人物画系列。

其一是《阳光集市》。画面里的集市上，拎大包小包的、推自行车的、挑担子的大人们，举着冰棍、啃西瓜的小孩子，大声叫卖的摊贩……那么多的人物，那么热烈的场面。这样一部乡村商业的话剧，在蒋烨先生画笔下，多而不乱，繁而不杂。每一片色彩都含蕴着人间的情味，牵动着每个从农村走出来的人们，在记忆里深情地回望，翻涌着无法割断的乡愁。

其二是《迷彩青春》。题材源自他生活工作的大学校园。一年一度的军训，统一的方阵，身着迷彩的学子，不论是集结列队，还是休息拉歌……无不迸发昂扬的、蓬勃的青春气息，张扬掩饰不住的个性。人群密不透风，历历可数。不管画里画外，走近他们，如走进一片让人炫目的青春海洋。

在画家笔下，人物不是常见的单人或多人，而是罕见的宏大场景、成百上千的人群，百态千异。往往一个简单的脸部轮廓，没画嘴，你却听得见他在说什么；不见耳，你却看得出他在听什么。这正是艺术高度凝结的境地，也是他的艺术成就所在，他的作品多次获得全国大奖，并且被中国美术馆、湖南省美术馆、亚洲水彩艺术博物馆等专业机构收藏。

在蒋烨教授的画作中，《阳光序曲》最打动我。教学楼略显幽暗的一角，三位学生正练习小提琴，沉浸于音乐的世界。金色的阳光透过身后的窗户，打在她们的头上，似乎沐上了一层圣洁的光辉。那光，那影，那忘我静谧的氛围，还有从那个空间里头飘出来的旋律，让人如临其境，怦然心动，仿佛走进久违的校园。

这样的光，时常出现在蒋烨教授的画面里，细腻逼真而极富视觉张力，直击心灵。这是一个画家内心对生活的真诚热爱、追求生命中一切美好事物的映射。

蒋烨教授是画家里的学者、学者里的画家。他在校园与田园间跋涉，在教室与画室间探寻，在抽象与具象间转换，在现实主义与浪漫主义间穿梭，在美学与美育间沉潜，在创作与学术间耕耘。他以恩师殷保康先生为范,走着一条学院派的画家之路,不知疲倦、臻于至善。

画册中那幅《山鹰》,寓意深长。雄鹰在不羁的诗意与淋漓的水色之间,越飞越高,向着梦想的地方、向着闪闪发光的雪峰。

(浙江大学出版社,2022 年 8 月)

雄峰耸峙大江边

——岁月如歌：旷小津山水画展述评

初秋，湘江之畔，长沙美术馆。

岁月如歌：旷小津山水画展，40 件大幅巨幅山水画作扑面而来，如入山壑，如临山巅，气象万千。

8 月 6 日开展，一个月已有上万人接踵而来。领导、专家、同行、爱好者与收藏家络绎不绝。30 多家媒体、50 多篇报道评论聚焦。

为时代山川立传

"当代中国，江山壮丽，人民豪迈，前程远大。"

新时代为文艺繁荣提供了前所未有的题材，文艺家也以笔墨紧随时代的文化自觉跟进。

旷小津将一腔激情倾入笔端，铺烟云满纸，任豪气纵横，深入刻画祖国壮丽山河，让人为磅礴气势和雄奇壮美心潮澎湃，一种对祖国和时代的热爱与自豪从心底油然而生。

《巍巍太行》，满壁丈纸，群山绵延，气吞万里。画面大块黄色石骨凝重，山间云烟飘动，飞泉流泻，亦幻亦真。恍惚之间，你似被卷入画中，山顶疾风驰过，天地一片苍茫，犹如置身千军万马组成的铜墙铁壁。一股坚韧、刚强的意志冲击着你，包裹着你，让你久久难以平静。这样的雄阔，同样在《水墨太行山》激荡、在《东方魂》里奔涌。

"我爱大山，我爱时代，用山川写时代是我的感动，也是我心灵之情的冲突。"旷小津在创作札记里吐露心扉。

对祖国河山深邃、真挚、持久的情感，构成了旷小津山水画世界里强烈的时代情绪和时代审美——在他写意磅礴的每一处笔墨里，观者都可以感受到一种"像莽莽昆仑一样横空出世"的宏大气势。

这种审美情绪完全不同于传统山水画里的冲淡细腻与小情小景，展现出对祖国河山的无限赞美和挚爱、强烈的新时代文化自信、一种"舍我其谁"的气概，尽得一代画坛巨匠石涛所说的"气胜"两字精髓。

《青绿山水》《十八洞村之春》《东方春晓》里，山林苍翠蓊郁，淡黄屋宇掩映，洋溢着强劲生机，形象阐释"绿水青山就是金山银山"的时代审美价值，一种对新时代幸福人居美好向往的人文情怀，让观者获得心灵共振与精神升华。

在《美术》杂志社社长兼主编尚辉看来，这样一种"气壮山河、声势浩荡的宏阔境象，恰恰象征和隐喻着东方中华民族的伟大复兴和繁荣崛起"。

融贯南北得"真如"

"山，或巍峨壮阔，或壁立千仞，于高远雄强中凸显它的风骨和气魄；水，或上升为云，翻腾天际，或化作了烟，飘逸谷底，浓淡点染间跃动生命神韵。"

观旷小津笔下的山，既能感受到北方之雄奇，又能体味到南方之灵秀。中国传统绘画艺术理论中，明代书画家董其昌在其著作《画旨》

中提出"南北宗画论",认为北派画北山,重钩斫与着色,画风粗犷;南派画南山,用渲染,以淡雅画风见长。两种不同的山水,不同的作画理法,却在旷小津的笔下实现了"南北相融"。

旷小津祖籍湖南,生于天津。早年师从津派山水画大家白庚延先生,深得北方太行山水雄壮神髓,可称为一位标准的"北派"。他身上天生流淌湘人基因,敢于守正创新的气质,又符合典型的"南派"。在天津生活26年后,他回湖南工作,跟随湖南美术界代表性山水画大家曾晓浒先生习画,同时走进张家界的奇山异水。

巍巍太行,潇湘奇峰,地分南北,血脉神通。太行山脉的千山万壑中,蕴含着毛泽东等为代表的老一辈革命家领导八路军和太行儿女,用血与火铸就的太行精神。张家界山水闻名中外,因其独特性,被命名为张家界地貌。但其难画程度却让不少山水画家望而止步,甚至被美术界称为"哥德巴赫猜想"。

长年深入两地写生创作,旷小津不断感悟自然的崇高伟力与生命气象吐纳,心灵得到不间断提升和放大。在反复回环的"南来北往"中,他以"质"取"神",由"山我交融"到"山为我所化",笔墨透关斩关,融贯南北,运用之妙,得全在一心的真如之境。

立于画作《水墨张家界》前,眼前云烟奔涌,危峰高峻,松木劲挺,尽得张家界的"奇、险、雄、秀"的真意,壮美的潇湘诗意一览无余。特别值得一提的是,他与王金石、石纲联袂创作的大型山水画《张家界》,走进人民大会堂,在湖南厅长久陈列。

灵气得江山之助。评论家罗明标认为,旷小津的画"以太行精神为主体,以张家界风光镜像为代表,开中国山水画之文化新气象和审美崇高之新视野"。

湖南省文联党组书记、主席夏义生表示,"旷小津作品所洋溢出来的超拔、崇高、英雄、静穆的审美能量，映照的正是作者涤荡心胸、淬炼精神、涵养气度的人格写真与心灵回响"。

"化古求新，我自用我法"

"道在日新，艺亦须日新，新者生机也"。在山水画艺术创作中，旷小津一直践行徐悲鸿的名言，敢于打破传统窠臼，努力革新。

纵观中国传统山水画，大都依据山的竖势而构图，这几乎成了传统山水画的一种审美定式，但旷小津在构图上独树一帜，对传统的"三远法"创造性转化、创新性发展，以空中俯瞰的独特视角，取太行山、张家界"横势"特征，满幅布景，独留画上方一线天，气势纵横捭阖，将"生活的真实"和"艺术的真实"完美地统一。最为典型的是《巍巍太行》以及《日出东方·张家界》等，或大山亘连，开幅即见千里，或云涌全幅，峭峰直插天际，尤显雄奇险阔。

旷小津的另一个突破在对山水画皴法上的创造。面对如何用山水画的艺术语言，凸显张家界特殊砂岩峰林地貌特征这一难点，他融合传统披麻皴、折带皴、小斧劈皴等各种皴法，独创"石刻皴"法——用中锋笔线勾外形，再以偏锋勾皴，依山峰之势盘曲交错，如手持重剑，在石上恣意纵横，笔笔遒劲，入"石"三分，使"峰与皴合，皴自峰生"，苍松寓曲于直，笔势挺劲，似有一股力量由根到梢，山、树、叶凝为一体，更显自然雄奇流动多姿的生命气韵，可谓画胆惊人。

在色彩上，旷小津对黄、青、绿等大胆化用，让画面重章叠唱，光影、景深糅合。尤其是在《青绿山水》《武陵旭日》等画作中，群峰卓尔峭拔，色彩浓烈不娇，熠熠生辉。

如钱基博先生在《近百年湖南学风》里所说："湛深古学而能自辟蹊径……开一代之风气"，评论家们对旷小津这种"画从于心，由我而立"的开创精神尤为赞誉。

中国美协水彩艺委会原主任、湖南省美术家协会原主席黄铁山指出，旷小津努力创立自己的"我家我法"，形成了旷氏山水独特的图式特征，使他昂然自立于中国当代山水画坛。

大山之子　翱翔九天

现为国家一级美术师的旷小津，身兼湖南省文联副主席、湖南省美术家协会主席等多重身份。

在他身上，一半是北方汉子的粗犷，一半是南国游子的温润，真谓画如其人，人如其画。他作为一位学院派、组织者，名字里虽带一个"小"字，胸中却自有大格局、大气象、大手笔。多年来，他为推动湖南美术事业的发展付出无数心血，尤其是在组织湖南美术家深入生活、扎根人民，进行凸显时代发展的创作中作出突出贡献；他又是一位极富文人学者情怀的实践派、创作者，始终把自己当成一个"大山的孩子"，多年来笔耕不辍，长期坚持在山水画艺术上进行深度探索，执着追求"以时代之心写山川形相，以山川之象立时代之德"的艺术理想。

中国美术家协会主席、中央美术学院原院长范迪安认为，中国山水画源远流长，积累深厚。作为当代山水画家，如何传承和弘扬优秀的山水画传统，又走出自己的山水艺术表达道路，画出时代风貌？旷小津的这次展览很好地体现了他作为当代艺术名家的文化理想、艺术信念和不断探索的精神，把握了山水画艺术真谛。我们今天就是要站在新时代社会发展与文艺发展的新格局之中，来追求中国美术的高质量发展，追求美术走向更加宽阔的境界和更加精深的品质。

"笔非生活不神。"旷小津作品里的丘壑、笔墨都从真山真水中来，兼学自然与传统，而能以"我"化之——化为物我高度统一、空前雄迈纵恣、意境深远的山水艺术，让人观而壮之，这正是时代所需、所唤，无不启示有抱负、有追求的艺术家们，只有走出方寸斗室，深入祖国大好河山，"搜尽奇峰打草稿"，与大自然同呼吸，和人民共心跳，从时代的脉搏中感悟艺术的脉动，让笔墨紧随时代和画史变革创新的步伐，对自然美和艺术美进行深入的钻研，才能创作出有"真景、真情、真我"的高境界艺术精品和时代力作。

山水不言，丹青有声。旷小津的山水世界里，常有玄鸟翱翔于九天之上，有山羊顶风逆行于绝顶之巅。这或许是他对人与自然的一种深刻理解，是他一直孜孜以求的"天人合一"、自由独立创作之境。本次画展策展人、著名收藏家、当代艺术博物馆馆长谭国斌断言，旷小津的笔墨必将随着岁月的磨洗，更加老辣，有更大的气象。

"世事沧桑心事定，胸中海岳梦中飞。"

（原载《湖南日报》2023年9月8日第15版）

心中的桃花源

——写在"三月渡船坡"前

"新时代桃花源——张家界渡船坡·黄礼攸油画展"在张家界开幕，欣逢其时，恰临其境。展览与盛会呼应，风景与风景画叠加。

艺术家黄礼攸热心于对大自然的抒情写意，耕耘写实油画与写意油画领域，形成自己独特的风景画题材风格。十多年前，他明确了固定的写生去向，每年3月桃花季，都到渡船坡全程观察体验那里的花开花落。

渡船坡——张家界城郊澧水河畔一处不出名的山坡，奇石嶙峋，桃花满坡，几户人家，炊烟袅袅。因毗邻世界一流风景，人们的目光暂未关注这家园深处的美丽。十多年来，礼攸定期进住村里一家民宿，细细观察，默默创作，静心体悟，潜滋暗长对桃花的情感、对这方山水的理解，形成桃花与奇石结合的新风景画系列。

伴随着礼攸的创作，渡船坡的名气渐渐传开，游客也逐渐增多。3月，中央电视台新闻联播在《大美中国》栏目展示了渡船坡的桃花与山石，全国观众为这里桃之夭夭、灼灼其华而惊艳。

不少作家艺术家都有自己的生活基地。我熟悉的著名水彩画家陈坚先生，十几年始终没有放弃过对塔吉克族人民的体察和描绘。每年陈坚必然会数次登上新疆的帕米尔高原，不是去那里体验生活，而是去那里生活。帕米尔高原点燃了他的灵感，释放出澎湃的创造力。与此同时，陈坚的名字，也与塔吉克民族联系在了一起。

礼攸也是以这种更深入的自觉，长期沉浸与追踪渡船坡的桃花林。在观察中看深、看细、看透；在创作中倾注自己的感情，以作品触发观者共情。作品更有高度、更集中、也更典型。在这不知名的渡船坡，礼攸完成了桃花与奇石融合的畅想曲、抒情诗。

我对渡船坡的印象全都来自礼攸的作品。年复一年的积累，感觉其创作内容越来越丰富，手法越来越多样，形成自家的面貌，引起了同道的称许。范迪安先生评价他，"在长期以风景画为主题的创作和写生中，展现出学者型的人文关怀，作品呈现出蓬勃生活气息的同时，也折射出他对人与自然、东方与西方、传统与当代的深入思考和践行"。

在礼攸笔下，桃花万千朵，朵朵自婀娜。有坚实与柔美，黑色的桃树干像被锻造过，与石头完美结合，让桃花更显娇媚婉约；有瞬间与恒久，桃花此起彼伏、次第绽放与天地之长久、山石之永恒遥相呼应；有遥远与亲近，诗与远方是遥远的，画作却把美景带到观众面前，心花也如桃花开；更有古典与现代，中国艺术的写意精神与西方油画语言融合而成的"写意油画"，是一次成功的艺术创新。当代艺术创作当中，也有过类似的、关注桃花的画家与创作，但礼攸开辟了一个全新境界。

每一位中国人都有自己心中的桃花源，那是理想的现实，又是现实的理想，是难以抵达的诗和远方。幸运的是，礼攸梦想成真，在渡船坡巧遇人生与艺术的香格里拉。

"张家界地貌"是世界的唯一，秀水八百，奇峰三千，人间仙境，峰迷世界。但这里仍需要有、也不断有新的发现。黄礼攸、渡船坡以及"三月渡船坡"的油画展,就是一个新的发现,一则美好的故事。

行文至此,想起吴冠中先生当年在《湖南日报》发表的散文《养在深闺人未识——一颗失落的风景明珠》,渡船坡不是又一颗被艺术家发现的风景明珠吗?

(原载《新时代的桃花源·黄礼攸作品集》)

独行的风景画家

——走近肖育的艺术世界

2013年，夏天，蛰伏学院多年的肖育老师，陡然惊醒，来了一回说走就走的旅行，目的地是新疆的喀纳斯——中国版图上最遥远的地方，无论眼力目测或者脚力丈量。

2016年，中秋，我们对坐湖南工艺美术职院肖育工作室，听他漫谈写生路上的故事与细节：4次北疆行的叠加，两年时光，四季轮回，200多幅写生作品，3个昼夜赶路5000多千米的历险……

艺术家的行旅，大多与写生相伴，自古搜尽奇峰打底稿。肖育的写生有些特别，不是常见的那种，边走边画的采风，也不是多数那样，停留十天半月的深入。他画一个地方，要看熟、想透、画够一个地方，至少经历春夏秋冬的差异，在那个地方刻录下自己的艺术年轮。

都说喀纳斯美景如画，可我从来没有听说一个画家，会在零下40多摄氏度的野外，写生喀纳斯。那个冬天，肖育全副武装，羽绒背心、羽绒服、羽绒外套，厚重的包裹下，手都难抬起来。脚下，铺上皮垫隔寒。闯出车门，冷得彻骨，眉毛胡子上满是冰凌。一开笔，就是4个小时或6个小时，再难，也要现场完成这幅油画写生作品。

漫漫长夜，没有电视，没有电话，他把孤寂当作写生的延续，看自己的画，读当地的书，与牧民交流。思考山川原野的特征和蕴含其中的地域文化气质。

写生的强度和跨度，是这位学院派从没有过的体验。在天高地遥的异地，山脉是风景的基调，河流是风景的眼波，风是风景的歌唱，天空闪烁着风景的灵魂。他近距离观察到许多意料之外的植物、动物、景物，捕捉祖国边疆绽放的每一丝神秘笑容，也不止一次听见大自然有如神谕的教导。在那样的时刻，那一个景点，迸发灵感，激情四溢，画着画着，他觉得已经被世界遗忘，有时候，又觉得自己已经变为风景一部分。

他说："安静得可怕，是一种真实的体验。"有一天，画着画，听到身后有均匀的喘息，回过头，走来一匹威武的野马，"吓我一跳"。

这样的写生故事太多了，几个月坚守在草原上，有牧草肥美的春夏，也有牧歌悠扬的欢畅。更多是城市与原野的生活落差，是孤单、寂寞、想家。但痛点还不是这些，纠结于写生的进步、期待着创作的突破。有时候，面对自然与画布束手无策，常常怀疑自己不会画了。有时候，拨云见日，突破了既往。突破了，才会有达到一个小目标的快乐。

肖育是写生路上的独行侠。他谢绝团队写生邀请，也回避笔会似的应酬。他习惯一个人走自己的路。他觉得，那样，才不致被左右影响、被围观分心，不会因害怕当众出丑重复有把握的套路。那样，才能心无旁骛找到属于自己的风景，静静地，听到自己内心的声音。

肖育在创作上树立了自己的观念，那就是不给自己贴标签，不人为添加个人的符号，不早早地为了"面貌""风格"而终结自己的探索。生活是多么广阔，大自然像海洋，为什么要把自己框起来，而失去未知的种种可能呢？

确定了的，是他写生十年、写生中国的计划。那是他自己的小目标，是一定要实现的。几年来，除了云南和海南之行，每次出发，他总是向西、向西、向西。太行山的壁立千仞、黄土塬的高天厚土、北新疆的戈壁草场，祖国的笑容总在神秘地召唤着洞庭湖畔的肖育。曾经遥远的地方，变成越来越熟悉而亲切的第二故乡。

确定了的，是为艺术而艺术的梦想。从平原到高原苦旅，那是地理位置的移动，也是艺术追求的攀登。绝美的风景，多在奇险的山川；绝壮的音乐，多是悲凉的韵调；超拔的艺术，必然呈现生命的光华。肖育的油画风景，就这样渐渐变了，高远、深远、平远的中国传统，光影对比、色彩组合的西画路径，风景的写意性、笔触的书法性等个性偏好，在大量写生中心领神会，融会贯通。目之所及，笔之所至，心之所向。几度春秋，他笔下的风景，题材更典型，画面更干净，层次更丰富，情感更微妙，在宁静和纯粹之间，在简约和丰富之间，在自然和艺术之间，渐进，升华。

肖育的三大间画室，挤满各种规格、各个系列的写生作品。白得耀眼没有一丁点杂质的雪，那是喀纳斯厚达两米的雪；蓝得湛蓝，看得见深海和海底的海，那是海南岛东线的海；黄得柔和，装满信天游的黄，那是陕北的"怀斯黄"。恍惚间，我们好像走近了天边的世界，听到原野上吹来的飒飒秋风。

（原载《湖南日报》2016年9月30日第21版）

学院门外自成才

——画里画外说一墨

史一墨是学院门外的青年画家。没有系统的科班训练，也没有耀眼的学院光环。这不影响他自学成才。短短几年，通过画展、画册、画廊传播，一个新人的名字和作品开始被认可，他独特的画风也越来越被画界关注。

其实，古代的画家哪一位不是自学成才的？那时候，没有美术学院，自然也没有统一教材，没有外语统考，谁也拿不到毕业文凭。当然，更没有专业的画室。幸运的，能撞上一位师傅而已，"师傅领进门，修行靠自身"。

想一想，有专门训练当然幸运，科班名头确有敲门的实效。但做个自由画家有什么不好？想画就画，想玩就玩，到湖边垂钓，进山里参禅，云游四海，遍访名师，也是一件赏心快事。更痛快的，不必时时温习大师遗留的戒律陈规，也没有同学之间的同业竞争，我笔随我意，我手写我心。

如今，出自著名美院的高材生比比皆是，野路子反倒成了凤毛麟角。家乡的前辈画家黄永玉不就是这样闯荡出来的？如今，大师说不出他的大学，而大学都以高攀大师为荣，家乡凤凰，小学肄业的黄永玉成了名人。史一墨没有同大师攀比，但几乎走的同样的路数。他凭着自己的悟性与灵笔，凭与众不同的野性——既有朴实的本真，兼有倔强的坚定，从南洞庭的湖岸出发，走到益阳、长沙，走向广州、深圳、北京。无论外面的世界精彩还是无奈，他的兴趣和欢乐，还在水墨之间，寂寞并快乐着。

那是他从小就喜欢的游戏——画人、画物、画景，随手拈来，起手不难。乡村人物最是他的拿手好戏。他从眼睛开笔，然后五官、身躯、四肢。有了眼神，人物就活了，再加上粗壮的劳动的大手，深刻的皱纹，被湖风吹老的乡村父老，久久刻在你记忆的石壁上。

一墨的野路子不仅仅区隔了同质化的线条、色彩、构图与趣味。因为他更多在人民中，底层的喜怒哀乐，生活的意料之外，丰富了他的题材，造就其特殊气质。泥土的气息、地方的色彩、父老乡亲的情感，生活的真实升华为艺术的真实，扑面而来，挥之不去，浓得化不开。

一墨并没有满足这些独特的本钱，他还有自己的想法。不排斥市场，但内心固守自己的追求。向往学院，也清楚自己的优势。

曾经习惯在大幅面挥洒，如今刻意经营尺幅之间的细微与精妙。这本画册收集的扇面画是他的新作，也是他新的尝试。在传统的格式中，兼容文野，从尺幅的空间，突破局限——思接千载，胸怀洞庭。扇面画的特殊性掌握纯熟之后，精神、气韵、造诣、趣味、意境就是更有价值的因素。看一看，扇几扇，物微意不浅，感动一沉吟。

（原载《湖南日报》2013年3月5日）

看，那色彩缤纷

——读蔡皋的画

南方的原野刚刚开始冰雪消融，蔡皋先生启程，为北国送来一个新春。

鲜花烂漫，鸟雀争鸣，溪水潺潺。那是活灵活现的童话，是大红大紫的民谣，是不曾远去的梦幻，是复杂中让人向往的单纯。

单纯的明丽，单纯的爽朗，单纯的和谐，单纯的热烈，单纯得都几乎认不出眼睛鼻子的蔡氏混沌。说她时尚，找不出媚俗的艳丽；说她传统，敢于让水粉、水墨、油彩加入画面的交响；从架构到细部，是不可增也不可减的恰当；从厚重到散淡，是驾轻就熟的经营。独创在艺术的交叉地带开花，绽放出这样的色彩：黄得响亮、红得热辣、黑得深沉。

是的，先生钟情于黑色。大块面连贯始终的黑，像泥那样黝黑，像精煤那样亮黑。这是一切颜色的颜色，是简约内敛中的热情，是孕育着美好的一种精神。在这纯黑的底色上，画家展开女性的抒情。先生理解灰色和黑色，凝重而丰富，是民间生活的基调，呈现出和平与谦让、含蓄和深沉。她说，生活本质上就是这样的基调，一切高昂明艳都是从这灰黑的调子里生出来。

这种独见，源自先生对平凡世界的生命体验。湖南第一师范毕业以来，她曾当过乡村女教师、文化馆干部、出版社编辑，会种菜、养花、手工、诗词、歌赋，散文写得"春水""繁星"般优雅。自足而生自信，无私也就坦诚；价值无需交换，格调不必证明。大自然和民间两位老师，教导她乐观、积极、对生活的欲望与肯定。

先生所期望的精神与理想的色彩，从每一个画面折射出来，安抚人心。早年的童书插图，近年的单幅作品，都表达着这种诉求：膜拜生命。人不应该自以为是、高高在上，而应当姊妹般善待花草树木、走兽飞禽，与一切友善的生灵和谐相处，平等相依。

几年前，我路过美术社院子，看见她弓着腰移栽爬山虎，如今，几栋青水砖构筑的灰黑色建筑墙面，已爬满生机盎然的青藤绿叶。

智慧与信心穿透微微苦涩的黑，开掘出温暖，衬托出靓丽，洞开了光明，正如《桃花源的故事》，落英缤纷………

那安详而幸福的山水

——读阮国新的新国画

很久没有遇见国新先生和他的新作。近日，偶尔走进他的小型山水画展，顷刻间被那片迷人的高山流水吸引，深深地被一种安详而幸福的情绪包围。

是那久违而远去的云水襟怀。国新先生并不刻意追慕名川大山、险峰峻岭，画里也没有深幽玄妙，古树修竹。有的是白云深处的人家屋舍，水郭渔港的行舟归帆，山脊上的电信塔架，山路上的乡亲游客。如果没有亲临湘中、游历资水、沉醉于柘溪库区，您或许要猜测这方山水的出处与来历，作为同乡我可以见证，那是源于生活又高于生活的真实田园。青山那边是吾家，养在深闺的安化一代，因梅山文化、陶澍故园、茶马古道和新誉为黑金的茯砖……日渐成为湘中隆起的高地，人文的富矿，写生的佳境。天地悠悠，江水茫茫，青山隐隐。你迷恋传统，那就停下来渔樵耕读。你崇尚新潮，那就走进去户外野营。亘古的理想和时尚的追求，一起都被这纸上风景包容接纳。

是那全景而开阔的雄浑气象。望过去，散点透视的画面，俨然是一幅幅湘山湘水的长卷，但并没有挥霍真正长卷那样的篇幅。尺幅之间将视野展开，进而将观者的心胸展开。有的让人高山仰止，有的让人放眼俯瞰，有的让人豁然开朗。恰如宋代山水画大师郭熙对远山的概括。所谓"三远"——自山下而仰山巅谓之高远,自前山而窥后山谓之深远,自近山而望远山谓之平远。《早春》《春日融融》《春意盎然》都给人拥抱自热、贴近自然的感动,气势宏大,视觉高远,咫尺无尽,大地无垠。

最是那独特而纯美的南方意境。大片大片的藤黄,与水墨浓淡相宜,渲染出恰到妙处的色彩,真让你入迷而迷惑,生发许多联想:莫不是初春的鹅黄,将要渐渐变绿;或者是深秋的金黄,连接着一年的收成?画面上色彩融合是如此和谐而平衡,如此多变而恰当。笔墨轻松的点、线、面,黑、白、灰,皴、擦、泼,穿行于大块面的黄色之间,造就了全新的对立统一:黄与黑的冷暖过渡,黑与白的反差对照,色中有墨,墨中有色,突破了常见的色墨分明的常规,无边无线的色彩,暗合着大地上的无边无际,形成了富有表现价值的色彩冲击力。那些大面积而富有层次的浓、淡、干、湿,平润、清透、亮丽,犹如水彩画或水印木刻。特别值得注意的是画家对国画颜料藤黄的大胆运用,黄色,无论中外都有高贵、吉祥的寓意,从青绿山水到黄墨山水,可以称得上一次跳跃。而运用得笔精而色妙,精到而优雅,形成自己特有的色彩符号,简直可以誉为中国的"怀斯黄"。须知,能够创造独特而富于表现力的色彩组合,是稀有而接近天才的突进。

中国画的笔墨,曾经引起激烈的争论。有的说笔墨等于零,有的说笔墨重为本。我理解。从国画形式和语言角度,没有笔墨等于零;但从内容的工具与载体考量,只有笔墨也等于零。国新先生的笔墨,在继承传统的同时,尽力拉开与传统的距离,比如消解线的作用,而用面来代替;比如营造出墨与墨之间的白,计白当黑,反其道而行之;比如对于山峦与树木,特别是齐整的人工风景林,以现代的构成,创造出的短线与涨墨,直接为画面和情绪服务。尽管暂时还不能说完全定型为程式和规律，也不能用既有名称和手法来概括，可以视为他为新表现国画的又一独创。

朋友们熟悉的阮国新先生，忽然变得有些陌生了。这位艺术创作中的多面手，油画、国画、水彩、雕塑、书法，都有不薄的功力和不俗的佳作，数十年来他左冲右突、四面出击，原来是在苦苦追寻专属于自己的小路。如今，渐入佳境，找到了自己题材、语言、风格的方向。险远崎岖之地，往往有绝佳的风景。

大美湘中涵养着国新先生的诗人气质，那是含蓄灵动的艺术品格。画面上不见粗粝浮躁的烟火气息，笔墨间浸润着人间的温情。那些远山的沟沟壑壑中，藏着国新的乡恋与乡愁。那是含笑的牧歌，带泪的新梦。有什么香格里拉比这里更为安详幸福、更让我们心驰神往？

（原载《十月》2015年第1期）

冬天里的春天

——马淑阳花鸟画册序言

这么快就到了冬天，没有漫长的过渡，也没有明晰的边界。

南方冬天，缺点是湿冷，优点是乔木、灌木常绿。尽管如此，花花朵朵还是早见不到踪影，余下经霜后枫叶燃火，银杏流金，还有留鸟与候鸟们的鸣唱。

可惜雾霾来了，说来就来，原以为只是北方的特产，现在却要同呼吸共命运了。可叹的是，挥之不去，据网上让人半信半疑的传说，这场雾要几十年才能散去。郁闷。

天色和心情都浓雾茫茫的时候，马大姐送来了她的新作。

马大姐是机关几十年的同事了，大家都知道她有文艺细胞，书法坚持了十几年，隶书功力日见其长。前几年春节上门慰问，第一次看见她习字之余，开始习画。

没想到这次她送来的是一本个人画册，没想到封面是霍春阳大师的题词，没想到画面上，传统的梅兰竹菊法度严整，而时新的牡丹、青莲、紫藤也摇曳多姿。

那是一个春天：是春天生机勃勃的气息，是春天五彩斑斓的颜色，是春天那样明媚而繁茂的心情。

花鸟画有其特定的程式与标准，就像传统戏曲。讲究章法、笔法、墨法、设色法、点染法、烘晕法、树石法、苔衬法。八法之外，追求知天、知地、知人、知物。其实要诀指向很明确，韵致丰采，自然生动。

马大姐的花鸟画就是走的这条路，一是尊重传统，讲究法度，起承转合，一笔不苟。二是兼容了自我的情感，有自然之花，还有心中之花。三是注意用书法锤炼自己的艺术。当然如果融入更多的时代审美特性，更加注重构成上的图式语言，更加强调整体与单纯，花花草草，会更加悦目。

中国画又是较为普及的艺术形式，看得顺眼，看着喜欢，看了长精神，别的都不那么重要了。看马大姐的这些画，就有这样的感受。是啊，一个退休的人，还会那么在乎名与利，在乎别人的责与赞吗？

想到哪里，画到哪里；想画什么，就画什么；想怎么画，就怎么画。这点小小的地盘，是自己的园林，也是生命的后花园。

马大姐说，3年多退休时光，也不一定全是闲暇、休闲。每周侍奉老母一天，照顾孙儿两天。余下的，才是自己的，才是艺术的。

生命的意义，有时候是长度，有时候是宽度，有时候又是深度。这些维度难以用数字计量，却是看得见的超拔与逾越。

一位民国名人说，能够阅读，能够绘画，这就足够了。从马大姐的笑脸中，我们读到幸福和满足。

春天有时候遥隔季节的长路，有时推开窗就是鸟语花香。

（画册已公开出版）

笔工意切写洞庭

——看赵溅球画展"洞庭寻梦"

走进赵溅球先生画展,扑面而来是磅礴大气和自然真意。魂萦梦绕的家乡山水,如此亲近,历历在目,仿佛听见水波的流响、苇荻的拔节、船上的渔歌……

这是宏大辽阔的洞庭组歌,全景式、立体化、多方位的湖乡写真。巨大的尺幅,加上丰富的内容,无论俯瞰与仰望、平视与侧望,视域空间都超出广角镜头的高远、阔宽,绝不是我们熟悉了的湖湾一角、轻舟晚唱,截取画面的一角,都可以独立成篇,三千重风,八百里浪,在中国美术馆的展览大厅回荡。

这又是细腻与繁复的故土抒情,一窗一户一砖一瓦一船一帆一沟一壑,一根根芦苇及其细密的花蕊,一簇簇豆荚和那饱满欲裂的果粒,其形其状其质其态,毫不含糊地刻画,决无取巧地敷衍,展出来的大作,一幅画就要整整一个月的工夫,更有三个月的慢活。

淡雅、拙朴是组画的主调,当画家坚定地放置色彩的渲染烘托手段之后,必然有替代与超出着色的水准,靠造型之功,凭线条之力,借明暗之变,油画、版画、素描,种种可用之法,自然而然地汇集笔端,刻写于画上。观者往往起初不以为然,渐渐被吸引,被感染,仿佛就此走进了洞庭的青青原野、湖边的古旧深巷。

宏大与细腻，抽象与具体，山水与人物，快与慢、干与湿、浓与淡、俯与仰，就这样构成了洞庭湖的时代风情画。

溅球先生的创作，大多是以写生为基础的，画里的背景曾经是我生活过的地方，画里的风物，曾经是难忘而已经远去的故旧，在表面的冷静客观后面，潜藏着画家对洞庭家乡的挚爱与心疼。

我与溅球先生曾经同为益阳的文化干部，他创作道路上的几个阶段的作品都曾了然于心。比起来，今天，他在保留和深化自己艺术特点的同时，风格趋于稳健和成熟，语言日渐形成。以往在强烈、夸张背后的烟火急躁之气渐渐退去，冷静、安宁的情境，流出画外，流入观者的心灵。

因故无缘3月3日的隆重开幕，赶来北京看画时已是开展后的第7天。展厅里观众川流不停，有的久久驻足，有的反复流连，留言簿每天写下满满一册。听说专家研讨会更给予了不低的评价。溅球与夫人赶来与我会面，一如平常的谦谨，把这回展览视为专题创作与探索小结。作为同乡和老友，深为高兴，油生期待。

（原载《美术报》2012年4月7日第46版）

从大湖到大海

——读唐全心的水彩画

湖南水彩大省的画家群中，唐全心先生是一位独行侠。他总是行踪无定，情归自然，在山里、海上、湖边……几年前，曾在富丽堂皇的岳阳艺术中心，惊鸿一瞥他的洞庭湖组画。今年元旦，才第一次与画家握手。

这是珠海香洲的全心工作室。新鲜的阳光携海风掀开窗帘，墙上，十几幅刚刚完成的水彩新作，扑面而来：海港、海岛、海船，密如森林的桅杆，结集在出海与归航的间隙，蓄积着远征的冲动；长滩、蕉林、渔家，遥在天涯的渔村，尽显南疆风情，散逸着孤立与寂静。

陌生的风物、抽象的意味，流露着印象派的遗痕。扎实的造型、书法的笔意，融合着传统的基因。雾蒙蒙、湿漉漉、线条交织、色块错觉、变幻起伏的海景，让人直面海的力量，甚至感到海面的摇晃。

这已经不是画家熟稔于心、落笔成趣的洞庭湖景。海的世界，迷人而又陌生。海水，一层一层由浅而深，由绿变蓝。海船，一道一道斑驳的油漆，刻下时间的印痕更刻录着海风与海水的剥蚀。海岸，突兀坚岩、婀娜椰林、弯曲的长滩丰富着背景。透亮的天光穿过绵绵的云彩，组合出无穷的海空。当创作不再烦恼于大湖的单调宁静、不必苦寻每张画的个性和出跳的时候，新的挑战来了，面对海洋的博大、热闹、纷繁，必须苦思协调与融合、提炼与概括。

　　观念和题材就这样渐变，形式和语言从这里革新。品读唐全心先生的新作，发现保留了水彩的本体，又渗透国画的趣味。拿来丙烯的材料，又借助宣纸的渲染。巧用抽象的朦胧，又依据于写实的本真。怎么想就怎么画，怎么好就怎么画，创新的意外在海边萌动，从量到质，从偶然到必然。

　　唐全心先生是大湖的儿子，熟悉更认同水的性格——自由奔涌，任意翻腾，那是鱼跃于渊鸟飞于空的随性，那是船行湖海的浪漫豪放。海阔天空，无羁无绊。画面上，水的精气神就这样来自心和眼，流淌到纸和笔，对话许许多多无挂无碍的灵魂。

　　艺术的加法，往往伴着生活的减法。许多年来，唐全心先生几乎从熟悉他的视野消失。也许，熟人罕至的地方，远离了既定的程式和标准，反而寻找到绝佳的风景，属于创造的时间、空间和可以潇洒的天性。

　　从大湖到大海，是山高路远的跨越，也是寂寞陌生的移位。但，靠近海，意味着靠近世界。

（原载《珠江时报》2013年3月20日A8版）

绿已成荫雀登枝

——看莫高翔师生工笔花鸟展

端午之后,麓山之南,静静地开放了一片绝佳的风景:万紫千红的花花朵朵,千回百转的鸟语禽声。走近去,你会忘了喧嚣,忘了熙攘,忘了忐忑、纠结和郁闷。自然这么美,生活这么好,艺术这么动人。

这是一次与众不同的师生联展。2001 年前成立莫高翔工作室,2010 年已培养了 39 名花鸟专业研究生。绿已成荫雀登枝。今天,展览以 36 加 1 的组合,齐聚 37 个年龄段的作者,37 种人生背景,37 样花鸟题材,呈现 37 的风格汇。

《冬曲》是北国白雪叠加白棉的礼赞,《翡翠》是南方兰芷滴露的歌吟,《与谁同林》把工业文明和生态文明交织一体,绝不勉强。《家园》把笔触和抒情洒向故土的风物。恰如威廉·布莱克的感叹和抒情:

　　从一粒沙中窥探世界
　　在一朵野花里寻觅天堂
　　掌中握无限
　　刹那成永恒

不仅仅是题材对象的选择，表现了他们的生活背景与个体经验，更值得注意的是绘画语言展示了他们的时代特质。比如《电子植物》中工笔与水墨探索的结合，《漂浮》系列中对平面工笔的挑战，光影朦胧，如梦如幻。《夜幕》的卡通人物，《一花一世界》暗中发出亮光和金光的紫光，《轮回》飘散着宿命意味的红。技法、构图、色彩勾勒、勾填、没骨的传统的画法和笔墨有了拓印、喷绘、洗擦等新的流变。

画老的也画新的，在传统和创新中张扬自己的主张；画繁的也画简的，繁复，考验着艺术家的耐心，简练，呈现出一种高度和力量；画实的也画虚的，艺术的真实不拘泥枝枝叶叶的描摹，虚构的植物与抽象的工笔，流露了新一代的审美情趣与朝向。

如果试图概括他们的共同气质，我感到那是清丽与柔美，是含蓄与质朴，整体呈现与人类与自然的和谐时代气息。这既是特点也有不足。假设能加入些场面的雄阔与笔力的刚劲，加入些时间的深邃与哲思的遐想，加入些诗，那会是更为繁茂的森林。

专攻者乐。他们就这样认定了花鸟，哪怕已经画了几千年的题材，哪怕已经难以超越的标高。最工者愁。投身工笔，谈何容易。超越传统，谈何容易。那就从一花一叶一草一枝开始吧。选择了工笔，就意味着选择寂寞的艺术之路。一朵花开要孕育一季，一群候鸟要翘首一年。把它们艺术地还原到纸上，更需要时间和耐心。

莫高翔老师，是这片神秘原野上的向导。工笔作画，工整为人。他以自己的德馨，熏染着自己的弟子。他把自己的体会，无保留地传递给中国画的传人。朱训德主席评价说，他是湖南工笔花鸟的领军人物之一。而学院式的训练和数字化的环境，无疑让他们加速成长，一群新人的成长，无疑为湖南工笔大省积蓄着后备的力量。

喜欢花鸟，是因为我们几乎失去了花鸟。赞美工笔，是因为对于自然的忠实和对于创作的专心。看看这个展览，体味到两种我们久违的事物。

心在青山那一边

——读姜坤郑小娟的画

青山，是视野的屏障，想象展开的地方。那遥远而神秘的地方，到底深藏着怎样的景致和人物？

姜坤和郑小娟的画，为我们展开了青山那边的长卷。那是苗家、土家、侗家、瑶家的诗意生活——劳动、爱情、歌舞，原生态山翠水碧的梦幻境界，早已远去的民间故事和神话传说，是我们城里人诗赞歌咏而不得的香格里拉。

真有这样的地方和这样的人物吗？真有！画家伉俪从年轻时在山里插队落户，到后来无数次地进山出山，三十多年与那里的土地和人民生息相通、情思不断。每一人物、每一场景，甚至微妙的情绪，都可找到依据和线索。不是居高临下的打量和同情，不是猎奇式的观光和采风，更不是凭空臆造的想象和杜撰。再现山寨，无论现实与浪漫，总是用心而有情。

那是艺术的真实：传统笔墨中的现代意识，宏大场景中的精微细腻，简练明白中的内涵与韵致。

郑小娟的工笔是这样。画面整体的装饰性是流动的，充盈着时代的青春气息。《晒辣椒》，最易勾勒出一种湘情，朴实而专注的瑶家少妇、甜睡的稚童、热辣鲜红的果实，渲染出蕴含在内心的多少热情。《山雀》的动感与流变，仿佛人人置身春风的荡漾之中。《笛声》《油菜花》《高高的石头墙》，场景在春天定格，侗家、瑶家儿女满面春风。谁不爱春风，谁不被春风陶醉？

姜坤的写意也这样。画家的主要意象：青山、吊脚楼、侗家和苗家的美女。这样，不拘小节反而凸显主题，让视觉聚焦在最有价值的地方。相应的，技法也在逐渐提纯，无需更多细节或者更多色彩，肯定的手法、厚重的笔墨生成油画般的力量感和特有的水墨个性。

一工一写，一刚一柔，一动一静，两位画家的创作相映成趣又相得益彰。如何把握其不同风格与共同的艺术价值？东山魁夷沉浸在中国南方的风景中这样感慨道："风景之美，不仅表现在其天地自然本身的优美上，还表现在居住在那里的民族的文化、历史以及精神上那种令人感到真正美的东西。"他强调，谈中国的风景美，一定要谈中国民族精神之美。确实，触摸到人的心灵和情感，对风景的感动就会更加深沉。

群居在湖南西部的土家族、苗族、瑶族、侗族，是湖南的主体少数民族，其民族文化是湖湘文化的组成部分，也是构成湖南独特精神个性和美丽风貌的重要因子。他们自由、自然、自在、自足的生活生产方式，不仅成为今天都市人的向往，更留存着被现代性摧毁的许多地方已散失殆尽的传统文明。表现那里的风景和人文，带来的不仅仅是美景，还有追思与拷问。

姜坤郑小娟在北京中国美术馆的联展，题名"山外山"，那是一种自我位置的把握，一种艺术信心的标高，也是他们通过脚力可以抵达的地方。

心手合一的妙神韵

——读姜坤先生《长江溯源》

期待很久的长江源头终于揭开了神秘面纱，画作一页页展开，仿佛江山一道道扑来，视觉受到冲击，思想受到震撼，情绪受到感染，审美得到启迪……

在有限尺幅之间，展开了无限江源、磅礴大气；
在传统笔墨之上，迸发出时代风采、生命激情；
在相对时间之内，追求着历史无限、艺术永恒。
这是对长江源头和母亲河长江浪漫豪放的礼赞，
这是对中国山水画、对长江题材高难度的挑战！

让我们倾倒的是高原雪域的壮美神圣，
让我们惊奇的是大河之源的亘古蛮荒，
让我们忧心的是绿色环保的生态走向，
让我们温暖的是牧民和牛羊的安详自得，
让我们着迷的是画家心手如合一的妙笔神韵。

江有源，树有根，艺术和世间万物皆有因。

《长江溯源》获得成功，姜坤先生受到关注，乃至"姜坤现象"——评论关注，市场追捧，同行肯定，背后有故事有原因——是沉静，淡然应对甚嚣尘上的浮躁，是纯粹，超然排除各种各样的诱惑，是执着，十五年做一件事——长江颂歌，一辈子做一件事，艺术创造。

用长江纤夫一样姿态，像雪山圣徒那样虔诚。

研究的态度。为准确理解长江，他研读了几十种长江的历史、地理、生态、民俗、艺术著作。

写实的精神。为深刻体验长江，他多次冒着生命危险溯源而上，顺流而下，走向高原，走近牧民。

创新的勇气。为独特表现长江，他不仅仅重视题材的开掘，也追求表现的可能，从尺度到构图、从色彩到笔墨，山重水复，柳暗花明。

可以看到油画和水彩画的影子，可以读出散文和新民歌的风韵。

你看，"没骨人物"那精微数笔，衬托出天高地阔，交融着人与自然。如诗如歌的凝练，如史如哲的凝重。

姜坤先生曾经对一位著名的湘籍画家说，与其在大地上建造那么多的别墅，不如在艺术的天地建造自己的宫殿。

选择的智慧决定着人生和艺术的方向，选定的道路意味着人生和艺术的血汗，长江之源连接着莽莽昆仑。

段辉之"灰"

——读"真水无香"段辉艺术展

在我印象中，段辉先生是湖南水彩画家群体中个性鲜明的"这一个"，其强烈的特点就是画面时时处处流淌着"灰"的色调——时间上从始至今，空间上铺天盖地。

湖南省画院正在展出"真水无香——段辉艺术展"。其静物，婉约、含蓄，上升到生命的境界，蕴含哲理意义。其人物，游刃于虚实之间，传神于细微之处，显现浮华去尽后的艺术真意。其风景，清雅别致、意境高邈，给人宁静、悠远的人生体悟。

在绘画色系里，"灰"原本是一个过渡色彩，常常作为主色调的补充。单独用灰作为主色调进行创作是少见的，更是有难度的。段辉勇敢而智慧地挑战了这一艺术的"冻土"。当然，不是一味的灰，在需要色彩的时候，其他的暖色就会"赶"来烘托、对比。不是简单的灰，有的多达7次的覆盖，营造出层次的变化与灰的分量，又保有水性透明的质感。也不是通常的灰，那里沉积了他的个性、思考，一望而识的辨识度。难怪，黄铁山先生评价段辉是"艺术家中的艺术家！"

在这里，你不再觉得"灰"如陈见中那般沉闷、灰暗、带点"脏"，而是高级的、响亮的，灵动而深沉。

段辉之"灰"，妙在他善于将主色调的明度和纯度都控制在一个

"灰"度的区间，借此表现对象与心境的不确定关系，这需要有高超的技巧和敏锐的感受力。物象是确定的——山是山，屋是屋。但心境是波动和难以捉摸的。段辉感应到了这种不确定性，用丰富的变化，呈现出这种不确定性。他没有在具象和写实上做过多的停留，笔下的"灰"直抵情绪和意象深处。

段辉爱山。他认为，山水蕴藏世千万象，传承文化主脉。他对山有着深沉的敬畏和崇拜。这样的意象和心境可以是《大风景·冬》里雪峰山扑面而来的浑莽险峻；可以是《纸面·刻记》里一张薄纸折成山的历史沧桑和厚重，以及灰色山脊上那一点"高光"赋予的生命力；也可以是在秋天里，大山唤起内心的宁静之美；或者是新山水画里，于千年前宋画山水和现代丰富生活碰撞中，有了像山一样思考感悟。

枯荷，是段辉"灰"的世界的本源，他为之着迷。画荷，是他生命中最朴素的选择，也是他的一种生活境遇，他将其当作上天赐予的生活享受。简单的形体构图里，水的流动，光的晃动，灰的抒情，他全身心倾情于笔端，在水与色互相冲撞交触中，赋予了荷枯而不败的生命力量——在经历夏的盛放、秋的枯萎中完成生命形式的转化，依然顽强傲立于世，更衍生出新的生命意味。一荷一世界，凝结着他的生活态度和艺术情怀——在其中感受人生的快乐和创作的幸福。

如此这般的"高级灰"，并非信手拈来。四十余年心无旁骛地坚守、思考和上下求索，他寻找着传统水墨画与水彩画的互通性和契合点，对形的抽离，对水色的深悟，对意境的营造，都彰显在画面的悠远之中。在灰和黑白之间，在灰与多彩之间，在情与意之间，他将"灰"的度把握得不偏不倚，不急不躁，日渐将"灰"推到了一个新的高度。

（原载新湖南新闻客户端）

聆听阳光

——李水成水彩画印象

走进李水成先生画展，走进了花开的原野，走进了葱茏的山岭，走进了炫目的阳光地带。

明朗阳光、活泼阳光、温暖阳光，白云的罅隙，屋的山墙和树林的镂空，一片片，一缕缕，撒落、铺陈、碰撞、荡漾。

《夏日清风》是阳光系列的开头。1999年仲夏，画家第一次捕捉到阳光。平常简单的一个巷道间，微风掀开枝叶的遮盖，斑驳的阳光倾泻而来，比照出更多的宁静和悠然。这也是画家的一次转折，从此，阳光走进了他的水彩画面。

《大理的阳光》，亮得耀眼炫目，有力度地牵动观者的视线。《农家菜地》，晨光拉长了篱笆墙的影子。《延村夕照》，留住了落日余晖下的村舍。《春漫南湖》，点燃了山林和小草绿色的火焰。《逛皇陵》更为出奇，阳光的碎金，同时闪烁在地面、墙面和人物的背面，仿佛一曲光的合奏。

《废墟上的阳光》是全开张的大幅鸿篇。幽暗苍凉的底色中，依稀可辨的是被文明的强盗毁灭了的圆明园残景，历史的伤痛和迷茫，沉重得透不过气来。好在幽暗中的阳光，大大强化了光的力量，让人醒悟而沉思。作品以其主题和艺术分量入选第十届全国美展。

阳光是个魔术大师，分分秒秒都移动变幻，追赶不上，固定不住。加上光临之处千差万别的吸收与反射，很不易于摹写、定格，更不利于水彩的表现。水成先生发现了其中的奥妙和规律，再不必机械地苦等光的恩赐，改变了"望天收"的被动。心中的太阳、纸上的光影，升华为智慧、想象和热情。光已不仅仅是画面的点缀，也是他的布局和结构，是流动着的造型的线条和色彩。

一个钟爱阳光的人，心空和视界自然充满阳光。循着光的指向，水成先生的彩笔延展到校园、家乡、远方。这就是与阳光系列同时展出的田园系列、高原卡纸系列、油菜花系列。有了光，才有了色彩，有了形状，有了万物。

油菜花是水彩画常见的对象。但在水成先生的笔下，大片的油菜花，演化成大面积色块，抽象为一个符号，没有一朵具象的花蕊，但熟悉农作物的湖湘人民，谁不说就是他们的油菜花？

家园是菜园、老街、湖州，是水田中的村落，是渡口的孤舟，是黄昏的倦鸟和归巢。不动声色的冷静中，蕴藉着多么绵长的深情。

卡纸上的高原、沙漠，雄浑壮阔，展示了宏大叙事的张力，让水彩拉开了惯常小情小景的距离。而肌理的真实细腻，巧得让人起疑，似乎用真正的沙粒堆砌而成。

头一回概览先生创作的全貌，数十件跨度20多年的代表作。老实说，我一开始的粗略浏览，扑面而来的是陌生感。难以抓住感觉，难于找准定位，既非似曾相识的风格，也无大同小异重复。进一步品味才体会到，这就是先生创作的个性和价值：题材对象的多样性、水彩语言的丰富性，多种手法对应多变内容。视觉的盛宴，出乎意料，让人流连。

这就是先生的艺术生活：行走在乡村和城市之间，专注在教学与创作之间，转换在素描与水彩之间，实验在油彩和水色之间，徘徊在写实与抽象之间，收放在宏阔与细微之间，传承在前贤与后学之间。

  教师节次日，先生画展开幕的第二天。展厅依然观众川流，水成先生和他的研究生还在现场切磋。独自在作品前徘徊，我聆听到色彩间阳光的声响。

（原载《湖南师范大学报》）

中国风，青春梦

——试读莲羊漫画

一个偶然的机缘，在网上翻开了莲羊的漫画《龙生九子》：日出东方，云蒸霞蔚，莲花童子，祥瑞归来。场景宏阔而勾画细密，内蕴多样而层次渺远，吉光升腾中传播出和美气息。

画面把我带入早已远去的童年——那个阅读贫乏而想象滋长的时段，种种奇思幻想过的画面这一瞬间复活定格。只是莲羊笔下的漫画世界，更真更奇，流淌着诗意、凝聚着神性。在信息泛滥、审美疲劳、情绪沮丧的时刻，这些灵仙和宝物真让人喜出望外，欣悦怡然。

入选今年全国美展的《四灵》，以麟、凤、龟、龙四灵，附荷花、腊梅、菊花、玉兰四美，配四首禅意盎然的俳句。画随心变，心随画动。可以视为阶段性代表作。《岁华寻梦》还收录了作者新作的四个系列，《奇缘》、《龙战》、《神水记》、《龙生九子》，这一组古典的童话和当代的寓言，是莲羊的艺术进行时，也较为全貌地展示出一位自成一格的漫画新锐：观念在民族和世界之间，风格在现实和浪漫之间，立场在传统和新潮之间，技法在夸张与工稳之间，尺幅在有限与无限之间。

浓郁深厚的中国风，是莲羊鲜明强烈的艺术追求。所谓民族的才是世界的，不仅是一个概念，需要作家和作品、风格和流派来证明。

当日本动漫日甚一日潮袭亚洲，一些作者和读者趋之若鹜，市场取向如此诱人。莲羊的选择和探索就尤为珍贵。

画中的人物、动物、景物，大多依傍中华传统文化特别是神异文化深度开掘，中国元素从服饰到背景，从情节和细节上渗透出来。不仅如此，笔下的人、物——绝非一望而知或似曾相识的类型化、扁平化漫画符号——祥龙、灵龟、仙姑、神童……有血有肉，有泪有笑，小小的得意，淡淡的忧伤，个个飘逸着东方的智慧，优雅，机敏，情感充沛，灵光乍现。

莲羊作品耐读，还来自艺术品格上稀有的"古典的耐心"。作者总是用工笔的态度精工细作。为了画中的人物真实和传神，让情感透过动作和表情流露出来，每创作一幅作品都有手绘的素描底稿，有时还要启用模特来写生造型。起初，在网上读到莲羊的作品，觉得那种大气磅礴来自鸿篇巨制，看到原作，才知是尺幅之间的巧妙安排。这种不可限量的气度，让习惯日常的尺度比例、习惯了中国画规矩程式的眼睛，豁然一亮。色彩也是莲羊个性鲜明的语言，既保留了传统喜庆艳丽的氛围，又有自己的选择和主张，一种和谐新颖的色彩组合。

富于挑战的是，莲羊要表达什么，更多的时候你只能猜——用智慧和文化来破译寓言似隐喻。即便画面的一片云彩，是晚霞还是朝霞，未有定准。有的图还配有释文，却用典稀闻少见，名词难以辨读。众多热心的粉丝包括我，绞尽脑汁，往往离题甚远。好在这种智力竞猜更添加了作品的神秘，好在作者认可一千个读者一千个哈姆雷特式的解读。

中国动画追赶世界的狂飙突进，为新一代美术人提供广阔的空间。莲羊是"80后"学院派漫画的一个代表，视界辽远，根底扎实，天赋才情，更让人钦佩的是非同一般的艰苦投入。听说，工余的莲羊，很少潇洒在茶庄酒席,更多独自在案头挥洒,一幅作品往往耗费 20 至 40 个工作时,毫无机巧地垒筑自己的艺术大厦。我曾经接触过一些成长中的动漫新人,发现他们和莲羊一样,思考的深度、探索的力度、前行的进度,尤其是他们所坚守的民族信念和原创精神,远远超出了我们原有的陈见和偏见。这一代有时间,有空间,有梦想,有激情,一定有未来。

湖湘书法的历史脉络与文化坐标

——《湖湘书法经典》总序

万古之风,千年之雅,百年之颂。

放眼中华一万年文化史、五千多年文明史,湖湘文化以其悠久深厚的积淀、日新又新的活力,成为独具特色的地域文化板块,是中华文化的重要组成部分。

万古之风,是指湖南历史源远流长,史前文明光辉灿烂。道县玉蟾岩出土的"万年稻种",标志着人类从渔猎时代走向农耕时代;澧县城头山发现最完整的古城遗址,被誉为"中国最早的城市";里耶古城、长沙马王堆、洪江高庙、宁乡炭河里等遗址遗迹以及鹿原陂炎帝陵、九嶷山舜帝陵等人文始祖陵寝所在之地,经万年风雨洗礼和文明化育,无不彰显湖南悠久历史与厚重文脉。

千年之雅,是指自宋代以来,中华文化重心南移,理学在湖南勃兴,湖湘文化开始走向中心,卓然崛起。以岳麓书院、石鼓书院为代表的书院文化兴盛,湖湘大地千年弦歌不绝;以周敦颐、胡宏、王夫之、魏源、曾国藩、郭嵩焘、谭嗣同、王闿运等为代表的名家辈出,湖南保持着文化重镇的地位和其命维新的气象。

百年之颂,是指中国共产党成立一百年来,湖南走出了以毛泽东、刘少奇、任弼时、彭德怀、贺龙、罗荣桓等为代表的一大批共产党人,是老一辈无产阶级革命家最为集中的省份,谱写了"寸土千滴红军血,一步一尊英雄躯"的慷慨壮歌,成就了"十步之内,必有芳草"的英雄奇观。

"湖南之为邦,北枕大江,南薄五岭,西接黔蜀,群苗所萃,盖亦山国荒僻之亚。"独特的地理环境孕育了湖南人民勤劳、质朴、勇敢、倔强的个性品格,造就了吃得苦、霸得蛮、扎硬寨、打硬仗的湘人精神,培育了"罔不有独立自由之思想,有坚强不磨之志节"的勇毅气质。在此独特文化传统和精神气质濡染浸润下,湖湘书法的兴起与繁荣就不难理解了。

其一,湖南出土的简牍帛书、遗存的金石铭刻,蔚为大观。湖南是我国出土简帛数量最多、时代序列最清晰完整、内容最为丰富的省份,从楚国简帛到马王堆帛书,从里耶秦简到东牌楼汉简,再到走马楼吴简、郴州晋简等,其字体形式可谓篆、隶、楷、草诸体兼备,书风面貌则厚重质朴、奇诡恣肆,丰富多变,不一而足。湖湘简帛鲜活的书写墨迹、完备的字体形式、多样的书写风格为后世研究字体嬗变、书风转换提供了大量的资料,具有重要的史料价值和艺术价值。

简牍帛书之外,名碑名刻亦是层出不穷。永州浯溪碑林享有"南国摩崖第一家"的美誉,其核心代表《大唐中兴颂》整肃威严、真力弥满,实乃颜鲁公平生得意之作;挺立于岳麓书院的《麓山寺碑》为李邕碑铭之最精美者,其书风气势雄健、浑厚敦实,开行书入碑之先河,对后世影响深远;耒阳《谷朗碑》是吴国时期留存的唯一一件隶书碑刻,其书风俊逸质朴,具有很高的研究价值。

其二,湖南书法名家辈出,代不乏人。欧阳询"以正书为翰墨之冠",被奉为百代之楷模;怀素以"观夏云之多奇峰"而顿悟草书之道,其草法入圣,精艺无敌,堪当独步。特别是近代以来,随着湖湘人才群体的崛起，湖南书法大家云集，从何绍基到"中兴名臣"曾国藩、左宗棠、胡林翼、彭玉麟，从黄自元、曾熙、谭延闿到齐白石，或以书传世，或以人传书，可谓群星璀璨、各领风骚。

一批非湘籍而在湘为政传学的著名书家，如钱南园、吴大澂等，在三湘大地留下的墨迹，对湖湘书风流变的影响也是不可忽略的。

其三，湖南书家总是以敢为人先的精神、独步古今的气概开风气之先。与历代湖湘文化人物声息相通的，是湖湘书法名家强烈的文化自信、执着的创新自觉。在漫长的湖南书法史中，耸峙起一座座独立苍茫的书法艺术奇峰。无论是欧阳询楷书之"严整"、怀素草书之"狂放"、何绍基行书之"朴厚"、曾熙隶书之"俊逸"，还是齐白石篆书之"老辣"，皆有鲜明的个性、勇敢的突破。毛泽东主席"豪放浪漫"的磅礴书风，更把中国书法的时代审美提升到新的高峰。

湖南杰出的书法大家与精妙的传世之作构成了湖湘书法的历史脉络与文化坐标，积淀成宏富的湖湘书法宝库，放在整个中国书法通史里，都是不可绕过的篇章。但与闻名遐迩、影响日隆的湖湘学术思想相比，湖湘书法的价值却远未引起足够的重视，也远未赢得应有的声名。

基于这样的使命，湖南美术出版社偕湖南书法研究专家共襄盛举，编纂了这套《湖湘书法经典》。全书共十卷，包括《激扬文字——毛泽东》《醉里真如——怀素》《武库矛戟——欧阳询》《朗姿玉畅——何绍基》《大匠之门——齐白石》《文武湘军——曾国藩、左宗棠、胡林翼、彭玉麟》《融汇方圆——曾熙、谭延闿》《刚柔相济——铭文帛书》《千年流韵——简牍》《潇湘镌云——石刻》。本丛书所遴选作品，标准是慎重而严格的，皆古往今来湖南书法艺术史上的经典之作，不少墨迹拓片均极为鲜见甚或是首次面世。这些作品兼具历史的代表性、流传的广泛性、审美的典范性和地域的独特性，从而使该丛书成为湖南书法经典编撰与出版的集大成之作。

命名"书法经典"，明确表达了向湖湘书法经典致敬、向经典学习、让经典传承的意旨。编纂团队多为各卷专题领域的研究专家，全书力求通过对每一类经典、每一位书家的深入挖掘和细致梳理，作出既不失专业而又通俗、周详的解读，不仅向人们展示经典，而且力争回答何谓经典、何以成为经典、如何向经典学习等本质问题，帮助读者更好地把握经典的内涵与精髓。

叩问经典方可追本溯源，不忘本来方能走向未来。在强调文化自信、历史自信，开展中华文明探源工程的新时代大背景下，在强调守正创新，弘扬中华优秀传统文化的语境下，出版这套图书可谓恰逢其时。希望本书能唤起广大书家、爱好者的传承意识，师法湖湘先贤，更深入地领会经典作品的风神韵致和笔墨精髓，从而在传承的基础上化古出新，完成创造性转化、创新性发展。同时也借此引导新时代青年，让他们辨识何谓正大气象，何谓正脉书风，从而涵养文心，修身守正，共同营造风清气正的书法生态。

我们期待《湖湘书法经典》的出版，惠泽读者，有助于湖湘书风在新时代绽放新的神采。

（原载《湖南日报》2022年12月2日第14版）

天光与水波中的文化瑰宝

中国石刻，是中华数千年文明史中的瑰宝。一千多年来，湖南永州因水清石秀、风光旖旎，成为文人学士摩崖刻石的首选之地。历千年之累积，成摩崖石刻之大观，铸就了独特的潇湘文化奇观。

2021年9月，由湖南省委宣传部、中国国家博物馆、中国书法家协会主办的"摩崖上的中兴颂——永州摩崖石刻拓片展"在国家博物馆举行。

这是永州千年摩崖石刻第一次晋京大展。主办方精心遴选从唐至近代永州摩崖石刻拓片近60件，有久负盛名的《大唐中兴颂》《大宋中兴颂》《大明中兴颂》等重磅石刻拓片，也有怀素小草《千字文碑》与大草《千字文》石刻，苏轼《荔子碑》等书法石刻，文化价值极高。展览吸引了高校师生，书法爱好者闻讯而来，国庆期间一票难求，成为国博国庆档最受欢迎的展览之一，观展人数达到3万多人次。

这是永州千年摩崖石刻第一次全国性重要学术交流。全国各地历史学家、文物专家、书法艺术家，现场观摩交流，举办方收集了80多篇高质量学术论文，出版了《摩崖上的中兴颂——永州摩崖石刻拓片展展览丛书》《千年打卡记》等很有价值的学术成果，必将产生更多有思想价值的成果。

这是永州千年摩崖石刻最大力度、最大范围的一次传播。人民日报、新华社、中央电视台、光明日报、经济日报、中国日报等全国上百家媒体参与宣传推介，推出300多篇重点报道。央视《新闻直播间》、对展览以及永州摩崖石刻进行了重点报道。中国书法报等媒体作了系统专业解读，腾讯、抖音、微博等社交平台进行了全方位推介，腾讯微视频播放量达500多万次，微博话题"#永州之野有摩崖"阅读量达4510万次，抖音话题"#我秀美石美刻"播放量达1.7亿次，总阅读量2.5亿次，在一个月之内形成一阵新的永州文化之风！

展览提升了永州摩崖石刻的热度，直接带动了浯溪碑林等永州旅游景区的温度。国庆长假，永州市接待游客230万人次，同比增长7.39%；实现旅游综合收入18.8亿元，同比增长12.7%。游客和旅游收入增长率均列全省前三。

永州摩崖石刻为什么有如此魅力？在我看来，主要体现在它的特色和价值两个方面。

永州的摩崖石刻数量庞大，特色鲜明：

犹如一幅辉映于天地间的山水画卷。浯溪碑林为中国南方最大的露天碑林，与西安碑林、孔庙碑林、龙门石窟碑林、焦山碑林和药王山碑林，遥相呼应、各美其美。西安碑林藏有虞世南《孔子庙堂碑》、褚遂良《同州圣教序碑》、颜真卿《多宝塔碑》、怀素《千字文》、张旭《肚痛帖》、柳公权《玄秘塔碑》，孔庙碑林也有《乙瑛碑》《孔庙碑》《礼器碑》《张猛龙碑》等驰名中外的书法瑰宝。永州摩崖石刻景观群则以蕴藏于秀美的自然山水之间见长。比如，浯溪、朝阳岩、淡岩、阳华岩、拙岩、月陂亭、月岩等景区，都是濒临江河溪流，连绵点缀在数百里的潇水湘江两岸。摩崖石刻出没于永州之野的岩壁，沐浴日月天光，汲取大地的灵气、劳动的地气，充满了一种阳刚之美、质朴之美、野性之美。更为微妙的是，在旭日与夕阳辉映下、在朦胧的月光下、在波光的倒映下，与中国其他的石刻群聚集地产生对比，尤其是月岩，相互作用、更为神秘。近距离地去观摩、品味，给人一种气来、神来、情来的审美体验。那些见多识广的摩崖石刻专家、书法艺术家在永州之野与这些石刻作品一见之后，相见恨晚、惊为天人。

堪称一部石头上的文学史诗。永州的摩崖石刻内容丰富，有诗文，有题记，有榜书、画像等等。主题鲜明，形式多样，每一方摩崖石刻的背后都有一个故事，细细探究，回味无穷，文学性很强。更为难得的是，永州摩崖石刻的内容有体有系。比如，浯溪碑林的元结三铭系列（《浯溪铭》《峿台铭》《㾗庼铭》）、中兴颂主题系列（《大唐中兴颂》《大宋中兴颂》《大明中兴颂》）、中兴颂争鸣系列（张耒《读中兴颂》、李清照《浯溪中兴颂诗和张文潜》（二首）、黄庭坚《书摩崖碑后》《浯溪摩崖怀古》、范成大《书浯溪中兴碑后》），等等。有的还带着隐逸和禅意，比如，朝阳岩《渔翁》、拙岩《忘机处》板书，月岩《参悟道真》《乾坤别境》《鸿蒙一窍》榜书，朝阳岩《何须大树》《碧云深处》榜书，沉香寺《我心非石》、浯溪《问渔》《雩风沂浴》榜书，等等。还有许多记事，比如，朝阳岩《宣抚记并序》、上甘棠《步瀛桥记》、淡岩《澹岩题记》等等。

好比一座博大精深的露天书法博物馆。走到永州每一处相对集中的石刻群，都可以集中欣赏到许许多多的书法佳品。这些静卧在清新自然、葱绿掩映的山石上的飘逸文字，呈现着脉络清晰的中国古代书法发展史的完整链条，简直就是一座横亘于潇湘大地的书法博物馆。书体上，篆、隶、楷、行、草兼备；形制上，最大的榜书高达9米，最小的字径仅1厘米；品质上，不但有蔡邕、颜真卿、怀素、何绍基等书法宗师的杰作，而且"宋四家"中有苏东坡、黄庭坚、米芾三人书法真迹刻石于此；数量上，有 400 多位在中国古代书法史上有影响的书法家留迹于此。丰富的书法元素，令人目不暇接，让无数书法爱好者流连忘返、驻足不前。

恰似一块千古名流争相打卡的历史留言板。在永州的摩崖石刻中，留下了诸多历史名流的题刻。比如唐朝，文学家有"开中唐面目"的"五言长城"刘长卿，古文运动家皇甫湜，神童诗人郑谷，以及李谅、王邕等。书法家有楷圣颜真卿，草圣怀素，篆书大家瞿令问等。到宋朝，文学家有理学鼻祖周敦颐，"江西诗派"之首领黄庭坚，"永嘉四灵"首领徐照，"江湖派"之戴复古，"豪放派"词人张孝祥，"婉约派"词人秦少游，"田园诗派"范成大，理学家张栻、吴儆，爱国诗人陆游、文天祥。书法家有"宋四家"中的三人。到元朝，文学家有杨维桢、郝经、宋渤、姚苙。到明朝，有唐瑶、茅瑞徵、解缙、王昌、顾炎武、王夫之、张同敞、沈周、杨廉、顾璘等。到清朝，文学家有"神韵派"创始人王士祯，"浙派"的汤右曾、曹贞吉、蒋景祁，"摹古派"的许虬，"明诗派"的胡天游，"宋诗派"的阮元、程恩泽，"性灵派"的袁枚，"格调派"的朱琦，"太白派"的张九钺，书法家有何绍基、吴大澂，等等。这些都是历代文人墨客打卡永州、到此一游的历史见证。

仿佛一串价值连城的文化珠链。《中华人民共和国文物保护法》规定，不可移动文物按其价值可分为五级保护单位，即保护点、县级、市级、省级、国家级。全国重点文物保护单位自 1961 年开始公布，到 2019 年止共公布了八批，但第一批只公布了 180 处文物保护单位。永州最早公布为全国重点文物保护单位的是浯溪摩崖石刻，为 1988 年公布的第三批，这一批全国一共只公布了 258 处各种类型的文物保护单位，由此可见祁阳浯溪摩崖石刻在全国的地位。截至目前，在永州几十处摩崖石刻中，被公布为全国重点文物保护单位的有：祁阳浯溪摩崖石刻，零陵朝阳岩摩崖石刻、淡岩摩崖石刻，道县月岩摩崖石刻，江永月陂亭摩崖石刻，江华阳华岩摩崖石刻，宁远玉琯岩摩崖石刻七处。

湖南省省级文物保护单位自1956年开始公布到2019年止，共公布了十批。被公布为湖南省省级文物保护单位的永州摩崖石刻有：东安芦洪市九龙岩摩崖石刻、零陵拙岩摩崖石刻、道县含晖岩摩崖石刻、江永县观音岩（层岩）摩崖石刻、江永石枧摩崖造像石刻、江华寒亭暖谷摩崖石刻六处。

这些国家级和省级重点文物保护单位，如同一颗颗价值连城的珍珠，被潇湘二水及众多溪流串连成一条熠熠生辉的珠链，令人艳羡不已。

永州摩崖石刻的价值，更是难以估量：

从文化价值来看，在永州的摩崖石刻中，历代文学大家题刻最多。可谓诗派如云、大将如林，书贯中心。他们有的一人多碑，有的一碑多人，有的留有诗文但未刻石，有的刻石之碑被铲、被移动或文字剥落难辨。但每一方石刻，都有它独特的文化价值。据统计，浯溪现存石刻505方，诗刻在230方以上，占比46%；朝阳岩有石刻154方，诗刻80方，占比52%；拙岩存石刻32方，诗刻26方，占比81%。特别是宋代石刻地位极高，全国北宋诗刻344种，湖南有64种，这64种全部在永州。初步估计，文学主题占摩崖书写的一半以上，且呈现出历代诗文同处一崖的独特文化现象。

从艺术价值来看，永州摩崖石刻中最具代表性、对后人影响较大的书法作品，有摩崖《大唐中兴颂》《峿台铭》《书摩崖碑后》、碑刻《小草千字文》《荔子碑》等。特别是元结文、颜真卿书的《大唐中兴颂》，是颜真卿一生中唯一的摩崖石刻书法。此作一是较少见到颜书早期书法中的横轻竖重、蚕头燕尾的特点；二是颇多简体字，在"精严有法"的唐代，颜真卿此举不能不说是一种大胆革新的行为；三是别出心裁，在竖式书写中采用了从左至右的破常规写法。《大唐中兴颂》展现的是大唐气象，更是颜真卿作为一代忠烈的人格体现，可与"天地玄黄，宇宙洪荒"的浩然之气相通往来，乃文学表达与书法畅意的完美融合。元结撰文、瞿令问书写的《峿台铭》，是唐代篆书的代表作。篆书自秦以后逐渐式微，到唐代突兀出两座高峰，其一便是瞿令问（另一个是李阳冰），而这篇《峿台铭》就是瞿令问的杰出作品。他创造出篆书的一种新形态"悬针篆"，对后世影响很大，其结字上紧下松，线条刚健挺拔，美不胜收，被很多书法家当作字帖临习。《书摩崖碑后》是黄庭坚"人书俱老"的杰作，也极为珍贵。其用笔沉实老辣，线条古拙诘拗，长线短笔，揖让有序；结体取斜势，中宫紧凑，外围疏朗，是一种典型的"辐射式结构"，充满张力，突破了晋唐书法平稳方正、四面停匀的外形。其书法虽平和无意，但字紧行松，穿插得天衣无缝，通篇意趣自然，一任天机，显示出其晚年得心应手的绝妙境界。

从审美价值来看，首先是摩崖石刻的厚重美。比如，《大唐中兴颂》是颜真卿六十三岁时所书，实为颜体最成熟，颜氏生平最得意的唯一巨幅杰作，堪称颜氏翰墨之高峰。它流动而又刚健的运笔，秀丽而又圆润的点画，落落大方而又平整坚实的结构，形成质朴雄强的气势，有如一曲刚劲有力的正气之歌，令人百看不厌，余味无穷而又感慨万千！其次是摩崖石刻的多样美。永州摩崖石刻是珍贵的书法石刻宝库，这里藏有蔡邕、颜真卿、季康、袁滋、瞿令问、皇甫湜、怀素、苏东坡、黄庭坚、米芾、文天祥、范成大、何绍基、吴大澂等名家的手迹刻石。还有"三铭""三颂"等类比妙品。再者是摩崖石刻的气韵美。坐落在湘江之滨的浯溪和潇水之滨的朝阳岩、淡岩，周敦颐悟道的月岩，因其独特的地理位置和开拓渊源，导致历代名人纷至沓来，览胜留题，点石成金，以石刻的形式赋予自然景观以灵魂和生命。

从历史价值来看，在永州的摩崖石刻中，有一个特殊的群体，在国内十分罕见，那就是越南使者的石刻。由于地方志里没有记载，其他文献也极少提及，因此具有重要的历史价值。今所见浯溪碑林中越南朝贡使节诗刻，共五人五首，依年代先后为：乾隆三十一年（1766）阮辉莹的《题石镜诗》，嘉庆八年（1803）郑怀德的《无题诗》，嘉庆九年（1804）阮登第的《无题诗》，道光二十五年（1845）王有光的《无题诗》和光绪二年（1876）裴文禩的《无题诗》。这些对于研究历史上中国与东盟之间的交流具有重要的史料价值。宋代东安县令张大年在九龙岩摩刻一方"东安县令张大年奉帅檄平蒋寇就芦洪置司抚定乡民公事了暇同飞虎统军陈德刘载策马观九龙岩时淳祐二年"。这方石刻虽短，但是研究东安地方历史或永州地方历史的珍贵资料，正史不一定会有所记载或反映。

从旅游价值来看，永州是一座名副其实的国家历史文化名城。永州旅游开发要体现历史文化特色，摩崖石刻可谓是不可多得、弥足珍贵的良好载体。永州摩崖石刻大多依山傍水，风景秀丽，摩崖石刻、潇湘风光与笔墨情怀绝妙融合，其深厚的文化性、精美的艺术性、资源的稀缺性、与当地历史文化结合的紧密性，为旅游赋予了独特的文化内涵，可供成为发展旅游业的重要依托。如能对摩崖石刻旅游线路进行科学规划，对成线成片的石刻文化资源进行整合性开发利用，采取属地出资源、企业出资本、政府监管、民间运作的开发方式，共同打造具有较大空间跨度的永州石刻文化旅游品牌，定能实现良好的旅游价值。

习近平总书记强调:"让收藏在博物馆里的文物、陈列在广阔大地上的遗产、书写在古籍里的文字都活起来,让中华文明同世界各国人民创造的丰富多彩的文明一道,为人类提供正确的精神指引和强大的精神动力。"今天,站在中国国家博物馆和中国历史研究院的高大厚重平台上,我们的展览和研讨,就是践行习近平总书记关于激活传统经典文化遗存重要论述的有益探索,必将有力助推以摩崖石刻为代表的潇湘文化出圈破圈。

(原载《永州日报》2021年)

肆 一眼千年

山乡演新戏　人家尽欢颜

——赞花鼓戏《山那边人家》

早就听说花鼓戏《山那边人家》好评如潮，我一直充满期待。2022年7月31日晚，终于有机会，同来益阳采风的中国作家"天团"、益阳市和清溪村的干部群众，一起欣赏了这部大戏。演出中，笑声不断、掌声不断、喝彩不断。

我就成长在周立波小说中描述的山乡，是地地道道的"山那边人家"。看得更亲切，更高兴。剧中呈现出清新自然的山乡风貌、轻逸灵秀的民情民俗，还有活泼明快的花鼓特色，让人清风拂面、耳目一新。这是一部干净、优美、流畅，值得细细回味的好戏。在题材选择、剧本构思、表演艺术、音乐创作、舞美设计多方面创新出彩。

《山那边人家》在题材选择上独具慧眼，与书写新时代的山乡巨变遥相呼应。这是省花鼓戏保护传承中心和益阳市花鼓戏保护传承中心携手合作，首次把"文学家与当代经典文学作品"搬上戏剧舞台。这是一个颇具胆识的选择。事实证明，这一选择带来了独有的竞争优势。习近平总书记讲"生活就是人民，人民就是生活"。这部剧生动演绎了作家与人民、作家与生活、作家与作品的关系，也启示广大文艺工作者，要攀登新时代文艺高峰，只有像周立波那样深入地扎下根去，完全融入群众的生产生活，融入到群众的思想感情，才可能真正发现和书写新时代的"山乡巨变"。

编剧充分展示创作才华，在准确理解原作的基础上，巧妙引用、精彩化用、大胆创造，成功把文学搬上了舞台。巧妙借助戏剧舞台，打通了剧内剧外，让作家自己走进剧中，走进生活，走进人民，成为了戏中的一员，人民的一分子。剧中的周立波既有宏观的第三人称视角，又有微观的第一人称视角，既是一个记录者、观察者，更是一个创作者、参与者。这是对原作最大胆的设计，在意料之外，又在情理之中，让观众感受到了亲近感、新鲜感、穿越感。特别是青年学生请教立波先生的细节，问："她们为什么总是笑？"立波答曰："她们想笑！"再无多言，堪称神来之笔。我觉得作家和人民的关系处理得特别好，群戏很好，意境很好。虽然剧名不叫"山乡巨变"，但是观众都感受到了变化带来的快乐，看到了人民朴素的生活追求。值得称道的是，该剧虽然取材于周立波短篇小说《山那面人家》，但没有拘泥于原作，而是围绕一系列益阳题材作品做了一番筛选和综合，把一些有意思、有意义的情节和人物移进了戏剧之中。剧本像一部充满浓郁乡情的散文诗。同时，在诗意化的叙述中，让观众感受到了乡愁，也勾起了我自己有关家乡益阳的记忆。

演员们的表演特别动情、特别出彩。我不得不为周立波的扮演者、花鼓戏表演艺术家周回生叫好。塑造出了周立波作为知识分子的风度和智慧，作为人民作家的淳朴和谦逊的崭新形象，舞台表演神形兼备、拿捏得恰到好处，真正做到了不多一分，不少一分。演出结束后，周立波亲属后人、清溪村村民争相与回生老师合影，一些年纪大的乡亲们热泪盈眶，表示像极了周立波本人。青年演员张丹饰演的胡桂花，摒弃了以往辣妹子的符号化表达，表演有个性、接地气，体现了益阳新媳妇的美丽乖巧、清新活泼、善解人意与顾全大局。演员陈正春饰演的邓满爹、郭振威饰演的邓伏生、谢晓君饰演的何家姆妈、罗勇饰演的卜小伟等人物形象，都生动饱满，活灵活现地展现了新中国农民的生活面貌和精神气质，塑造了一个淳朴善良、真诚乐观的农村社会群像。

"韵味、好听"是这部花鼓戏的又一大特色。音乐创作用足了各种湖南花鼓调的曲式唱腔，自然贴切地展现了花鼓戏的艺术特点。全剧以"采莲船"为主题音乐，采用地道的花鼓戏曲牌和益阳民间小调相结合构成，还特别融入了地道的益阳方言和本地童谣，饱满丰沛、原汁原味。我在现场听着时而俏皮、时而婉转的花鼓唱段，仿佛听到禾苗拔节、茶子花开的声音，悠悠扬扬、自自然然地缭绕在耳畔，给人以深深的沉醉与美感。

相对于传统的花鼓戏剧舞台，这部剧的舞美现代感十足，实现了新的突破。该剧大胆引进新的舞台技术，把多场景、多时空的环境浓缩成一个写意空间的转台，使整个舞台灵动起来，紧凑起来，也更时尚起来。在尊重主题思想与选材内容的基础上，编剧、导演在紧锣密鼓之间，以轻松愉快的笔调，写一二小事，以浪漫抒情的手法，排三五场景。我最喜欢星空下的禾场上那一场戏。夏天的乡村夜晚，有星星，有蒲扇，凉风习习，闲话家常，童年的记忆就这样复活在舞台。或许可以说，整部剧就是用翠绿的竹林，用青青的禾苗，用月亮、流云，精心构建的一幅中国山水风情画。所有山里人家的物件错落有致，缓缓在舞台上舒展开来，构成如诗如画的舞台情景。让观众感觉到时代的特点，生活的气息，地方的味道。

《山那边人家》是近年来难得的一部具有传统戏剧情怀、又充满现代审美表达的优秀作品。它既能让颇有阅历的观众勾起往事乡愁，又能满足年轻观众的审美需求，觉得新意盎然。这是新时代花鼓戏发展的新成绩、新探索、新表达，对于湖南省花鼓戏创造性转化、创新性发展带来十分积极的现实意义。

十年磨一剑。好戏须经百遍改，演员要历千场磨。行笔至此，欣闻花鼓戏《山那边人家》全体剧组，即将赴天津参加第十三届中国艺术节展演，并全力角逐全国戏剧大奖。我为之喝彩、为之点赞，并抱以更大的期待！

（原载《光明日报》2022年10月12日第16版）

致敬百年的青春史诗

——《百年正青春》文艺晚会的艺术创新价值谈

作为湖南省首个庆祝中国共产党成立 100 周年重大活动，《百年正青春》文艺晚会气势磅礴、青春激荡、美轮美奂，充分体现了典礼性、人民性、时代性，超出了预期和想象，超过了同期许多作品，超越了湖南演艺曾经的高度，惊艳了现场观众、电视观众、全国观众。

看完《百年正青春》，我有一个强烈的感受，它是《大地颂歌》的姊妹篇。两部作品在时间上挨得很紧，都是重大题材，都是舞台艺术作品，都在梅溪湖大剧院演绎，都出自大体相同的主创班底，都是以湖南之事讲全国，都绽放卓越的艺术气质和水准，都产生了同样强烈的社会反响。如果打一个不太恰当的比喻，它们就像梅溪湖大剧院旁边矗立的双子座。也可以说是新时代湖南文艺践行习近平总书记关于文艺创作重要论述的创新成果，是湖南舞台艺术的两座高峰。而二者最突出的共同点，我认为，还在于对新时代舞台艺术作品创作革命性的突破，尤其在湖南的舞台上。两部作品都突破了舞台艺术的既定形制，不属于任何一个已有剧种，也很难用一个艺术门类去定义；突破了舞台作品的既定程式，没有常见的主持人，主角也不一定贯穿始终；突破了舞台表演的既定边界，不同艺术门类相互融合，艺术与科技相互赋能；突破了舞台主创的既定组合，电视导演、舞台导演强强联手，国字号、湘字号名家齐头并进。正是这种"不走寻常路"的突破,让两个作品散发出极不寻常的艺术调性,在近两年全国众多重大主题舞台艺术作品中脱颖而出。就《百年正青春》文艺晚会而言,我认为最有艺术创新价值之处集中在五个方面。

史诗之志——**宏大而独特的题材选择**。习近平总书记指出,中国不乏史诗般的实践,关键要有创作史诗的雄心。湖南作为伟人故里、将帅之乡,革命先辈灿若星辰,时代楷模熠熠生辉。湖湘大地史诗般实践为文艺创作提供了丰富的素材和滋养,赋予了文艺工作者书写史诗的风骨和血性。湖南文艺工作者勇立大志、敢担重任、力作频出。如果说,去年推出的《大地颂歌》是"用文艺的形式为新时代中国伟大实践留下了鲜明的印记",今年的《百年正青春》文艺晚会则是用文艺精品留下了一部致敬百年的青春史诗。题材选择上,构筑了史诗视野。从建党之初,说到十八洞村脱贫致富,说到"三高四新"战略奋力推进,前后贯穿100年,可用中国共产党简史来对照。既以湖南之事讲全国,又不完全拘泥于湖南的人和事,既全景展现中国共产党的百年辉煌,又巧妙凸显湖南篇章的担当作为。风格追求上,彰显了史诗品格。牢牢抓住"人""中国共产党人"这个最特别最生动的元素,以情动人,以小见大。这些人或卓越或普通,都饱含着共产党人精神高光、闪耀在百年奋斗的各个时刻,都可亲可学可敬。用一个个有血有肉的人来"代言"一群坚定的人、诠释一个伟大的党,这个人就有了全民族质感,晚会也就有了史诗的品格。这种品格也激励着史诗创作者们。半年筹备,百易其稿,千人登台。33段舞蹈,37个舞台场景,48段音乐,2862套服装,4000多件道具……这些数字,承载了每一位创作者的艺术雄心、匠心、初心。《百年正青春》的成功推出充分证明了湖南文艺界创作史诗的底气,无愧于向建党百年大庆献礼,无愧于湖南这片红色热土，无愧于文艺湘军的实力和品牌。

结构之变——精准而别致的叙事手法。对重大革命历史题材而言，线性表达是通用的叙事结构。《百年正青春》晚会力求在通用和巧用上找平衡，作出新的探索。大结构上，采用"4+2"叙事框架，由"开辟新天地""为了新中国""创造新生活""奋斗新时代"四个主篇章加序言、尾声组成，对应中央对历史阶段的划分。小结构上，篇章之间的过渡，不用主持人，而是四组当代优秀青年代表。通过他们向革命前辈"深情礼赞"，以完成穿越时空的接力和精神的传承，此乃晚会一重大创新，可谓神来之笔。它点明了历史牺牲的价值。这场晚会不是简单的历史再现，而是对革命牺牲的由衷致敬。舞台上，杨开慧、陈树湘、左权等湖湘儿女为了人民和信仰视死如归，"流尽最后一滴血"，他们没能看到革命成功这一天。生活在当下，安定幸福的年轻人用"跨越时空的对话"告慰先烈，感念他们当年的牺牲成就了今天的盛世。它表明了接续奋斗之决心。"深情礼赞"不是空洞的赞扬，而是与本篇章高度关联，礼赞人也是来自历史人物生活或工作地的奋斗者。比如，以"学长"称呼毛泽东的湖南第一师范师生代表，他们告诉"润之学长"，现在学弟学妹们继承他敢为人先的精神，接力完成他教书育人的梦想。"润之学长""郭永怀学长"，这样的称谓应该是第一次出现在舞台作品中，听来却格外亲切有力，这是在告诉先辈也告诉世界，中国共产党的革命事业已经传递到新一辈。

音乐之策——熟悉而新鲜的心灵之桥。2小时晚会，48段具有鲜明年代印记的乐曲如一座座桥梁，将历史和现实、演员和观众紧紧地联系起来，顺畅完成了过渡接转。全场听下来，深感主创对于"用什么乐曲，怎么用，用在哪儿"有着缜密的艺术策略。在"用什么"上，讲究熟悉又陌生，旋律一出即唤醒久违的记忆，但又不是那么的耳熟能详；在"怎么用"上，既尊重原作，又巧妙创新，很多老歌都唱出了新味道；在"用在哪儿"上，不一定是你认为的地方，但一定契合正在演绎的篇章。印象较深的，如《父老乡亲》，用在了十八洞村脱贫后，驻村第一书记与村民告别之时，歌词"我生在一个小山村""树高千尺也忘不了根"与此情此景特别契合，而以年轻女声合唱与当地苗歌的巧妙混搭更是让人耳目一新。比如芒果艺人串烧歌曲《学习雷锋好榜样》+《火车向着韶山跑》，《敬酒歌》+《在希望的田野上》等两两交叉融合，青春感十足，既实现了音乐叙事，又探索了新的审美范式。特别是《在希望的田野上》，突出演绎"我们的家乡"这句唱词，把意境从乡野向广袤的大地拓展，背景屏同步出现今昔对比的北京长安街、长沙火车站、深圳蛇口渔港等图片，典型的景色与悠扬的歌曲同飞，引发各地观众对家乡发展变化的自豪与共情。歌声即"心"声，这种熟悉的新鲜感成就了舞台内外、时光前后、观众与演员之间久违的共鸣和共情，也令一部党领导下的文艺史鲜活地跳到观众眼前。

演绎之美——惊艳而多样的舞台呈现。晚会将音乐剧、舞台剧、歌舞表演、诗歌和多媒体艺术融合一起，大剧里套了小剧，还有经典雕塑、美术作品的写意呈现，多种形式为我所用，创造了"没有模式的模式"，诠释了晚会界的"高级感"。具体来讲有三个方面让我印象颇深。一则是舞蹈之精。一改舞蹈长于抒情，拙于叙事的刻板印象，"秋收起义""南昌起义""血战湘江"等舞蹈深嵌主题主旨，独舞、群舞、双人舞，现代舞、芭蕾舞、民族舞、街舞，每一段舞都以最恰当的形制服务晚会内容。尤其杨开慧一幕，从母子生离死别的话剧，演到杨开慧英勇就义汇入革命先烈群像的主题朗诵，最后拓展成"蝶恋花"的主题舞剧，双人芭蕾舞+女子群舞唯美演绎，瞬间完成从革命现实主义到革命浪漫主义的升华，荡气回肠。二则是舞台之活。为了让躺在书本上的历史"活"过来，晚会在服化道上做足功夫，大到衣服款式，小到纽扣袖章，都严格依据史实进行定制。舞台背景巧妙穿插《启航》《井冈山会师》等10多幅名画，此处无声却道尽千言万语，给观众以新的艺术想象。舞台空间调度上，我对左权母子一幕记忆很深。先是部队绕道看望左权妈妈，再到牺牲的左权与苦苦思儿的母亲隔空相遇又分离，再到战士集合齐声高喊三声"娘"，再到母子听闻毛泽东宣读人民英雄纪念碑碑文的声音，两人回望并重逢纪念碑下。历史时空在方寸舞台间穿梭跳跃，呈现出动人心魄的艺术张力。三则是舞美之炫。突出体现在湘江战役一幕。剧情从地面激战演到了水下突围，晚会创新运用威亚、投影等技术，舞台从上至下被光影铺满，构建出3D效果的水下世界，观众从常规的平视或俯视变成了仰望。血红的湘江，不屈的忠魂给人震撼和长思，在已有的湘江战役艺术表现中创造了奇像。

青春之歌——浓烈而清新的时代气息。百年前，革命先烈李大钊便开始了"以青春之我，创建青春之家庭，青春之国家，青春之民族"的实践。百年来，中国共产党始终吸引着充满思想与活力的优秀青年，为新中国注入源源不断的青春活力和动力。晚会以"百年正青春"，既是标题亦是主题，从三个维度谱写青春之要义。剧中有青春之党。百年之间，多少共产党人在他们最风华正茂的时候奔赴使命，"28岁出场，29岁牺牲"，他们最青春的这一刻被定格在了舞台上。"为了新中国"篇章中，舞台上出现一张张年轻共产党人照片和无数铿锵有力的"我是中国共产党员"宣告，仿佛无数个前仆后继的身影，此等精神高光远远超过舞台本身的光亮，让我们感受到一股生生不息的青春力量迎面而来，谱写了一曲党之赞歌。剧中有青春之国。习近平总书记曾说："我们对于时间的理解，不是以十年、百年为计，而是以百年、千年为计。""创造新生活""奋斗新时代"两篇当中的雷锋、株洲电力机车厂工人、十八洞村驻村第一书记、山河智能挖掘机事业研究总院院长、神舟十二号航天员等，这些青春的形象又汇聚起了建设社会主义现代化强国的丰沛力量，奏响了一部国之颂歌。剧中有青春之你、我、他。历史故事中，28岁的毛泽东奔赴党的一大，22岁的雷锋把有限的生命投入到无限的为人民服务中。现实征程里，深情礼赞的20岁北大学生誓言"要把论文写在祖国大地上"，以年轻党员为主的湖南卫视导演团队把一个青春的百年大党立在了舞台上。用青春致敬青春，以青春示范青春，青春的主角既是你也有我。晚会无不散发着向上的、昂扬的气息，让革命人永远年轻，唱响了真情靓丽的青春之歌。

当然，《百年正青春》艺术创新成绩肯定还不止于此。而通过《大地颂歌》到《百年正青春》两部作品历练，我们还收获了很多。我们增强了文艺自信。以前在舞台艺术创作上不敢挑战、不敢突破，通过《大地颂歌》《百年正青春》两次挑战之后，我们信心陡增，对跨越边界的舞台艺术形式有了底气。我们坚定了文艺创新。湖南文艺新气象的背后就是人才和创新，大家说这台晚会都是创新，勇于克服固有观念，没有老套路，突破边界，超越想象，为未来的创作找到了方法和路径。我们凝聚了文艺力量。晚会汇集了全省的、全国的文化力量，在共同追求、共同主题、共同目标下，集中最优势的资源，凝聚最广泛的力量，实现最大化的效果。

（原载《文艺论坛》2021年第4期）

塑造新湖南的当代英雄

——话剧《今朝》创排工作思考

在我们满怀激情迈上第二个百年新征程的出发时刻，创作推出一部聚焦新时代新气象、反映湖湘儿女新风貌、彰显文艺湘军新作为的现实题材舞台艺术精品很有必要。创作话剧《今朝》正逢其时。经过前期努力，《今朝》创作已进入实操阶段。今晚再次与演艺集团和话剧院同志们研讨交流，统一思想、形成共识，推动剧目又好又快创排。

充分认识创排《今朝》的特殊意义

这是响应习近平总书记在中国文联十一大、中国作协十大开幕式上的讲话号召的实际行动。这次我和演艺集团几位同志一起参加了大会，现场聆听了总书记重要讲话。这篇讲话可以说是延安文艺座谈会后，关于文艺工作论述的第二座高峰，是新时代文艺工作的根本遵循。习近平总书记向文艺工作者发出了新时代的号令！党有所指，艺有所应，我们理应交出一份优秀的答卷。

这是一部迎接党的二十大胜利召开的献礼之作。习近平总书记指出，没有优秀作品，其他事情搞得再热闹、再花哨，那也只是表面文章。省委宣传部2021年就启动调度迎接党的二十大重大主题文艺创作，从100多个项目里筛选出10个重点项目，写入年度工作要点。演艺集团入选的项目就是话剧《今朝》。大家要充分认识《今朝》在今年创排的特别意义，高度重视起来、全情投入进来，以精彩的艺术呈现向党的二十大献礼。

这是演艺湘军的再次出发。2021年，庆祝建党百年，演艺集团力作丰硕，推出了《耿飚将军》《热血当歌》《高山之巅》等多部重头剧目，创作可谓从平原走向高原，赢得了三张湖南文化名片之一的"演艺湘军"名片。气可鼓而不可泄。今年，如果拿不出一部有分量的作品，就明显缺位了。经历了这些多部大剧大戏的锤炼，积累了这么多宝贵的创作经验智慧、工作体制机制，就得继续往前冲，继续走向高山之巅，不断有新的精品力作，来证明我们的实力、展示我们的追求、锻炼我们的队伍。

精准定位剧作主题

剧作的主题：今朝。源自毛主席的诗："数风流人物，还看今朝。"每个时代都要创造、歌颂自己时代的英雄人物。习近平总书记在岳麓书院指出："于斯为盛"既指这个地方——长沙、湖南、楚国，更指身处的这个时代——新时代。

总结党的100年历史，有四个历史阶段：新民主主义革命时期、社会主义革命和建设时期、改革开放和社会主义现代化建设新时期、中国特色社会主义新时代。《今朝》的时代标准，应该就是党的十八大以来的新时代，人物最辉煌最有价值的成就是在这个时候创造的。有些人物，非常具有代表性、典型性，但他们主要的生活轨迹和取得成就，不在新时代这个时间阶段里，选取作为新时代的典型人物就不合适。

新时代是新人辈出的时代，是英雄辈出的时代。《今朝》的英雄人物是谁？这个英雄不是帝王将相，当然也不是高官和大富。毛主席讲是人民，喜看稻菽千重浪，遍地英雄下夕烟。只有人民才是历史创造的动力，是人民创造历史。习近平总书记强调："对一切为中华民族伟大复兴奋斗的拼搏者、一切为人民牺牲奉献的英雄们给予最深情的褒扬。"我们要讴歌时代的英雄，这个时代英雄就是人民，是人民中间有代表性、有典型意义的优秀分子。应该体现三点：一是伟大出自平凡；二是劳动创造幸福；三是人物有利于剧情，要有戏有故事。按这些标准层层筛选，留下的就是金子。总的来说，先把标准搞清楚，人物名单就比较好办。但首要是把握好主题，即劳动创造幸福，梦想成就未来，深情礼赞时代的英雄。

准确选择新时代的典型人物

明确了时代标准、主题标准、剧情标准等，就可以准确选择人物原型了。黄诗燕，总书记点了名的新时代英雄，重点考虑；艾爱国，总书记给他颁奖，还唯一点名的大国工匠，重点考虑；张超，全军挂像英模人物。

重点还提到3个人。周春梅，体现了湖南人守护公平正义的坚定，是最高人民法院和中共湖南省委授予的全国模范法官，现在已经申报"时代楷模"。她的报告会非常感人，在当今政法阵线，扫黑除恶斗争中，这是光辉的形象，作为女同志，背后还有更多感人的故事。

邹斌，中国式人民民主的生动体现，一位农民工走进神圣的人民大会堂，这样的人生经历太有戏了。

钟扬，祁剧《种子方舟》的主人公，邵阳新宁人，援藏干部，植物学家，率领"种子方舟"团队跋涉于西藏高原收集种子，因遭遇车祸不幸逝世。在这个剧里，他一个人就撑起了一台戏。我们编剧组和导演组应该捕捉这样的信息，把好的内容搬过来。

大国工匠这一板块，不能不写，可以用组合的方式来呈现。艾爱国可以和邹斌放在一起，一老一少，师傅带徒弟，精神上的沟通，两代人的追求，这一幕就成了。

大国重器、智能制造板块，詹纯新、梁稳根、向文波、何清华、刘飞香等代表，单独一个人可能不好表现，可以考虑以群体方式来呈现。或者都不一定要用人，以车间作为背景也不是不可以。大家可以去观摩三一重工的车间，灯塔车间、黑暗车间，十分先进、非常震撼。在舞台上用车间背景来表现这个行业，也是可以的。如果有李谷一，也用歌声的方式在剧目中体现，把歌声作为描绘改革开放的背景音乐，用背景音乐烘托剧情和灵魂。

把握好创作的原则

习近平总书记强调，"把艺术创造向着亿万人民的伟大奋斗敞开，向着丰富多彩的社会生活敞开，从时代之变，中国之进，人民之呼中提炼主题、萃取题材"。"把人民满意不满意作为检验艺术的最高标准"。"生活就是人民，人民就是生活。人民是真实的、现实的、朴实的，不能用虚构的形象虚构人民，不能用调侃的态度调侃人民，更不能用丑化的笔触丑化人民。广大文艺工作者只有深入人民群众、了解人民的辛勤劳动、感知人民的喜怒哀乐，才能洞悉生活本质，才能把握时代脉动，才能领悟人民心声，才能使文艺创作具有深沉的力量和隽永的魅力。""要把自己的思想倾向和情感同人民融为一体，把心、情、思沉到人民之中，同人民一道感受时代的脉搏、生命的光彩，为时代和人民放歌。"[1]

---

[1] 习近平：《在中国文联十一大、中国作协十大开幕式上的讲话》，《人民日报》2021年12月15日第2版。

创作，不仅仅是"红光亮""声光电"，也不完全是大构想、大制作。当然有时也需要这些。《大地颂歌》《百年正青春》就使用了从未用过的形式。但他们最重要的不是形式，而是内容。为时代和人民放歌，这就是我们的创作法则、创作原则、创作准则。

要用典型化的手法。比如雷锋，他没有做什么惊天动地的大事，都是一些细碎的平凡小事。出差一千里，好事做了一火车。但我们都能从这些平凡故事里感受到他的伟大。对雷锋的塑造，就是把一个普通人的优秀品质呈现得更集中、更典型。我们创作革命历史题材，有两句话叫"大事不虚，小事不拘"。艺术化人物需要源于生活，但不是还原生活，而是高于生活，要进行典型化的创造。刚才，大家提到了采访人物原型的困难，其实采访也不是必须要做的事情，因为大部分的人物的故事，媒体已经报道得非常详尽了，大家可以充分收集吸纳。

要用文艺化的方法。比如欧阳海。作为一名普通的战士，他勇推惊马，舍身救列车。就是这么一个故事，写成了一本厚厚的书《欧阳海之歌》。这本书也成就了作者金敬迈。张超的故事比欧阳海丰富得多，大海、蓝天、航母、飞行，我们要有信心，创作得更加精彩。还要注意人物塑造，要见人、见事、见思想、见精神。让观众通过看这个剧，情绪受到一场感染、精神得到一次洗礼、思想得到一次升华。

要有戏剧化的办法。比如袁隆平，在电影《袁隆平》里，他本来是一个角色，最后也走进了电影里。真人走进电影，这是一种创新。还比如《理想照耀中国》，一集讲一个人物，下一集就是另外一个人物，但用一首主题歌，把剧情串联起来，完全没有碎片化的感觉。如果《理想》是一个完整的旋律，人物就是其中一个个不同的音符。这种手法也适用《今朝》的创作。比如展示"大国工匠"，就有一位长者艾爱国，一位年轻人邹斌，还有一群致力于大国工匠的重工之子；展示周春梅，就要有正义和邪恶的斗争；展示黄诗燕，就可以把王新法、蒙汉的故事带出来。一个人的倒下，代表了一百个英雄的牺牲。文艺创作，千万不能就事论事。每一个角色都要找到他有戏的一面，每个人都要有他的戏剧逻辑，每一个场次的展开都要不一样，不同的背景，不同的人物关系，不同的出场方式。

如何接近采访人物

接近和理解人物，不是说不必去采访，关键是去体验、去感受。实际上我们需要非常深入地去体验、去感受，从而理解、接近这个人物。

大可不必像记者一样，去采访求证他当时怎么说的、真实情况是什么样的。周雄导演在创作《大地颂歌》时，专门到了十八洞村，坐在长椅上跟石拔专老人一起聊天。老人说："我们那个龙队长，刚来的时候，头发是黑的，走的时候全白了。"后来这句话成了《大地颂歌》的题眼，也成为剧中最打动人心的台词。周雄去十八洞村体验生活，并没有去采访人物，更多的是体验人物。《今朝》计划呈现的人物，大多不在了。怎么采访？去采访家属吗？家属本来就很疲惫、悲痛，就不要去打扰他们了，要尊重他们的特殊感情。

接近人物，有直接的，有间接的，有迂回的。高明的人去采访或者是体验的时候，只需远远地看一眼就好了。美国记者采访曹禺，只问了他三句话，就写了一篇让曹禺都十分惊讶和满意的文章。为什么？因为他做了大量的文案工作，他想要了解的，要想说的话，其实在采访前就已经全部掌握了。所以，首要是做好案头工作。大家感到话剧《耿飚将军》很精彩。创作时怎么去采访呢？既不能采访耿飚，也不能采访他的夫人，连他的秘书可能都采访不到。郑小娟老师扮演邓颖超，也没见过、采访过，但她把邓颖超演得很好。所以，要接近、理解所要表现的人物，有电视、有新闻、有书籍，这些间接的方法，可以先做起来。不一定非要去采访，也不是只有采访完了才能下笔。现在疫情还没有结束，大家也不太愿意见面，完全可以先用其他方式去接近、去感受。

如何加快工作进度

现在，时间已经非常非常紧迫了。我不赞成你们先写剧本再搭班子，走单线推进路线。一定要同步进行，编剧组和导演组工作要同时进行、同时展开。导演要通过演才能发现剧本行不行，演员也要先自己进入角色才知道怎么去演好，而不是等着剧本出来。

演员挑选如果超出话剧院的范围，可以在整个演艺集团甚至全省的各个院团去找，找到最适当的，不要拘泥于话剧团里的几个人。

一定要同时开工，要有一个大的时间表，倒排工期。舞美现在就要开场，音乐现在就开始创作。要创作一个新时代的主旋律。导演组、编剧组、舞美组、音乐组、服装组都要开始动起来。虽然只是做前期的准备，但大家进入角色了就会去想，就会倒逼工期，就会丰富构思，就会进入状态。就好比卫星发射工程，每一个环节都在同步推动，最后总集成。

要有新的作业方式，同步开展、昼夜加班。在与湖南卫视的合作中，我们都感受到他们那种忘我的状态、精益求精的追求、拼搏玩命的精神、跨界融合的创新创造。当年抗洪晚会就是 48 小时拿出来的。没有一个电视台有这样敢于战斗的团队。当然集团也有，还要发扬光大。我们呈现英雄，也要向英雄学习，英雄是以牺牲自己的生命为代价的，现在没有这个必要，但要牺牲大家一些休息。

总之，集团要加强领导，话剧院要全情投入，省委宣传部也会全程关注、重点支持。剧目能否成功，取决于大家有多高的追求和水准、取决于大家有多大的决心和多优美的呈现。剧里的人物演活了、演好了，很多单位都会来支持。演出前景可期可观，演 100 场都有可能。希望演艺集团、话剧院全力以赴、追求卓越，以精品向党的二十大献礼。

新编现代花鼓戏《桃花烟雨》的启示

湖南省剧作家曹宪成新编现代花鼓戏《桃花烟雨》，日前获得第23届曹禺剧本奖。这是宪成个人的光荣，也是湖南文艺创作的新收获。40多年来，宪成坚守戏剧创作园地，先后获得过中宣部、文化部、中国文联、中国剧协和湖南省内外各种奖项，特别是巴陵戏《弃花翎》和歌剧《巫山神女》为湖南当代戏剧史写下精彩章节。

宪成是湖南省著名剧作家，他创作的经历和风格是大众的，也是独特的。他坚持深入生活、深入基层，站在历史的瞭望台上，对社会进步、时代发展进行审视和思考。他创作的大部分作品，都是尽力在人物的精气神方面苦下功夫，折射人性的大美，把一个个性格各异的人物形象展现在观众面前，引起观众高度关注，得以精神的享受和熏陶。他的作品风格总是那么含蓄、质朴，又热烈、深情。他的剧情设置有时跌宕离奇，有时又静水流深，看似平和中蕴含着强烈与炽热。他对平常百姓日常生活的描述，透出对社会人生的深刻理解和感悟。

花鼓戏《桃花烟雨》的创作特点一如既往。《桃花烟雨》以浓烈的泥土气息、生活气息、时代气息为观众呈现了一台接地气、很草根的农村生活喜剧，将"精准扶贫"这一时代题材通过高度艺术化、戏曲化的精心营构，处理得既有诗化的意向表达又有妙趣横生的性格冲突，生动演绎了担当有为的湘西农民石青峰、务实真干的扶贫队长隆富平，以及不断蜕变、自我超越的农村妇女龙伲珍等人物形象。

宪成艺术创作的经历，特别是《桃花烟雨》剧本创作的成功，给艺术创作带来许多启示。

要紧跟时代。一个时代有一个时代的文艺。当前我国进行的脱贫攻坚战，是人类历史上的伟大创举。文艺记录新时代、书写新时代、讴歌新时代，不能回避脱贫攻坚这个重大时代课题。湖南省在脱贫攻坚题材领域的文艺创作所取得的成绩，恰恰也说明了这一点。获得中国电影华表奖的影片《十八洞村》、获得鲁迅文学奖的报告文学《乡村国是》，都是反映脱贫攻坚的文艺精品。如今，宪成的《桃花烟雨》又获得国家级文艺大奖，再次说明文艺创作与时代同行的规律。

要以人民为中心。只有真正反映人民生活、体现人民疾苦的文艺，才能为人民所喜爱，获得取之不尽、用之不竭的力量源泉。脱离了现实，背离了群众，作品变成"作秀"，终究是"无源之水，无本之木"。湖南省知名编剧如盛和煜、刘和平、陈亚先等的作品大都是这样，在对平常百姓日常生活的描述中，展示对社会人生的深刻理解和感悟，笔下的人物形象总是那么有血有肉、生动有趣，让人过目不忘。

要有精品意识。有数量缺质量，有"高原"缺"高峰"，仍是当前文艺创作现状的写照。要实现质量的提升、"高峰"的突破，就必须有精品意识。宪成创作的《桃花烟雨》、株洲市推出的民族歌剧《英·雄》，都是花费大量时间，数易其稿、反复打磨，方才出"戏"。不"磨"，就做不到高度艺术化；不"磨"，哪会有引人入胜的情节设置和矛盾冲突？所谓"十年磨一剑，不敢试锋芒，再磨十年剑，泰山不敢当"，生动描述了这一道理。

要彰显地方特色。如果不创造典型人物的典型环境，剧本就会成为"空中楼阁",把"北方的故事"安到"南方的人物"身上,就会造成故事失实、细节失真。身边人、身边事,富有地方特色,往往更接地气,更能感染人。宪成擅长写身边人、身边事、身边的发展和变化。《桃花烟雨》是他在湘西采风时,一时灵感来临而创作的,描绘了一幅生动的湘西全景风情画。他是在湘西当地反复比较、观察、分析与体验后,把人写"活"了,把事写"清"了,把山水写"灵动"了,把风情写"通透"了。

湖南既有特别丰富的戏剧文学题材,又诞生过如田汉、欧阳予倩等一批杰出的戏剧艺术大师。笔者衷心地期待,在新的时代里涌现出更多新的作家作品。

(本文原载于《中国艺术报》2019年6月19日)

用文学和音乐垒造一座艺术之城

——对大型音乐实景剧《边城》的建议

终于走进了传说与想象中的音乐实景剧《边城》，我是略带醉意进场的，但出场的时候，醉意更浓了。

究竟是什么让人迷醉与流连？歌耶？舞耶？景耶？人耶？都是，又都不是。是沈从文大师的巨作的再现，是翠翠的复活，是身临其境中观众一起参与的二度创作，是在水流与音乐的节奏中的情殇与泪奔。

看过《烟雨凤凰》的人告诉我，新的改版好看多了。简而言之，有灵气，接地气，聚人气。

如果一定要提点建议，使之日臻完美，有几对关系值得思考。

书与剧

《边城》的剧情和剧本，显然源自同名的中篇小说，尽管沈从文差一点因此而荣获诺贝尔文学奖，但今日的许多年轻观众对此知之不详，甚至读过原作的人也不多，对"这一城"和"这群人"及其关系，知之不深。

所以，剧中对于凤凰—沈从文—《边城》这一脉络，应有清晰的交待，在地，在场，入理，生情，才可能触目而入心，水到而渠成。

一方面，文学的资源得到了开掘与利用；一方面又不至于浪费许多可随手拿来的资源。须知，凤凰之子——沈从文全部文学创作就是在垒造一座理想而逝去的边城，而凤凰所有的游客都是为寻梦边城而来。这个结合如果能完成，一定能碰撞出更强的精神能量和演出效果。

多与少

森林剧场的实景舞台足够大，演员足够多，据说超过200位，且演技不俗，以足够的气势与气蕴来感染2000多座位上的观众。但是，我却感到许多场面，热闹有余，冷静不足。比如戴总能体察到的好几处泪点，却被我们忽略了。大保小心刻意触碰翠翠的细节，几乎没人看，岂不可惜？那么多的散点透视、那么热闹的场景人物，如何盯得住？

文武之道，一张一弛。艺术的规律，还是以"少少许"胜"多多许"。建筑上讲少即是多，戏剧中也一样，如果不因人设戏，如果在大场面的设计铺陈中更节制一点，反而会让翠翠和主要人物更凸显出来。还有，大黄狗是小说中的一个亮点，剧中能不能想办法加进去呢？现在许多实景剧中都用到了动物，让大黄狗也来参演，剧情也许会更活泼一些。

乐与情

我个人有种很深的观演体验，音乐是一台节目的灵魂，是调动观众情绪的看不见的魔术师。剧中确有几处湘西名歌给力出彩，把情绪煽动起来了，找到了心灵间的回声。但是，整体看还是缺少贯穿始终的、流动的旋律，那种不须言语的经典的甚至宗教般的音乐，能叩击观众心灵中最柔软的地方。

还是借用从文大师的点化吧："美丽总是愁人的"在各类文学、艺术的表现中，淡淡的忧伤与哀怨一定比一味的欢快更能抓人。戏剧宗师莱辛也说过类似的训诫：所有悲剧的最初原始的本来源于对于失败人物的感慨和同情，而悲剧性又是文学上的一个永恒话题。

魅力不散

——《魅力湘西》观后感

剧终人散，走出《魅力湘西》这座富有地方和民族特色的艺术宫殿，心情久久不能平静。武陵源景区的这台节目感动了千百万观众，也再次感动了我。尽管我见证了她的成长与成熟，先后不下3次观看，记得第一次是全省旅游工作会议期间，那时还在老剧场，第二次是大湘西文化产业座谈会期间，但我不仅没有产生审美疲劳，反而觉得每次看都有新的大的进步，每一次都触发关于张家界演艺娱乐市场新的思路。

我个人最赞赏的就是节目的艺术追求与艺术价值。置身现场，从头至尾，看不出过多商演的痕迹，至少与旅行社那种拉客式和购物式的消费拉开了距离。观众的眼睛是雪亮的，从职业态度到节目创新，从座位档次到现场服务，从演员的敬业到导演的心机，凡此种种，我从掌声和赞叹声中得到了答案。把观众放在心上，观众就会把你的劳动放在心上。

面向旅客的演出，最难的就是在艺术性与商业性之间找到平衡，考验着投资者们在这两只牛角间散步的智慧，而《魅力湘西》，应该说给出了让各方满意的答案。不仅只这一点，归纳一下，我感到新版的节目还有几个特点。

她是多元的文化融汇，民族类的歌舞综艺晚会，如果着重表现单一民族文化，可能显得单调，如果试图集大成，又不容易辨识而失之模糊。《魅力湘西》以大湘西自然和人文为背景，以这里苗、瑶、侗、白、土家和汉几大主体民族为主线，内涵丰富而特质鲜明，充分展示了这里民族文化的多元、交融与和谐。

她是多样的艺术形式。民歌、舞蹈、杂技、民俗……相互交错、巧妙融合、有机转换，丰富而不庞杂，新颖而不混搭。

她是多变的表现手段。舞美布景、灯光、激光、音响、服装、道具，美轮美奂，变幻多姿，尤其是数字技术与娱乐内容的结合，极大提升艺术的表现力量。

她更是多情的交流互动。乡情、亲情、友情、爱情，激情澎湃，柔情如水，淋漓尽致，触动了人心最柔软的地方。最精彩的是瑶族青年求婚的那场戏，民俗的新奇，杂技的新颖，艺术的高度和技术的难度，堪称完美绝妙，观众看懂了，也被逗乐了。最感动的一场是邀请观众上台表演，舞台的界限被冲破，演员与观众的隔膜被消融，台上台下是一片不分彼此的欢乐海洋。

因此，我认为《魅力湘西》已成为一台日臻成熟、水准较高的湘西民族风情综艺晚会，既是民族风情的精彩再现与再创造，又是成功的演艺产业品牌，两个效益实现了有机统一，综合指数应该排在全省前列，有了走向全国、走向世界的基础。

假定我的看法有个人的偏好，观众用脚投票却是公正的，尤其是当我看到今晚第一场和第二场换场之际，两股宏大的人流车流的交错流动，可以肯定地说，节目成功了！

借此也说点不成熟的建议。一是关于赶尸民俗这一场，比先前有了较大改进，但是从现场的反应，并没有获得大多数观众的认同，恐怖与悲伤的气氛与整体的氛围还是不够协调，观众欢乐明快的情绪流被无端割断。英雄颂歌，没有凸显出来，似乎不如《两地书母子情》或《血染的风采》那样昂扬而触动人心，湘西人的乡土情感和湘西人民的英雄情怀，挖掘不深，展示不够。湘西画家黄永玉有一句话说得很好："一个战士不是战死沙场就是回到故乡。"是不是可以沿着这个思路的指引，作新的设计和演绎？

二是关于舞蹈的表现力，总的感觉舞蹈弱了，独舞、双人舞几乎没有，群舞整体协调的大效果不平衡，也有好的部分，但女舞，尤其是开场的女舞较弱。细节之中有魔鬼，汗水必须隐藏起来。如果横比国际上活跃的一些秀场，演员的水准尤其是舞蹈的功力，大多是无可挑剔的，也是节目的魅力之源。

三是关于内容的结构安排，苗家的鼓，土家的舞，侗家大歌，这是人们公认，同时也是潜意识中有所期待的，苗鼓一开场就打出了气势，但土家的摆手舞没有足够的安排，请别小看这种原始、简单的群众舞蹈，我曾在保靖看过一场反映劳动生活的摆手舞，演员就是村里的男女老少，印象至今难忘。还有侗舞那一场，如果能以无伴奏侗族大歌作背景音乐，可能更精彩。

四是关于雪花的特技，雪花飘落意外惊喜，但落得不是时候，与剧情和正在表演的节目几乎无关，雪花太大，落得较长，观众的骚动反而影响舞台上的表演，分散了注意力。如果有一场情景与冬天的雪花有关，那时候飘落也许更好。

还有一点就是结尾，结尾似乎显得突然且缺乏力量，没有体现压轴与高潮的一般规律，没有展现出韵味无穷、依依不舍的余味。更让人遗憾的是，观众为了赶外场的演出座位，很大一部分已经提前退场，有点虎头蛇尾，不了了之的味道。

组建一支乐队现场演奏而取代录音播放的方式，听起来很美，但演奏员、乐器、功放等的投入很大，又要增加成本，更何况场地的条件和观众的心理准备都不足，或许观众此时此地更欢迎的是一种夸张的声响刺激的狂欢，对细致精美的音乐演奏并不耐烦买账，有可能费力而不讨好，我也认为要慎重。

以上只是些外行的话，零碎的一己之见，检验晚会的主要标准，不是所谓的专家，而是要听观众的反映，还是要看可持续的市场效果。因此建立与观众的场外交流渠道，比如公司开辟专门的网页、论坛或者博客，形成一个与场内紧密关联的圈子，使更多的观众即便不一定成为回头客，也能成为晚会的支持者和宣传员，很值得去做。

《魅力湘西》的创作团队为《魅力湘西》付出的心血，已经得到了回报，从去年的每天一场，到今年的每天两场，且一票难求，换场间场面壮观的人流车流，很大程度已经说明了一切。《魅力湘西》在中国的演艺舞台已经光彩照人，万众瞩目，坚持和努力下去一定能赢得世界的掌声。

（原载《吉首大学学报》2011 年第 11 期）

剧场名字叫青春

——沉浸话剧《恰同学少年》观感

冬夜，走出《恰同学少年》青春剧场，情绪还沉浸在剧情中。江风清冽，吹不散被点燃的逸兴与壮思。

一个多小时前，从我们走进橘子洲原水上工人俱乐部老式门楼那一刻，就和身边的观众一起，走进过去的校园，穿越至历史的现场。

我们清醒着，却走进了1913年。

候场的人们没有任何思想准备，第一师范新学年录取新生的张榜仪式的桥段，突然开启，从候场过渡到剧场。散乱的人群一下子有了"班级"和列队、有了陌生的"同学"。

各"班级"分别走向不同的线路，那意味着，剧情是盲盒式流程、结构为随机式组合，一开始，就充满未知与悬念。

走进教室，课桌就座，杨昌济老师扮演者慷慨陈词，将观众引入百年前的环境与语境。不一会儿，他手指邻座同学提问，"你的理想是什么？"没有准备的各位，几乎同时心里一咯噔，陡然紧张起来。我的理想是什么？我怎么回答？那一刻，猝不及防，思绪纷飞，感慨万千。

在图书馆，与饰演向警予、陶斯咏的演员同坐一条长凳，一起读毛润之力透纸背的读书笔记，一起看二十八画生征友启事。在悬挂

"沩痴寄庐"牌匾的蔡和森家，围坐一张八仙桌。葛健豪老妈妈、蔡畅妹妹和孤儿细伢子热情端来茶水点心，忽然有了一家人的亲近。

剧情的高潮在大礼堂展开，各"班级"观众从不同场景汇聚于此。暗夜如磐，灯光如炬，和同学们一起，青年毛泽东站在第一师范舞台的中央，问苍茫大地，谁主沉浮？

一个个表情，近在咫尺；一句句道白，响在耳边；他们激动时的喘息、伤心时的泪光，细微可感。有时候，你得一起交流，一样动情；有时候，你须一起答问、一起诵读；有时候，你要一同思考，一同行进。近距离甚至零距离中，不知今夕何夕，仿佛"他们"已是我们。

当下，沉浸与体验，已然成了许多文化场景乃至消费场景的竞争力。青春剧场突破传统的戏剧惯例，突破"第四堵墙"的隔断，放开舞台左右后三面封闭幕布形成的围墙，放开正前方虚拟的心理之墙。勇敢打破四堵假定的大墙，观众与演员同时进入剧情，之前不敢想象不可跨越的舞台戒律和藩篱轰然坍塌。

同时创新的，还有对剧中人物形象的塑造，重点不在人物的个性特征和日常细节，而是用简略叙述勾勒人物的过去和未来，用言行揭示他们的内在特质。当我们回味剧情时，不仅仅是这一群白裳青年的颜值和气质，更是那闪现光彩的精神。

如果仅仅止步于此，那也不过是话剧结构与体验场景上的创意。在网红长沙、在不夜星城，在好看夜景、好吃美食、好玩的各种文娱体验中，也不过是新增一个潮品。

《恰同学少年》的价值，是在各种五花八门的演艺中，惊人一跃，特立独行，从通俗的生活画面、温暖的人间烟火走过，走进一处陌生所在。这里，地名叫学园，主题叫理想，主角是青年，气质尽青春。

麓山脚下，湘江之中，红尘之外，初冬之时。正是恰同学少年，书生意气、风华正茂，指点江山、激扬文字。

我们这些不再年轻的观众，谁没有过这样激情难忘的岁月，谁能忘怀这样青涩而纯粹的时光。因为久远也许会隔阻，但绝不可能遗忘。

大多数正当年华的青年，在这里忽然被此一问给问住了，也许就此走出习以为常的舒适圈，也许在对"躺平"、"摸鱼"等各种自嘲词句忽然产生一些不同的看法，对青春之我与青春之国家有了许多新的思考和联想。

一个小时的时间，演员与观众共同完成了一场演出。每次演出，都是一场全新的创作。不由得为主创团队的创意喝彩，为全新的票务路径点赞。半年时间，4万观众，八到九成的上座率，30岁以下的观众为主流。有的留言写道：长沙，不止有拍照、打卡、夜生活，还有鲜衣怒马的青春年华。有一位海外华人，把剧照带回遥远的法兰西。

十年磨剧，艺无止境。期待更逼真的场景还原；更多更合理的现场互动，包括观众之间的互动；更高明更专业的演技，包括表演的仪式感；更深而又更自然触及小我与大我的苍茫之间……

走出剧场，观众情绪仍然沉浸其中，但节目已戛然而止。如果考虑首尾呼应，利用惯性的时间与空间，增设出乎意料的情节，推出独具意义的文创，借现场观众四面八方流动，可能把这崭新的创意、纯净的情感、高格的精神，带到更远的地方，带到更多的观众那里。

（原载《长沙晚报》2024年1月5日第17版）

伍 视听心语

理想之光照耀主题创作

——从《理想照耀中国》谈起

《理想照耀中国》2021 年 5 月 4 日播出，7 月 8 日收官，在湖南卫视获得中国广视索福瑞媒介研究（CSM）全国网 0.48%、CSM63 城 1.8% 的平均收视成绩，同时在芒果 TV、优酷、腾讯视频、爱奇艺等网络平台获得超过 40 亿次的累计播放量，该剧豆瓣评分 8.2，微博热搜高达 244 次，话题阅读量破 200 亿，赢得了电视台和新媒体的大流量，实现了社会效益与经济效益双丰收。

习近平总书记"七一"重要讲话再一次诠释了共产党人"革命理想高于天"的精神品格，再一次强调了坚守理想和坚定理想的伟大号召，把共产主义的远大理想与中国梦的民族复兴紧密相连，让我们更加强烈地感受到《理想照耀中国》这个选题与新时代的追求高度契合，与中国共产党的初心使命高度契合。

近年来，湖南文艺创作实践以习近平总书记关于文艺工作的重要论述为根本遵循，努力从"平原"到"高原"再向"高峰"攀登。作为建党百年红色主题创作的重要作品，《理想照耀中国》是湖南文艺从"高原"向"高峰"攀登的一个重要节点，同时也是湖南广播电视台电视剧创新的一次重要尝试。

《理想照耀中国》海报

题材选择：以独特视角撷取历史长河中的鲜活浪花

《理想照耀中国》没有沿用全景式的、宏大的思路去破题，而是自觉挖掘百年来 4 个历史时期中不为人所熟知，但同样闪耀着理想光芒的人物，并采用独立成篇、形散神聚的"诗选剧"模式，对 40 个闪光人物故事做"盲盒式"呈现，创新了主流剧的表达方式。如长征路上牺牲自我为战友点燃希望的红三军团第六师十七团一连炊事班、用生命为"天河"引流的红旗渠设计师吴祖太、新中国广播事业的第一位男播音员齐越、中国女子柔道队男陪练刘磊磊等。这 40 位人物中之前被影视作品引用、演绎过的非常少，因此给人很多新鲜的信息和新颖的体验。他们的事迹鲜为人知，但精神与品格同样熠熠闪光。

创新传播：与时俱进，对接与当代青年思想交流

我们在不同场合、不同情境中听到很多人在讨论《理想照耀中国》，其中不少都是朝气蓬勃的 80 后、90 后，甚至 00 后。为什么这些年轻朋友眼里饱含热泪？因为历史川流不息，精神代代相传。《理想照耀中国》以风华正茂的气质与青年相遇，以年轻的创作团队、年轻人乐于接受的新方式，邀请到受年轻人喜爱的演员阵容演绎与年轻人情感接近的真实故事。对青年创作者、青年演员不拘一格地运用，和传播方式的年轻化，都是该剧获得年轻人青睐的重要因素。

表现形态：以新媒体逻辑探索契合当下的传播方式

湖南是文化大省，媒体融合发展不断走深、走实、走在前沿。《理想照耀中国》在这样的大背景下，汲取湖南广电对新媒体传播规律研究的阶段性经验，开启了对传播内容的同步探索。它突破了电视剧 45

分钟左右一集的传统模式，摒弃了很多注水、拉长、迟缓的电视剧传统制作理念，创新采用 25 分钟一集的形态，密度更大，节奏更快，契合了当下碎片化的互联网传播语境，印证了"浓缩就是精华"的真谛。同时，该剧实现了圈层突破，湖南广电联合学习强国、央视新闻、B 站、美图秀秀、喜马拉雅、微博、滴滴出行等 55 家线上 APP、媒体，发挥芒果 TV 国际 APP 和国际频道海外渠道优势，乃至线下与新华书店联动，"年轻视角＋潮流语态""大矩阵＋强曝光"，激活了全域传播，实现了中外有效传播。

风格手法：以不拘一格的尝试，拓宽艺术表达

在这部剧中，创作者自觉运用大量不同的风格、手段、形式，其中既有大胆写意的散文叙事，也有张力十足的剧情叙事，主创团队根据不同的人物故事，相应地选择不同的类型风格。艺术的多样性令整部剧看起来五光十色，与其"红色盲盒"排播形成呼应——你想不到下一集播出的是什么内容，也猜不到下一集播出的是什么风格，具有强烈的时空穿越感和思维跳跃感，帮助观众打开了广袤深邃的艺术空间，极大地满足了当代年轻观众多样、包容的审美期待。

超强组合：集结最受青年观众认同的演员阵容

《理想照耀中国》共 6534 位演员，其中主要演员超过 200 位，在中国电视剧史上当属史无前例的超强阵容。王一博、赵丽颖、成毅等年轻受众喜爱的当红演员，王劲松、于月仙、马少骅、侯勇等关注度很高的艺术家，都成为这部剧吸引年轻受众的利器。这一搭配既拓宽了主旋律作品的触达范围，也实现了从演员向原型人物的关注引流，把观众的追星热情、追剧热情成功转化为对原型人物的追光行动。

如王劲松在《雪国的篝火》中的表演，成为剧迷津津乐道的经典，让年轻观众对红军长征的历史产生了更多求知欲。为了体现红军长征的真实状态，王劲松在雪虐风饕的长白山将身体埋在零下20摄氏度的雪堆中长达十余分钟，将"红军不怕远征难"的精神体现得淋漓尽致。通过他的表演，年轻观众感受到了什么是"长征精神"。他们走进党的光辉历史，吸取奋进的智慧与力量，也增强了做中国人的志气、骨气、底气。

制作生产：以协同作战的方式提高制作效率

《理想照耀中国》是块"硬骨头"——筹备时间不足5个月，却要尝试在不到1200分钟的总时长中容纳40个人物故事，实实在在是"时间紧、任务重"。在这样的情况下，该剧总制片人王柯拿出集结湖南广电旗下12家单位组成项目团队的解决方案，发挥了湖南广电大兵团作战的能力与优势：总导演傅东育、总编剧梁振华在极短时间内打造出一支17人的导演团队及一支22人的编剧团队，最终形成了14个项目总组、15个独立的摄制分组的阵容。在主题曲录制上开创国内5G音乐云的先例，实现北京、上海、长沙三地在线制作。因为以上原因，该剧能在76天时间内完成全部拍摄，并于5月4日如期上线。如此体量的一部剧，业内同行认可的拍摄制作时间周期至少要两年，而《理想照耀中国》用两个半月的时间完成了制作任务，大大突破了影视剧创作的周期规律，刷新了中国电视剧生产周期的纪录。

为什么一部电视剧能实现如此多的突破和创新？

其一，得益于国家广电总局的号召和协调。没有这一点，创作是不可能实现的。特别是国家广电总局相关负责人对该剧全过程跟踪、全流程服务、全方位关心，在台本审查、艺术提炼、审片把关、宣传协调等方面，都是靠前指挥、亲力亲为。

其二，得益于湖南广电与生俱来、与时俱进的创新基因和"要么第一个做，要么做第一"的勇气与追求。湖南广电的相关负责人与湖南广电同人在主旋律创作生产与播出中，品尝到了理想的甘甜，增长了在正能量中赢得大流量和高频率的信心。

其三，得益于整个团队在理想光芒照耀下唤起的精气神。在拍摄过程中，他们自己也变成了理想的一部分，与理想光芒相互照耀，情感互动。氛围之下，分集导演金晔，演员王劲松、孙锡堃、王佳宇等被剧里的人物故事所深深感染，分别向剧组临时党支部递交了入党申请书。

湖南省委宣传部作为出品单位之一，全程深度参与这部电视剧的创作生产，为把握导向、强化创优、整合资源、扩大传播投入了较大力量。

近两年，在湖南省委宣传部的统筹下，湖南省广电局、湖南广电集团及相关文艺单位，合力完成了《江山如此多娇》《理想照耀中国》《百炼成钢》《大地颂歌》《百年正青春》等重点文艺项目，在实战中增强了战斗力。站在新的起点开启新的征程，我们将继续深耕红色题材的影视剧创作，用心用情用功为党写史、为民族铸魂、为人民立传，创造新的文艺高峰。

（原载《中国艺术报》2021年11月17日）

主题创作何以百炼成钢

——评电视剧《百炼成钢》

钢者，以硬度和韧性见长的金属材料。中国共产党人常常被喻为是特殊材料制成的、是人群中的钢铁。以"钢"命名的剧作在中国电视剧中并不多见，而直接以钢水浇筑剧名则更为罕见。2021年4月16日，湖南衡阳华菱衡钢厂，1620℃炼钢炉口，沸腾的钢焰倾泻而下，铁水蜿蜒如龙，缓缓汇成"百炼成钢"四个大字，其厚重、立体、分量之感呼之欲出。真"钢"党史、真"钢"剧名、真"钢"剧组熔铸在一起，剧里剧外就这样百炼成钢。

以炼钢精神打造"精钢"剧作，成就了这部现象级精品力作。相比同类主题的长剧、名篇，《百炼成钢》宏大的、歌以咏志的、充满诗意的叙事方式和美学风格，既是湖南影视剧全面创新的标高，亦为主旋律影视剧创作提供了新的启示。

百天拍百年——百年通史剧是如何"炼"成的

当代中国文艺工作者要有创作史诗的雄心。在中国共产党成立100周年这个伟大历史节点，打造一部有影响力和文化记忆的百年党史电视剧，是时代赋予文艺工作者的历史使命，也是将新时代电视剧美学推向新高度的时代呼唤。《百炼成钢》积极契合时代要求，大胆承担起书写历史的时代责任。

回想起来，创作之路艰难又幸运。所谓难者，一部剧纵跨100年党史，必须斩断传统线性叙事之路，重新探索崭新叙事风格，创新何其艰难。100天紧张拍摄，剧本数度易稿，中途推翻重来，起跑即是冲刺。所谓幸者，主管单位全力支持，主创单位全情投入，主要演员激情出演，大胆探索组歌讲史、歌以咏志的创作方向，在众多党史剧中独树一帜、华彩绽放。

采用宏大的叙事方式，对党的百年革命史、创业史和奋斗史进行贯穿性全景表达，是《百炼成钢》极为重要的创新。不同于以往通用的手法，聚焦于某一特定时期、某一特定事件，或某一特定群体，《百炼成钢》从一开始就将创作目光投掷到历史更深更远处。时间上，从1921年党的诞生延伸到2021年，整整贯穿党的100年；内容上，完整解码中国共产党人的精神谱系，将建党精神、长征精神、抗战精神、焦裕禄精神、脱贫攻坚精神等融进剧情、渗入脉络。剧作扛起贯穿百年宏大叙事的重任，填补党史影视剧只有"断代史"缺少"通史"的空白，为百年党史华彩乐章贡献出不一样的色彩和声响。

李大钊同志指出："有时走到艰难险阻的境界，这是全靠雄健的精神才能够冲过去的。"[1] 百年来，党的文艺工作始终与党的命运相伴相随，不惧枪林弹雨，为党而歌、为党而兴，方才不断成就经典力作。国之大者、党之大业、民之大愿，即文之所向、艺之所求。新时代文艺工作者要有所作为，就不能把自己关在"象牙塔"里，幻想茶杯里的风波，围绕小情小景、个人悲欢做文章；而要主动把握时代前进的历史方向，树立为百年甚至千年立传的高远志向，自觉做勇攀新时代文艺

---

[1] 李大钊：《艰难的国运与雄健的国民》，《新民国》第1卷第2期，1923年12月20日。

高峰的"逐梦人"。

音乐著华章——重大历史题材剧的全新尝试

此前还没有一部党史连续剧像《百炼成钢》一样，集合如此多经典乐曲。她创造性地让音乐参与叙事，推动剧情发展，敏锐捕捉到音乐独特的叙事能力和感染能力。全剧以《国际歌》《长征组歌》《黄河大合唱》《志愿军战歌》《在希望的田野上》等不同年代的"主旋律"之歌穿针引线，以八个版块全景呈现百年党史的波澜壮阔。音乐、事件、人物交融一体，多声部奏响百年党史这一恢宏交响曲。

沉浸式音乐剧元素的巧妙深度融入，是《百炼成钢》在主观抒情创作上又一大胆而独特的尝试。除八首主题歌曲为结构主线外，剧中还穿插了《松花江上》《大刀向鬼子砍去》《沂蒙山小调》《北风吹》《义勇军进行曲》《驼铃》等多首乐曲。丰富多样的红色音乐曲库与百年红史剧情相得益彰，更易引起观众的共情、共鸣，有时真有一曲胜千言之功。笔者在看到《少共国际师出征歌》的时候就被深深感动。每一曲都将剧情推向高潮，唤醒观众心中尘封的记忆，让人忍不住跟着哼唱、跟着泪流、跟着昂首。此时此刻，音乐不再仅仅作为背景而存在，一部永远昂着头、含着泪、唱着歌，历经磨难却始终倔强的党史仿佛迎面而来。

史诗级的作品理应充满诗意。《百炼成钢》主题海报中，军号为船，歌谱为帆，党旗飘扬，乘风破浪，传递出强烈的诗意美学。该剧还对每个曲目进行了诗意的巧妙改编和二次创作，或真实唱响，或旋律萦绕，听来熟悉又陌生。《国际歌》的改编尤为惊艳，《虞美人·枕上》等多首经典诗词自然而巧妙地嵌入其中，史中有诗、诗中有乐，既与百年党史如史诗颂歌的品格高度呼应，又有效消弭了宏大全景叙事下细节不足的仓促感。

史诗，所定义的特征就是英雄精神。剧作充分反映有多少次牺牲就有多少种壮美。李大钊牺牲时眼镜徐徐坠落在鲜血里；杨开慧牺牲时深情遥望远山，似乎看见日思夜想的丈夫；瞿秋白牺牲时从容不迫微笑着说"此地甚好，开枪吧"；女红军战士牺牲时茫茫飞雪中手持快板定格成冰雕；战士丁来喜牺牲时镜头留在布鞋的"来喜"二字上；杨靖宇牺牲时镜头由近拉远，字幕条写着：牺牲时正好是他的生日。青山有幸埋忠骨，魂化松柏永长青。剧中大提琴如泣如诉的旋律令人唏嘘，却又催人自强不息。在从写实向写意的跨越中，悲痛、失败和牺牲带来的压抑感被中和，宏大严肃的党史叙事变得极为庄严而动情，凝练成别具一格的咏叹调和赞美诗。

作为一个兼具音乐属性、诗歌品格和通史气魄的作品，《百炼成钢》为中国电视剧美学探索了多样生长新的可能。

聚焦文艺路——以艺术之路映照党史之光

艺术之所以成为艺术，正是因为它通过对人们熟知生活的再创造，提炼出高于生活的深刻意义。这种再造和提炼可以有许多不同的形式。《百炼成钢》的独到之处，在于通过独特的文艺视角，把部分笔墨镜头聚焦到文艺和文艺工作者身上，通过他们呈现百年党史中文艺工作者的风貌。

剧中，文艺工作者既是历史的随行者和记录者，亦是奋斗者。作曲家冼星海在延安的简陋土窑里抱病创作六天六晚，完成《黄河大合唱》；作曲家曹火星在《解放日报》上读到毛泽东的文章，产生创作灵感，写出脍炙人口的歌曲《没有共产党就没有新中国》；作家魏巍面对抗美援朝牺牲战士的奶奶的请求，毅然再赴朝鲜，走访前线的战士们，创作《谁是最可爱的人》；词曲作家王莘特意到天安门广场感受五星红旗迎风飘扬，在回天津的列车上一气呵成写就《歌唱祖国》；词作家陈晓光奔走田间地头，拜人民为师，把《在希望的田野上》几个字谱写在祖国的大地上；作曲家施光南甘守清贫，婉拒赴美机会，誓言"宁肯当音乐的仆人，也绝不做金钱的奴隶"，写出了《祝酒歌》等豪迈优美的时代旋律。这些不同年代的文艺工作者，走在大地上，穿行炮火间，深入人民中，历经千锤百炼，成长为坚定的共产主义文艺战士。

剧中有一个值得注意的细节，毛泽东同志把斯诺赠送自己的一支笔送给立志为人民作曲的冼星海，冼星海用这支笔完成了《黄河大合唱》，又将这支笔转送给学生王莘，随之《歌唱祖国》应运而生。今天，这支笔已传递到新时代文艺工作者们手中。

历史川流不息，精神代代相传。无论时代如何变迁，社会如何发展，我们欣慰地看到，党的文艺工作者的心和脚步始终向着人民。而当创作初心对准千千万万人民大众，那些黯沉寂寞的浅吟低唱，就自然让位给富有现实质感的黄钟大吕。基于此，本剧值得新时代文艺工作者学习思考。

引青春共鸣——百年党史传承奋进力量

"青春之火，不惧风雨"，剧中钢铁厂车间里的大标语反复出现，既激励着钢铁厂、炼钢人百炼成钢，也仿佛解密着《百炼成钢》鲜明的青春气质——革命者必先自我革命——这是中国共产党永葆青春的法宝。对于影视剧创作而言，也就意味着不断地自我革命，永远不复制、不将就、不定义。

在表达语态上，《百炼成钢》力求在年轻观众与历史的厚重感之间建立一种更紧密的连接，第一次将领袖叙事的宏观视角与普通革命者和人民群众的中观、微观视角相结合，引导更多年轻人感悟党史里蕴含的无穷力量。

在人物选取上，《百炼成钢》有意识地选择各历史时期的中青年共产党人为主角。王雷饰演的毛泽东，在精神世界和内心情感方面，展现出毛主席更有温度、更有情感的一面。大胆起用陈晓、佟丽娅、夏德俊、李佳航等"80、90后"年轻演员，为全剧带来风华正茂的青春气质，也象征着百年政党历久弥新的生命力，让观众在历史人物、事件之间建立"零时差"的同频共振。在年轻人中有广泛影响的汪涵饰演的李大钊神形兼备，从未见过的年轻时候的焦裕禄更让人惊喜。

在版块衔接上，《百炼成钢》创新融入多样化影视表现手段，将综艺、音乐和舞台等元素纳入创作，在每个历史版块的结尾处创新设置特别情境，让剧中人走出剧情歌以咏志，不仅与剧集内容水乳交融，更在升华主题的同时，实现了历史与现实的对话。

在故事情节上，在保证重大历史节点真实精准的前提下，《百炼成钢》挖掘了很多鲜为人知的故事，呈现了许多过去被忽略或未有表现的历史细节。比如，《没有共产党就没有新中国》原名叫《没有共产党就没有中国》，这个"新"字是毛泽东加上去的；毛泽东要用稿费办71岁生日宴，为祖国创造"黄金时代"的人民庆功；习近平总书记当年在福建宁德任地委书记时，对扶贫工作所作"弱鸟渴望先飞，至贫可能先富"的批示……这些故事和人物都因新鲜而别有意蕴。

《百炼成钢》以青春的气质得到了青年们的青睐。骨朵平台的受众分析显示，在观看《百炼成钢》的观众中，19～24岁的年轻观众占比40.13%。

可贵的还有，这份青春灵动从剧中延伸到了剧外。与《百炼成钢》播出同步，剧组采取多元化手段，通过打造"学党史VR体验舱"、"学党史"广播专栏,力推剧集同名衍生漫画,发起"跟着百炼成钢去打卡"等线上线下活动,宣传红色文化、百年党史,吸引了大批年轻受众的参与和互动。青春化表达、抒情性风格、综艺化手段,让《百炼成钢》在贴近青年中凝聚青年、引领青年。

奋斗铸精品——湖南广电重振文艺阵地

《百炼成钢》于 2020 年 12 月 30 日在浙江横店开机,2021 年 4 月 8 日在湖南衡阳杀青,书写了"用百天拍百年"的创作佳话。

100 天里,《百炼成钢》剧组组建起临时党支部,克服疫情防控、春节长假、春运压力,从履冰踏雪到饮风咽沙,辗转多地,一切都是为了呈现最经得起检验的历史真实和艺术真实。

湖南文艺有着深厚的革命基因,文艺湘军曾经是全国文艺界的一支劲旅,欧阳予倩、田汉、丁玲等一大批革命文艺名家百花竞放、群星灿烂。新时代全省文艺工作取得了显著进步,但是文艺创作有数量缺质量、有高原缺高峰的现象依旧存在,亟需加快建设新时代湖南文艺人才集群,重振文艺湘军雄风。影视剧创作生产作为专业性很强的领域,需要湖南自生的内核力量。

近两年,湖南勇担时代重任,紧扣国之大者,推出一批精品力作。拍扶贫,有《江山如此多娇》;拍史剧,有《理想照耀中国》《百炼成钢》;排舞台艺术作品,有《大地颂歌》《百年正青春》文艺晚会。通过大剧大戏的历练,湖南文艺创作已经形成了由党委出题、牵头,文艺生产单位集中力量抓精品、齐心协力抓创作的工作机制,也已淬炼出了一批湖南本土的好编剧、好导演、好演员、好专家,积累了一套选材创作、拍摄制作、宣发推介的湖南经验。

从《百炼成钢》的主创团队来看,编剧王成刚从电视剧《江山如此多娇》走来，笔者认识他时，他还只是一名出色的电视新闻记者，多年"成刚"已然"成钢"。音乐总监刘岳是从歌舞剧《大地颂歌》走来，还有制片、宣发等基本都是湖南广电自己的骨干力量，主创团队的湘字号占比越来越高，湖南独立创剧的信心越来越强。这是文化强省的宝贵积淀，也是问鼎下一个文艺高峰的底气。当然，还需发掘培养更多优秀的本土才俊，更多投入到重大主题作品创作中来，努力打造湖南的"正午阳光"，让主题创作后继有人、人才辈出。

湖南广电的优势，以及由正能量产生大流量、主旋律赢得高频率而建立起的文化自信，将在转型变革之际，走出困惑、走向远方。

主题创作何以百炼成钢？答：路在脚下！

（原载《中国广播影视》2021年第22期）

踏着新时代的节奏而来

——近三年湖南原创歌曲印象记

夏日浓荫果满枝。有机会概览近三年湖南歌曲新作,"心随旋律起,意与歌声飞"。我为湖南省音乐创作的时与势、现在与未来而兴奋充满期待。

唱响新时代赞歌

歌曲创作,是时代文艺品类中的重要形式,与电影、电视、广播剧和长篇小说、报告文学一并列入重中之重。纵观近三年湖南原创歌曲:

这一时期的音乐主题,清醒关注新时代重大题材,敏锐捕捉广大人民脱贫向好的时代心声。这几年,我们迎来新中国成立70周年、全面建成小康社会、庆祝中国共产党成立一百周年,即将迎来党的二十大等重大时间节点。大时代推动大创作,湖南音乐工作者把文艺创造写到民族复兴的历史上、唱在人民奋斗的征程中,唱响伟大的新时代之歌。

歌曲《理想》尤为耀眼,用大众都易于接受的音乐形态表达出抽象宏大的主题,辨识度很高。作为湖南省庆祝建党百年系列短剧《理想照耀中国》主题曲,歌词以"繁花""火炬""甘泉"及"如果没有人来幻想明天花儿会开放，就不会有人拼尽全力播种下希望"等一连串假设复句，对"理想"的定义作出诗意而隽永的读解，歌颂了伟大的建党精神，这是情真意切的理想之声，成为全国献礼建党百年歌曲中的上乘之作，亦是实至名归。

在"精准扶贫"首倡地，湖南音乐应时而生，发出首倡之声。大型史诗歌舞剧《大地颂歌》中多首原创歌曲，道尽扶贫大业的酸甜苦辣。一曲《大地赤子》奏响，舞台大屏缓缓出现一批因公殉职的扶贫赤子影像，现场观众无不泪目。电视剧《江山如此多娇》主题曲《带着幸福来见你》，是湘西民族小调与现代电声相互交织的乐曲，深受观众喜爱，更是带火了拍摄地张家界牧笛溪村。随着湖南省首届旅发大会临近，"带着幸福来见你，张家界顶踏歌行"成了流行语。话剧《高山之巅》剧末唱响一曲《牵挂》，致敬"扶贫楷模"王新法，将全剧推向高潮。为一个话剧专门创作一首主题曲，少之又少，难能可贵。《听见中国》《奋斗的你了不起》《最美答卷》等一批好歌深受人们喜爱，在民间传唱。百年辉煌，时代新变，恰如一个个歌名，注解着人民对美好生活的向往。躬逢盛世，湖南音乐没有缺席，它迎风飞舞的旗帜展示了音乐艺术的迷人魅力与历史使命。

这一时期的音乐创作呈现积极向上的态势，彰显出前所未有的文化主动精神。主动向着中华历史之美、山河之美、文化之美咏词，倾情抒发时代之变、湖南之进、人民之呼。溯游而上，60年前，白诚仁、叶蔚林、何纪光踏遍三湘四水，联袂推出洞庭渔歌《洞庭鱼米乡》，一曲唱响全国，也开启了洞庭湖新电影歌曲创作之路。之后，《八百里洞庭美如画》《八百里洞庭我的家》等脍炙人口的歌曲纷至沓来，点燃了歌坛，洞庭湖歌曲愈发"声"入人心。凝眸今日，瞿琮、邓东源、曾勇连续数月循着一江碧水汲取灵感，共谱《洞庭天下水》引发共鸣。

这首歌曲以澧水号子为底色，节奏明快，情感真挚，用紧贴脉搏的节奏层层推进，激荡起湖湘儿女"守护好一江碧水"的时代之声。我们的湘声湘韵从"鱼米乡"到"天下水"，从歌唱美到守护美，洞庭湖之歌迈向更加广阔的创作天地。这是智慧与汗水的结晶，既有学习前人的礼敬之心，更有追赶前人的竞胜之志，既承继传统，又跳出传统创新创造。

"90后"词曲作者刘雨斯等新人如雨后春笋涌现，令人欣喜。刘雨斯是有着自主意识的音乐新人，她把目光定格在中华优秀传统文化的精髓之中，流连忘返于长沙铜官窑千年青釉褐彩执壶前，撷取壶面唐诗"春水春池满，春时春草生，春人饮春酒，春鸟哢春声"，融合花鼓调、常德丝弦、民谣和方言，缓缓吟出一曲《哢春声》。歌曲精彩亮相央视《国家宝藏》节目，以时尚新鲜的腔调唤醒最古老的文化记忆。

在近三年曲目单上，像这样守正创新的歌曲还有很多，京韵戏歌《唱起我和我的祖国》，非遗主题歌曲《湘·绣》，联合港澳台三地音乐人推出的《守护》，等等，歌声背后承载的是众多湖南音乐工作者的用心、用情、用功。

这一时期的音乐传播，更新颖、更广泛、更有情，赢得了人们广泛的共情与共鸣。曾有人吐槽主旋律歌曲大多"评奖是最高追求，仓库是最终归宿"。前面提到了一些歌曲，有的是影视主题曲、插曲，随着剧目的热播传遍八方，有的是在舞台剧音乐中脱颖而出，有的已在各大晚会大放异彩。这些歌朴实无华，朗朗上口，好听易记，听过的人们也能跟着哼唱几句，有些歌还成了人民群众广场舞的必选曲，可见主旋律歌曲越来越成为主流选择。《你笑起来真好看》，老少皆宜，网络视听量过百亿，这其中既有歌曲本身的魅力，也得益于电视晚会节目的传播效应，各大音乐平台充分展示，各类主题活动大力推广，尤其是抖音、快手、B站等各大短视频平台协同发力，让更多受众得以听到并传唱。疫情之下，一句"你笑起来真好看"，抚慰多少勇毅向前的心。

追求音乐新表达

湖南音乐紧扣新时代脉搏，不断用精品力作开拓文艺新境界，于变局中创造新局。求新，求变，乘风破浪。一个"变"字，体现了近三年歌曲创作特征。

手法变新。一段时间来，湖南原创歌曲总给人"好听但有点土，调调都一样"的印象。而这几年的作品大多"跳出民歌写民歌"，带来更多的现代之美、意外之喜。唱法不拘一格，独唱、对唱、小组唱、合唱，民族、美声、通俗、原生态等，混搭融合，风格多样。同时，制作更加趋向精致之美，时尚之新。从编曲配器的角度来看，有纯管弦乐编配的，有电声乐队为主编配的，有电声加管弦乐编配的，也有纯民谣清新编配的，曲风自由，不受束缚。《溜溜的生活溜溜地唱》《故乡的水花花》《高山望》几首基层创作的歌曲，既保持了湖南山歌、地域方言的原汁原味，又佐以诸多流行元素，《石刻中兴》《莲香千年》等国潮风十足，将中华传统器乐与交响乐甚至RAP说唱融为一体，让人耳目一新。与此同时，一大批作品大胆"走出去"，选择在北京、上海等地制播或是与全国有影响力的乐团、舞团合作录制，使得作品表现层次更加丰富，精神更加多元，呈现手法更加新颖。

力量变强。翻看主创名单，既有老面孔，更有新面目，湖南音乐俨然已形成实力派、少壮派、新生派、外来派、学院派等多方发力的创作矩阵。邓东源、金沙、孟勇、杨天解、肖正民等业界老将热情不减，积极传帮带。邹清华、胡述斌、李小军等文艺工作管理者创作群力作不断。向远、唐生瑜、江晖等专业团体创作群保持高产出。廖勇、唐勇强、刘淮保、邹林波等高校创作群不断有新表达。新文艺群体中，刘岳等职业作曲家成为湖南省重大主题创作的中坚骨干。一批从外省回湘发展或湘籍在外发展的中青年音乐人，廖建中、李凯稠、唐恬、李建衡、李亮华、郑铮铮等等，他们拥有前沿的创作理念技法和广泛的号召力，积极为家乡文艺发展助力，激活了湖南省的创作生态。近年来，省音协积极铺设音乐人才成长"绿色通道"，发掘并培养近100名基础好、热情高、专业强且年龄在45周岁以下的青年词曲作者。这些青春力量将是湖南音乐事业发展的希望与未来。

平台变宽。时代的发展，新媒体的崛起，人工智能和大数据的赋能，音乐欣赏从传统单一的可听升级为可唱到可评可再创，人民的"旋律边界"和音乐选择得到不断拓展。敢为人先的湖南音乐人既深耕各类文艺晚会、广播节目、各类艺术赛事及展播等传统传播方式，又全面布局数字音乐平台、互联网新媒体、短视频平台，"触网"几乎成为湖南省歌曲在传播上的首要选择。前面提到的那些爆款歌曲无不受益于此。同时，湖南卫视依托强大的音乐综艺制作实力，打造了《时光音乐会》《欢唱大篷车》《声入人心》《春天花会开》等一系列现象级音乐节目，特别是《声生不息·港乐季》邀请一批全世界范围内优秀音乐人加盟赋能，以崭新视角、多元唱法和不同演绎方式对传统音乐、经典歌曲予以创新改编及包装推广，让包括湖南歌曲在内的各类歌曲大放异彩，也给新时代歌曲创作传播提供积极示范。

正是这样多平台、多样态组合传播，使得湖南原创歌曲屡出"爆款"。我们有最具山野俚趣的《你莫走》，有充满京腔戏韵的《赤伶》，还有湘妹子唐恬作词的最有烟火气的《人世间》，以及席卷少年儿童圈的励志歌曲《孤勇者》。这些歌曲传播量均达亿级，出圈破局，渗透到不同人群广大地域。正如纳兰性德所言"好歌百听不厌,佳作千古难寻"。在响应时代的呼声中,湖南音乐、湖南音乐人获得越来越多国内外受众的关注与喜爱。

细数三年耕耘,湖南创作歌曲新变化呈云蒸霞蔚之态。也要看到,欣喜之余遗憾亦有之。比如,好歌不少,但真正"出圈"的不多,"登峰"的少有。比如,新人来势很好,但还没形成强大阵容,还只是凤毛麟角。但有了目标,就有了方向,相信在湖南音乐人的共同努力之下,有着强烈湖南标识、唱遍大江南北"出圈""出峰"的新时代潇湘好歌不久就会奔涌而来。

湘音湘韵的新时代走向

惟楚有才,于斯为盛。"斯"者,既指这个地方,更指向这个时代。湘音湘韵曾创造过辉煌,在每个历史阶段都流淌的旋律曾响彻神州大地。我们不仅诞生了国歌《义勇军进行曲》,飞出了《春天的故事》,谱写了《我爱你,中国》,还有《洞庭鱼米乡》《浏阳河》等等经典名曲,这些作品一次次吹响了时代前进的号角。新时代如何继续书写湖湘文化厚重的底蕴,讴歌三湘儿女的幸福生活,展现三湘大地的多彩风情,是我们当下的时代命题。

关于"根",根深才能叶茂。文学艺术的成长离不开人民的滋养,人民中有着一切文学艺术取之不尽、用之不竭的丰沛源泉。生活就是人民,人民就是生活。近三年歌单中,有一首《到群众最需要的地方去》,作为湖南省文艺志愿服务活动的主题曲,已在各大惠民活动中唱响。我认为,如歌所唱"到群众最需要的地方去",应该成为所有词曲作者的创作自觉。音乐工作者要将"深入生活、扎根人民"作为一生的功课,像当年的田汉、贺绿汀、白诚仁、刘振球、鲁颂那样,去拜人民为师，扎根广博的中华文化土壤，让词曲像种子一样种在生活的沃土与人民的心灵中。人民既是听众，亦是评委。近年，湖南省的文艺评奖评审都引入群众评委，效果很好。事实证明，人民群众的艺术素养不断提升，群众中的"专家"也大有人在。这几年脱颖而出的优秀主旋律歌曲，无不是人民作为鉴赏家和评判者对文艺作品的历史性选择。创作者要明白，艺术家的喉咙长在自己身上，艺术生命却存活于人民之中。歌曲创作绝不能"自娱自乐""曲高和寡"，要敬畏人民群众，群众说好、群众爱唱才是真的好。

关于"魂"，时代精神是文艺创作之魂。广大文艺工作者要从时代的脉搏中感悟艺术的脉动，用跟上时代的精品力作不断开拓文艺新境界。笔墨当随时代，歌声也当随时代。当前，湖南省正在推进喜迎党的二十大、打造十八洞村红色地标、潇湘好歌等主题歌曲创作活动，广大创作者们要充分融入"三高四新"的奋斗之中，去呈现"于斯为盛"的新时代湖湘文化，去描绘山乡巨变的新时代画卷，去奏响大国重器的新时代交响，去展现碧水青山的新时代图景，去讴歌创造奋斗的新时代英雄，成就传播久远的经典之作。新时代新表达，彰显时代品质。在进一步加强湖湘文化与音乐创作的紧密联系中，不断突出地域性和民族性特色，繁荣湘音湘韵的文化内涵，激活湖湘文化的生命力。守正创新亦是艺术发展的门道，不摒弃传统，更新观念，传承优良；既要组织湖湘特色民族民间歌曲创作，又要组织新潮流行音乐创作，把中华美学精神和当代审美追求结合起来，全面提升湘派音乐的品格。

关于"人"，成就生生不息的人才队伍。新时代的竞争，说到底是人才的竞争。湖南音乐需要全国乃至世界音乐人才的参与，湖南音乐也要为世界音乐贡献力量。不拘一格用人才。纵观湖南省近年重大文艺作品，无不是汇聚各方英才，强强联手打造而成。2021年，省文联评选推介21名新文艺群体领军人才，在全国率先开展艺术系列新文艺群体职称评审，敢为天下先。正是此般探索，淬炼出了我们自己的队伍，拥有了我们自己的专业人才。我们要开门搞创作，以开放包容的姿态吸收新生力量，以艺术的品味推动独具湖湘特色的完整音乐产业链，让湖南成为各类音乐人才大有可为、大有作为的热土。让青年文艺工作者强起来。在中国音协新一届班子里，湖南籍副主席占了3位，都比较年轻。湖南省音协会员近3000人，20至30岁的并不多，主席团成员最年轻的也已近50岁，青年冒尖的很少。实际上，《义勇军进行曲》《游击队歌》《在希望的田野上》等时代经典无不是创作者的青年力作。我们要相信青年，支持青年，为青年创作人才当好"伯乐"、搭好"赛道"、用好"鞭策"，着力破除制约他们成长的"缰绳"。湖南省文艺人才扶持"三百工程"等要多给年轻人搭舞台、让位子、给机会，重要平台、机会都要确保青年人有一定比例，共同推动湖南青年音乐人才像泉水一样奔涌而出。

关于"志"，致力打造"音乐之城"文化地标。中国不乏史诗般的实践，关键要有创作史诗的雄心。湖南音乐的雄心大志，不应只是成就几个作品几个人，而是要激活一片音乐生态，让音乐成为生活本身。音乐让城市更美好。作为一种文化载体，音乐有助于提高城市建设发展的软实力，塑造城市形象，从而广泛提升城市文化内涵。在湖南音乐版图中，长沙是最重要的存在。作为"东亚文化之都""世界媒体艺术之都"，长沙有以城市命名的交响乐团，有湖南大剧院、长沙音乐厅、梅溪湖大剧院等一流剧场，有酒吧、歌厅、演艺、娱乐演绎的缤纷与活力，有新春音乐会、草莓音乐节、世界吉他音乐节等接力上演，有最能引领流行音乐潮流的头部电视平台"湖南卫视"，以及在音乐出版和音乐教育方面的突出优势。曾记得，湖南卫视《声入人心》节目在梅溪湖大剧院录制后，很多年轻人不远千里来梅溪湖大剧院打卡，很多音乐人也以到大剧院演出为荣。在长沙，音乐无处不在，音乐更生机盎然，长沙音乐之城的品牌效应已初显。城市兴，音乐兴。城市是文化生发的容器，文化需求是精神层面的满足，文化消费是美好生活的更高质量。音乐产业引擎一旦拉响，音乐事业自可长足发展。我们要致力推动长沙成为继北京、上海、广州、成都之后中国音乐第五城，致力在中国当代音乐中挣得一席之地，实现湖南音乐走向全国，进军世界。

面向未来，繁荣湖南的音乐事业、原创歌曲，一要发扬湖南人的文化精神，发扬历史的主动精神；二要促进融合，主动对接相关音乐资源，积极对话音乐青年；三要为原创音乐开辟绿色通道，拓展传播渠道。

行文至此，适逢省委书记张庆伟同志到省文联、作协调研，与作家艺术家亲切交流，提出打造创作和人才两座高峰的殷切期望。现场聆听，如春风化雨，感慨万千。贝多芬说，音乐应当使人类的精神爆发出火花。而我们恰逢这个伟大的时代，耳畔有声，踏歌而行，将是多么美好的前路与未来。

（原载《音乐教育与创作》2022 年第 10 期）

飞驰的节奏 时代的声音

——评《奔驰在祖国大地上》

唱响70年湖南金曲，是以音乐的方式献给祖国母亲的节日颂歌。入围曲目中，一首少年时代我就熟悉的童歌《火车向着韶山跑》引起了我的回忆。童年时对革命圣地的向往、对火车旅行的好奇，被歌声刻录在记忆的磁盘，至今还能吟唱。

从那个年代走来的朋友大多有乘坐慢车、快车、绿皮车的旅行经历。那时候，不仅仅是一票难求，更有火车难坐的深刻记忆——几天几夜坐下来，哪一个不是疲惫不堪、衣衫不整？没想到，40多年后，又一次巧遇了关于火车的新歌——《奔驰在祖国大地上》。歌声响起，让人如进入飞驰的高铁，沉浸到一种莫名的喜悦、欢快之中。

那是行进的节拍。歌词抓住高铁行进中转瞬即逝的画面和扑面而来的灵感，以车窗的视角唱高铁之"快"，唱时代之"变"，唱人民对祖国富起来强起来的赞美、对未来美好生活的期盼。

"一片片新村庄山青水绿/一座座大都市繁花怒放"，从一扇小小的车窗，脱贫致富坐上高铁的苗寨村民看到了祖国大地的幸福巨变。江南滴翠的禾苗，白云起舞的林海，碧波荡漾的草原，每一帧都是铺开的锦绣画廊，每一个字里都流淌着对祖国母亲的无限自豪和热爱。

随着歌词结构步步递进，情感也紧随急剧升温。"大海巨轮远航/

大漠班列欢畅"，"群山擂起大鼓／万众甩开臂膀"，中华儿女不懈奋斗、追求强国梦的时代心声喷薄而出。这梦想，是几代中国人孜孜以求的夙愿，迸发出的是亿万中国人民迈向未来的磅礴自信。

词作者金沙长期扎根基层写作，在湘西有过多年工作、学习和生活的经历，对湘西风土民情、社会变迁十分熟悉。创作期间，他多次深入苗乡土家蹲点采风，亲身感受中国农村脱贫振兴的新面貌，俯首倾听村民脱贫笑脸背后的真心声，填词与时代同频共振，引发人们内心深处的情感共鸣。

与词相辅相成的是那欢快跳跃的音符——车在轨道飞，心随原野近，美丽的家园和田野，隔着车窗，有些变形了的陌生。曲调中伴随巧妙的花鼓调、锣鼓点，还有从湘西花垣苗寨采风到的独特的苗族高腔——"咿乌呃咿乌呃"，不仅增加了歌曲的地方特色、民族特色，也增添了这首歌曲的独特魅力。

曲作者孟勇是我少年时代的近邻和偶像，在益阳桃花仑上，离周立波创作《山乡巨变》体验生活时暂住的"亭面糊"邓益亭老人家不过200多米。我的记忆中，他是一位标准的文艺青年。在那些阳光灿烂的日子，时常听到他不舍昼夜练习二胡曲调。歌声唱过40年，再次重逢，他已经是国家一级作曲家，创作出许多辉映时代的新歌——《阿妹出嫁》《桃花江，美人窝》《我的好妈妈》以及大型交响合唱《通道转兵组歌》等。

为了创作《奔驰在祖国大地上》，孟勇与金沙10多次用脚丈量湘西苗寨的山山水水，在苗家阿哥的鼓点里、在苗家阿妹的歌喉里、在苗族80岁老人的舞步里，敏锐捕捉麻栗场苗族高腔悠远的韵味，糅合河南豫剧泼辣的唱腔，形成南北交融的特色；再辅以交响乐团、合唱队的伴奏和声，气势恢宏、感情细腻，赋予歌曲极为广阔和深远的传唱度。

歌唱家王丽达，生长在中国的高铁之乡、动力之都株洲，对高铁有一种天生而来的亲近感。她又是一个民族唱法的高手，能够准确地理解歌曲中的民族元素和地域特色，并将蕴含其中的神韵恰到好处地表达出来。身为演员的她，还经常乘坐高铁巡演，对高铁带来的便捷、舒适，有更多切身的感受。在十八洞村，她跟村民打成一片，共享精准扶贫给十八洞村村民带来的幸福感、获得感。再加上她"以民族音乐为基调，融入多元音乐元素的'无界'的独特演唱风格"，甫一开口，就把歌里追求的情绪捕捉到了，将老百姓坐上高铁看祖国大地的喜悦感和自豪感唱出来了。

《奔驰在祖国大地上》创作至今，历经多次打磨和提升，一年多时间里，先后入选中宣部第七批"中国梦"主题新创作歌曲，获评"唱响70年·我喜爱的湖南金曲"，并在多个重要晚会上唱响。在深圳举行的央视《2020新年音乐会》上，王丽达领衔混声大合唱，广州、深圳、澳门、香港四大交响乐团近千人同时演奏，气势恢宏，震撼人心，充分展示了这首歌非凡的艺术魅力。

判断一首歌是不是为人民所喜爱，除了它的艺术性、专业性，更要看它是不是接地气、是不是在群众中广为传唱。很高兴看到，在群众广场舞台上，在众多单位联欢会上，都飞扬出这首歌动人的旋律。2020年湖南省直单位离退休干部迎春联欢会上，老干部们与专业艺术演员联袂表演了这首歌曲，至为精彩。怀化高铁南站的地下广场，没有乐器，没有乐谱，一个简单的伴奏音箱，当地群众将这首歌演绎得激情澎湃。

要以精品奉献人民，但是，为什么能够被时代所接纳、被群众所传唱的红歌又不多呢？有人简单地把原因归咎于互联网对传统唱片业的冲击，埋怨有"好作品"但没"好"听众。其实，音乐创作还是得从自身找原因。

要来自生活，倾听人民的心声。习近平总书记指出："人民是创作的源头活水，只有扎根人民，创作才能获得取之不尽、用之不竭的源泉。"[1]在中国，高铁早已成为老百姓最便捷最舒适的出行方式之一。只要坐过高铁，感受过高铁速度，看到祖国日新月异的变化，切身体会到"精准扶贫"所取得的举世瞩目的成就，内心都会有想歌唱、想表达的冲动和欲望，这是人民共同的心声。《奔驰在祖国大地上》为人民抒怀，因而得以走进人民的心坎里。

要紧随时代。习近平总书记指出："新时代呼唤着杰出的文学家、艺术家、理论家，文艺创作、学术创新拥有无比广阔的空间。"[2]文艺作品与时代、同人民群众的审美情趣的关系就如同鱼与水的关系。而每个时代有每个时代的表达方式，要创作新时代的精品佳作，就要把握新时代节奏，了解人民群众的审美情趣，才能立时代之潮头、发时代之先声，才能写出深入人心的文艺作品。比如，歌中的"麻栗场苗族高腔"既深入发掘民族性、地域性的特色，又创新性地在节奏上做了全新的改变；再如，歌曲将原来每分钟128拍的速度加快到了146拍，"老式火车"变成"高铁节奏"，契合新时代老百姓的审美情趣，也得到人民的喜爱。

要有十年磨一剑的精品意识。湖面省委主要领导对湖南文艺界提出了"四种精神"，特别提到"要有十年寒窗的精神"。这首歌，从它的采风、创作、修改，历经较长时间的思考打磨，力求精益求精，背后的积累更非一朝一夕之功。只有词、曲作者和演唱者把祖国和人民放在心窝窝里，长期扎根艺术创作和人民生活之中，孜孜耕耘，才能

---

1 《习近平看望参加政协会议的文艺界社科界委员》，新华社2019年3月4日。
2 《习近平看望参加政协会议的文艺界社科界委员》，新华社2019年3月4日。

凝结出这样的心血之作。这是一种艺术家严肃的创作气质，也是艺术家追求精品的底色。

要掌握"互联网+"的传播规律。移动互联网之下，人人皆可随时随地欣赏、共享音乐之美，传播方式的改变打破传统的传播渠道。这首歌在线上、线下的融合推广中下足了功夫。湖南省委宣传部组织拍摄制作了精美的歌曲MV，在全国各个媒体以及互联网平台推送。"唱响70年·我喜爱的湖南金曲"的线上评选活动吸引了近千万人次参与，线下专场音乐会在社会各界中颇具影响，让歌里飞驰的时代节奏，传播得更远、更广。

经得住时间考验的传世之作必然来自人民，紧随时代，也为时代所造就。《奔驰在祖国大地上》里那飞驰的节奏，正是新时代前进的铿锵步伐，是人民奋力追求中国梦的强音。期待更多的湖湘音乐人心怀人民，深入生活、潜心创作，谱写更多新时代传世经典。

（原载新湖南客户端，2020年10月22日）

"理想"的旋律

——听《理想照耀中国》主题歌

什么是描绘理想的最佳色彩,也许有一千个选择;什么是歌咏理想的最美旋律,也许有一万种组合。

追剧《理想照耀中国》的时光里,其主题曲《理想》,越听越熟悉,越听越亲近,我觉得这是原创音乐中最理想的"理想之歌"。

系列短剧《理想照耀中国》是一部庆祝中国共产党成立 100 周年的献礼剧,在湖南卫视播出后掀起了一波收视热潮。它以纪实的手法、史诗的风格,讲述了 40 组平凡英雄的革命故事。每集独立成篇,贯穿全剧的红线是闪耀不息的理想之光,也是这首情真意切的理想之歌。

以郎朗的钢琴独奏引领,旋律就这样像阳光一样倾泻而来,明亮、纯净,流畅而坚定,又像淙淙的溪流,九曲迂回向着遥远的海洋。

> 如果没有人来幻想明天花儿会开放
> 就不会有人拼尽全力播种下希望
> 如果没有人来相信明天繁花似海洋
> 就不会有人跟随跋涉百年的茫茫

歌词在一连串的假设复句中,对"理想"的定义作出了诗意而隽永的解答。"播种""跋涉""寻找",浓缩了中华民族优秀儿女一百年的奋斗、牺牲、创造。主题是对伟大建党精神溯源,是对党的精神谱系的诗化,是唱给英特耐雄纳尔的颂歌。

主歌简明平实的述说手法,简约朴实的音乐语汇,轻声诉说从播种到开花的长长季节演变,层层叠叠暗喻风雨兼程、坎坎坷坷的百年长征。

> 如果没有人去荒蛮之中寻找出甘泉
> 就不会有人认为生活充满着甘甜
> 如果没有人去高山顶上把火炬点燃
> 就不会有人相信明天信仰着理想

副歌从开始的克制,渐渐加温,渐渐加量,从男声女声复调对位,到钢琴的独奏,管弦乐的交织,打击乐的汇入,乐音由简约走向丰富而激越,歌曲推向高潮。

> 回首望,路遥遥,多少行囊没了主人
> 抬头看,路漫漫,理想依旧耀前方

词曲作者是著名音乐人小柯。他成功地把理想这一抽象概念形象化,让人可触可感。首先是文学形象,歌词中的"繁花""火炬""甘泉"……尤其是"多少行囊没了主人",不由得令人伤感而唏嘘,又让人于伤痛中唤起希望。

10位歌手——韩磊、那英、郁可唯、周笔畅、王源、周深、王铮亮、黄明昊、赖美云、魏巡,婉转温暖的演唱,亦真亦幻,如梦如诗。

女声的温柔，唱着理想如花之美；男声的雄浑，唱出信念如磐似钢。从独唱起，到齐唱续，感受着合唱的声音汇聚起一股勇毅的力量。唱出对理想和理想者的深情赞美，也唱出理想歌者的心声与追随的豪迈。

旋律中，剧情里那些经典的画面一一回闪；光影中，是望不到头看不见尾的红色铁流。沧桑的历史感，崭新的时代感，在视频中再现那些永载史册的场景。理想的火炬代代相传，音与画的契合，互为补充，又借音乐插上穿越的翅膀。

  回首望，路遥遥，多少脚印深深
  抬头看，路漫漫，理想依然在召唤

在建党百年庆典晚会，在各音乐APP，在新闻专题的背景乐中，越来越多的人听到这歌声，听懂这支旋律，一见如故，真心赞美，总觉得似曾相识而又与众不同。其实，相近的是对追寻理想的共鸣共情，不同的是原创魅力激发出的多样艺术体验。

山河壮丽，人民豪迈，前程远大。在这样的时刻，这样的舞台，一唱三叹，感慨万千。革命理想高于天，一百年来，理想信念如火炬、如明灯，照亮一代又一代共产党人筚路蓝缕、砥砺前行。一百年来，献身理想的身影前赴后继，追寻理想的脚步从未停止，歌唱理想的声音绕梁不绝。让人欣慰的是，越来越多年轻的接力者，深藏心底的理想的种子就这样萌动，加入到薪火相传的行列。

  抬头看，路漫漫，理想依然在召唤
  抬头看，路漫漫，理想依旧耀前方

（原载《新湘评论》2022 年第 7 期）

循着歌声去永州

——听《走，去永州》有感

远远的，手机那端传来一曲陌生的旋律。开头是男声齐整的豪迈，接着是女声温婉的和声，钢琴间奏的明朗，合唱气势与力度，不经意间，我被这首新歌打动了。

《走，去永州》是忽然冒出来的合唱作品，没有预热，没有造势，就像初夏原野上的南风，轻轻地拂面而来。

《走，去永州》作者刘兴国、蒋建辉，不算名家大咖，更没有圈里的光环，神秘的传闻，但他们创作的执着与灵气，就这么永州范。

渐渐熟悉起来的旋律，越来越频密，在身边在耳旁响起，各种平台，各样人群——都在听，都在转，都在议——从永州人，到永州的熟人朋友、许许多多之前没有到过甚至没有听说过永州的人们。

再仔细认真地欣赏歌曲，你能听出一些淡淡的乡愁，一份满满的自信，一首遥远的诗和一个久远的远方。

曾有人说，永州是一部厚重的书。也有人说，永州是一座露天博物馆。今天，我们还可以说，永州，更是一首动听的歌。

这首歌来自永州山川与河流的交响，你看看潇湘的水流，清且深也，怎么不飞出纯粹与变奏；这首歌来自永州人民劳动与生活的乐音，独特的地方和民族风情，怎么不听出欢乐听出风趣；这首歌来自永州历史文化悠久与多元的积淀，浓得化不开，怎么不传颂出自信和包容；这首歌还饱含着新永州、好永州、美永州、福永州的美丽音符，在歌声中，更在大地上。

许多地方，都渴望有一首唱响自己的红曲；许多作者，总苦思名声大振的爆款。《走，去永州》之火，挖掘出来什么秘诀呢？简单地说，自有普遍的几乎绕不过去的创作规律：时代性、民族性、大众性。即密集的诗意的地方意象，民族的音乐语言，现代的音响构成，通俗而风味独特的传唱度。如果具体探索该曲的创作成绩，个人浅见，其一，对这片土地和人民爱得深沉，词和曲就这样从心底流溢而澎湃。其二，勇敢挑战合唱的表达形式，这在以往的成功样式中，几乎是一个例外。其三，巧妙运用永州方言，听懂的会心得意，听不懂的，也觉得活泼有趣。其四，青春的气质，最能赢得青年认同。其五，永州媒体融合走在前面，忠实的粉丝让家乡的赞歌不胫而走。更要点赞的是，所有的男女合唱团演员，少年合唱团演员，几乎没有一位专业的，但每一位都唱得那样投入、那样动情、那样精准！

歌的故事刚刚开始，歌的演唱天天更新。合唱一曲走红，紧接登场的有了对唱版、童声版，听说还将放送瑶浴版、摩崖版。我想象不到摩崖版是如何的表现，但是，反反复复，重重叠叠，就像大珠小珠，洒落永州的玉盘，必将吸引更多的人，循着歌声的方向，走向永州，记住永州。

（原载《永州日报》2023 年 7 月 10 日第 6 版）

永志不忘

——三看《长津湖》

部机关组织观看电影《长津湖》,我建议,不能止于观影,最好观有所得。一经号召,应者纷纷,不少同志写了影评,机关党委和电影处还组织了讨论。我因参加省里会议错失了分享机会,以书面方式参与,交流三点体会。

一曰读史。以史为镜,知兴衰,照今人。电影《长津湖》以"分总式结构",从宏观决策与个体层面"钢七连"奔赴战场的双线叙事开始,最后汇融于"长津湖"这场关键战役,就像一幅展开的历史画卷,让我们对党中央果断英明的决策、志愿军战士的英勇顽强,以及对抗美援朝战争的意义有了更直观深刻的认识。

过去,我们只是从报告文学《谁是最可爱的人》、电影《上甘岭》《英雄儿女》、歌曲《我和我的祖国》《英雄赞歌》等作品了解这场71年前的战争。可囿于视效技术或艺术手法,我们无法更为刻骨铭心地体会到"没有那一代人的英勇牺牲,就没有我们今天的和平生活"的震撼。这一回,我们在《长津湖》中看到了每天只能靠一只冻土豆充饥的志愿军战士、冰天雪地里哪怕冻死也要保持战斗姿势的"冰雕连"、战斗到最后一刻与敌人同归于尽的杨根思,深刻理会到"悬殊的国力对比"之下志愿军在战场上的英勇顽强。不需说教,不必口号,便能一次次震撼心灵,让那些"最可爱的人"的精神更为感染人心。

二曰看片。在长达176分钟的影片中,以现实主义的典型真实为前提,非常强调"对照"的艺术手法。血与火、生与死、胜与败激烈碰撞。场面宏阔,一边是来势汹汹、陈兵国门的美帝航空母舰群,呼啸而过、密密麻麻的战斗机编队,铁流滚滚、不可一世的坦克战车;一边是志愿军万人出征、义无反顾奔赴前线的场景,堪称大手笔、大制作。细节细腻,火炮视角下的精确打击、夜战近战中的枪林弹雨、旋转投掷手榴弹的空爆镜头等。真实宏大的场景铺陈出战斗的艰苦卓绝,也就更显志愿军战士英勇无畏的铮铮铁骨。

影片同时描绘了诗意韵味的乡愁和万里江山如画的壮阔。也只有祖国大好河山的美,才能更映衬保家卫国正义战争的意义。伍千里回家探亲,画面上出现江南水乡的鱼鹰哨响。伍万里拉开列车车厢,荧幕中出现旭日下白雪皑皑、巍巍耸立、象征民族精神的万里长城。这是一部真正意义上的国产大片,不只是视效上与好莱坞所谓的大片相比也毫不逊色,更因为每一帧画面所蕴涵的内容都很"中国"。

当然,影片也有遗憾。例如体现了中央决策的过程,也展现了志愿军战士不怕牺牲的英勇气概,但没有更多体现志愿军多谋善战的智慧。又例如还缺少一首脍炙人口、易于传唱的插曲或主题曲,须知许多电影都因金曲而插上翅膀,《我的祖国》《英雄赞歌》就有这样的力量。

三议票房。《长津湖》今天57.6亿元的票房,刷新了中国电影的票房纪录,颠覆了我们对电影工业、电影市场的经验,甚至突破了想象的天花板。联想到近些年国产电影《战狼2》《红海行动》《我和我的祖国》等大片票房不断突破、社会价值和商业价值实现双赢的成功经验,看到越来越多像易烊千玺一样的新明星加盟主旋律大片,给影片带来大票房的同时也让自己"百炼成钢"的鲜活例证，越发感到：好的文艺作品可以是一座能量磁场，让"正能量"变成"大流量"，让"主旋律"赢得"高频率"。

中国电影的买方市场，拥有着巨大的潜力和购买力。而每一张电影票的背后，就是我们文艺创作的中心：人民群众。感人的精神，真实的故事，却不能打动观众，只能是专业水准的问题。电影，就是要高专业水平地做低观看门槛的大众艺术作品，所以，这也是我们从票房中得到的思考，新的形势尤其呼唤中国电影人不断总结优秀成功影片的制作规律，用大题材凝聚大共识、大制作配合大营销，并且将这一经验用在主旋律题材的主创作上，推出更多立得住、传得开、叫得响的高质量佳作。

三千里江山，八万里家国。观影中，我边看边数，片中至少包含二十个湖南元素：战略总决策毛泽东，志愿军总司令彭德怀，第9兵团司令员兼政委宋时轮，"第一个志愿兵"毛岸英，主演易烊千玺，湖南文艺出版社同名书《长津湖》，等等。延展到整个抗美援朝战争，五任志愿军司令员都是湖南人，6.7万湖湘子弟兵奔赴朝鲜战场，牺牲长眠在朝鲜大地有一万多人……让湖南人为之骄傲！

引发我个人情感联系的是，我的亲姑姑——蒋宗英同志，1951年4月赴朝，1952年3月在成山守备战中英勇牺牲，时年22岁。我都没见到过的、长眠在朝鲜江原道铁原郡怀荫里的亲姑姑，她是我心中永远敬重和怀念的英雄。家里珍藏着她当年从朝鲜寄来的几十封家书，常读而常新。我的岳父郑见明同志，也是一名抗美援朝老战士，荣获过抗美援朝勋章。这种血脉联系，看片反思，更感悲壮和自豪。

看完之后，久久回味，总会想起中学时熟读的课文《谁是最可爱的人》："在朝鲜的每一天，我都被一些东西感动着；我的思想感情的潮水,在放纵奔流着;我想把一切东西都告诉给我祖国的朋友们。但我最急于告诉你们的,是我思想感情的一段重要经历,这就是:我越来越深刻地感觉到谁是我们最可爱的人!"

(原载湖南省宣传部内部编印文集)